PETER BENCHLEY JAWS

大白鲨

〔美〕彼得·本奇利 著　赵学熙 乐眉云 张柏然 译　庆果 校

人民文学出版社
PEOPLE'S LITERATURE PUBLISHING HOUSE

著作权合同登记号　　图字 01-2017-0933

Peter Benchley
Jaws

Copyright © 1974, renewed 2002 by Benchley IP, LLC.
Published in agreement with ICM Partners through Bardon-Chinese Media Agency.
Peter Benchley is a registered trademark with the US Patent and Trademark office.
Simplified Chinese edition copyright © 2017 by Shanghai 99 Readers' Culture Co., Ltd.
All rights reserved.

图书在版编目(CIP)数据

大白鲨/(美)彼得·本奇利著;赵学熙,乐眉云,张柏然译.—北京:人民文学出版社,2017
（二十世纪流行经典丛书）
ISBN 978-7-02-012263-9

Ⅰ.①大… Ⅱ.①彼…②赵…③乐…④张… Ⅲ.①长篇小说-美国-现代　Ⅳ.①I712.45

中国版本图书馆 CIP 数据核字(2016)第 307813 号

责任编辑　朱卫净　邱小群
封面设计　汪佳诗

出版发行　人民文学出版社
社　　址　北京市朝内大街 166 号
邮政编码　100705
网　　址　http://www.rw-cn.com

印　　制　山东德州新华印务有限责任公司
经　　销　全国新华书店等

开　　本　890 毫米×1240 毫米　1/32
印　　张　9.25
字　　数　231 千字
版　　次　2018 年 1 月北京第 1 版
印　　次　2018 年 1 月第 1 次印刷

书　　号　978-7-02-012263-9
定　　价　45.00 元

如有印装质量问题,请与本社图书销售中心调换。电话:010-65233595

译者序

在一个没有月光的黑漆漆的夜晚,一头硕大无朋的"怪物"似幽灵一般悄然无声地游到避暑小城阿米蒂的海滨。一位年轻女郎下海游泳,那头"怪物"感觉到海洋律动的变化,便向女郎发起突然袭击。它张开血盆大口,先咬断了她的一条腿,接着吞噬了她的大半个身躯。女郎残缺不全的尸体被海水冲刷到岸边的沙滩上……

这就是美国当代作家彼得·本奇利的长篇小说《大白鲨》开头描绘的令人毛骨悚然的恐怖场面。小说中的庞然大物是一种嗜血噬人的巨鲨——大白鲨,体重五六千磅,长二十多英尺,凶猛异常,它在短短的几天里就制造了三起骇人听闻的血案。随着事件的发展,人与鲨、人与人之间展开了惊心动魄的搏斗。这部长篇小说一问世即被抢购一空,还被搬上了银幕。小说的作者本奇利也因此名噪一时。小说的情节恐怖离奇吗?是的。描写扣人心弦吗?是的。但这些都不是这部畅销小说轰动美国和西方世界的真正原因。

二十世纪七十年代,美国小说种类繁多,风格各异。但许多小说家深受存在主义哲学思潮的消极影响,写可怖的凶杀,写露骨的色情,写变态的心理,写人在严酷的现实面前的软弱无力;要么消极避世,要么悲观绝望。当时的美国读者对此已经感到厌倦了。恰好在这个时候,本奇利的《大白鲨》问世了。书中既没有悲观厌世的抱怨,也没有荒谬透顶的梦呓，它给予了读者与大自然和社会上邪恶势力进行搏斗的勇气和力量。正如当时美国有的读者指出的那样："为什么大家对地震、火灾、沉船，以及吓人的鲨鱼这样关注呢？一个主要的原因，就是我们在现实生活中要面对许多重要问题。"

　　小说塑造了善良、耿直、忠于职守的警察局长布罗迪的形象。面对噬人巨鲨和社会上邪恶势力的严重威胁，布罗迪进行了一系列勇敢的斗争。当大白鲨吃掉第一个人之后，他立即采取措施，下令关闭海滨浴场，以保护公众的生命安全，使之不再受到鲨鱼的戕害。可是，以市长沃恩为代表的政客和资本家们，却全然不顾民众的死活。他们心目中想到的只是，关闭海滨浴场，就等于打破了他们从游客身上捞取大量钱财的美梦。在沃恩的威逼下，布罗迪只得作出让步。然而，在海滨浴场重新开放之后，又有两人丧生于巨鲨之口。布罗迪又一次下令关闭了海滨浴场。死者的鲜血无声地控诉着美国资本主义金钱社会的冷酷无情。大白鲨的袭击给民众带来了灾难，可是在资本家们看来，这是他们发财的大好机会。市长沃恩是阿米蒂最财大气粗的房地产商，他和他的幕后操纵者趁鲨鱼威胁之机，投资百万美元，大量买进价格猛跌的房地产，企图等到海滨浴场重新开放时，统统抛出去，从中牟取暴利。对于他们的罪恶行径，布罗迪是深恶痛绝的。他想改变这种状况，却无能为力。作者借报社编辑梅多斯之口说："真正要证实他们在进行违法活动倒他妈的不容易呢。"在市政管理委员会上，沃恩一伙凭借手中的权力，对布罗迪施加种种压力，威逼他重新开放海滨浴场，否则就要罢他的官，还要用木棍把他赶出阿米蒂市。其实市长沃恩不过是一个台前的跳梁小丑，那个从未出场的泰诺·拉索才是"真正的决策人"。他就是美国社会里的一条吃人的"大白鲨"。在英语里，shark（鲨鱼）一词也有"贪婪狡猾的人""勒索者""诈骗者"之意。作者创造噬人巨鲨这一形象，无疑是有深刻的寓意的。书中第十一章所描写的鲨鱼混战、相互吞食的场面,不正是美国社会里尔虞我诈、弱肉强食的真实写照吗?

小说最精彩的部分是对人与大白鲨搏斗的场面的描写。尽管有人说,这条可怕的噬人巨鲨突然游到阿米蒂海滨"是一次异常事件",是"上帝的旨意",布罗迪自己也感到它似乎是一个"怪物",一个"噩梦"中的"恶魔",可是为了保障公众的生命安全,布罗迪挺身而出,与海洋鱼类学家胡珀和渔人昆特一起迎战这个"白色死神"。人在凶恶的大白鲨面前不是弱者,而是勇士。经过一场惊心动魄的搏斗,大白鲨终于被征服了。然而,胡珀和昆特却在这场搏斗中葬身大海。唯有布罗迪鲨口余生,只身游向海岸。这说明人与邪恶势力搏斗要付出多么巨大的代价!

作者通过对布罗迪夫人埃伦的描写,提出了美国的所谓"精神文明"对人的异化问题,从另一个角度揭露了美国社会的阴暗面。埃伦出身名门望族,只因同一名警察结了婚而遭人白眼、冷落,被排挤出上流社会的社交圈,后虽几经努力,仍落得个"落花有意,流水无情"的结局。埃伦苦闷彷徨,不理解布罗迪的正义行为,对原本美满的婚姻产生了动摇和怀疑,抑制不住自己重新跻身于上流社会的强烈欲望,企图在年轻的胡珀身上追回往日的欢乐,以填补精神上的空虚。作者在以细腻的笔触刻画埃伦的这种"心理冲突"时,并没有让她完全陷入精神空虚的泥淖而不能自拔。埃伦在与胡珀鬼混过一阵之后,不但没有找到真正的幸福,反而感到深深的愧疚。最后她战胜了自己,领悟到了"与布罗迪结合的真正价值"。这样的描写应该说是健康的、发人深省的。这种弘扬道德上的自我完善的立意在当代美国文学中是不同凡响的。

应当指出的是,存在主义哲学中的神秘主义对本书有着明显的影响。大白鲨的出现就像一个谜,一个神奇的"怪物",一种"超自然"

的力量。作者对此也"很难解释清楚"。实际上，这正好反映了作者自身的思想局限性。作者揭露了美国社会的种种弊病，但对产生这些弊病的根源以及美国的出路，他自己也难以说清。他只是把征服大自然、战胜社会上邪恶势力的希望寄托在布罗迪这样的"英雄"身上。这难道是美国社会的真正出路吗？由于作者在描写大白鲨危害人类时，极力渲染了它的恐怖，却没有从社会本质上进行剖析，难免使一些读者不能理解作者的用心。例如有的美国读者说："看看别人受苦受难，可以减少自己的恐惧。同使千万人遭受灭顶之灾的地震或把人体撕裂成碎片的鲨害相比，当前食物匮乏、能源短缺、通货膨胀，以及失业危机，似乎都不那么可怕了。"小说这种局限性的影响由此可见一斑。

彼得·本奇利一九四〇年五月出生于纽约市的一个书香世家，祖孙三代都是作家。他曾就学于埃克塞特的菲利普研究院和哈佛大学，并先后担任《华盛顿邮报》记者、《新闻周刊》副主编和已故总统林登·约翰逊的新闻撰稿人。《大白鲨》是他的第一部长篇小说，一九七四年问世后，轰动美国和西方世界，被列为美国二十世纪七十年代十大畅销书之一，先后印刷发行了九百多万册。该书出版不久即被改编成电影。影片一九七五年上映后获得巨大成功。美国评论家说，一位年轻作家的头一部长篇小说赢得的声誉之巨大，在美国文学史上罕见。一九七六年他发表了第二部长篇小说《深海潜行》(*The Deep*)，也得到了比较热烈的反响。一九七九年他的新作《海岛》(*The Island*) 出版，又一次被列为美国畅销小说，并被拍成电影。

彼得·本奇利擅长写以大海为题材的小说。他的文笔自然流畅，描写细致入微，富有生活气息。他的小说使人有身临其境之感。他还善于通过揭示人物的心理活动来塑造人物个性，其创作方法基本上是现实主义的。

美国评论家认为，《大白鲨》"极其成功地将惊险故事和道德寓言结合起来"，作者运用了"比喻"，反映了"社会的、政治和心理的冲突"。相信我国读者一定会被这部小说的情节所吸引，并能从中了解到美国社会生活的一个侧面，获得对当代美国文学尤其是流行小说的认识。

二〇一六年五月于南京

目录

作者前言 　　　　　　　　　　　　　　　　　1

第一部　　　　　　　　　　　　　　　　　　1
第二部　　　　　　　　　　　　　　　　　　95
第三部　　　　　　　　　　　　　　　　　　201

作者前言

《大白鲨》起源于我儿时的迷恋。

像千千万万个孩子一样,我从很小的时候就开始迷恋鲨鱼。而由于儿时的夏季都是在离开陆地将近三十英里的楠塔基特岛上度过的,所以我有条件不断地保持这种迷恋。二十世纪四五十年代的楠塔基特岛周围海域野生的东西还很多,其中多种鲨鱼出没,有沙鲨,有蓝鲨,有灰鲭鲨,当然还有当时并不认识的大白鲨。风平浪静的日子里爸爸会带着我们兄弟俩去海钓,这时候就会看到平静丝滑的海面上纵横来往的鲨鱼的背鳍和尾鳍——对于当时的我来说,它们显示着神秘和未知,还有无形的危险和无理性的野蛮。

从十几岁到二十岁这段期间,我读了能找到的为数不多的所有关于鲨鱼的文献,然后到了一九六四年,我看到报纸上一则新闻,说一个渔民在纽约州的长岛外海用鱼叉捕到了一条重约两千公斤的大白鲨。记得当时我就在心里想:天啊!要是这么个大水怪闯进海边的度假区赖着不走会发生什么事情啊?我把那条新闻撕下来塞到我的皮夹子里保存起来,后来也就把这事儿忘了。

接下来到了一九七一年,一部名叫《血海食人鲨》的专题纪录片发行了。彼得·金贝尔是一家百货商店的继承人,也是一位职业探险家,这部影片拍摄的就是他带领的探险队寻找大白鲨的经历。我认为,《血海食人鲨》当时是、现在仍是史上最好的拍摄鲨鱼的影片。同年,彼得·马修森出版了那本极棒的讲述这次探险的书《蓝色子午线》。这两件事不但真真切切地证实了我对鲨鱼的迷梦,我的脑海中也开始翻腾起讲述鲨鱼的热情。

不过,我对讲述单纯的鲨鱼吃人的故事毫无兴趣。我的故事集中在一个问题上:假如一个大型食肉动物围攻一个海边度假区时将会发生什么?我认为,当局的最初反应应该是设法掩盖真相,期望它自己离开。因为有些度假区年收入的八成甚至九成来自于夏季三个月的收入,而鲨鱼袭击的恐慌可能就把一个夏天的生意搅黄了。当然,等到鲨鱼第二次或者第三次致命的攻击发生的时候,掩盖真相就不可能再持续下去了。

那么谁是所谓的当局呢?一个警察局长?也许这个想法不错;要是他还是一个既怕水又讨厌下水的人物不是更有趣吗?他的妻子会是什么样的人呢?他们夫妻俩有孩子吗?他们会找鲨鱼专家帮忙吗?比如,找一个只想研究而不想杀死鲨鱼的海洋生物学家帮忙。如果这样的话,镇上的人对这名外来者又是什么反应呢?

从我一开始构思这个故事开始,所有这些问题,还有成千上万其他问题就开始攫住了我。很快地,故事开始喷涌而出,故事中的人物偶尔还会自行其是,脱离我的控制。我会把他们拦住,跟他们谈谈,探讨一下他们奔向的目的地是否合适。

我最开始写《大白鲨》的时候,今天我们熟知的环境保护运动还未成型。确实,当时有一批人正组织起来拯救鲸鱼,人们也开始认识到空气污染和水污染是一个问题,大家还认识到杀虫剂和其他一些毒素对鸟类和鱼类造成了危险。不过,对一般大众来讲,海洋仍旧是它千百年来的老样子——永恒、强大、能消解人们扔进海里的一切东西。鲨鱼?了解鲨鱼的人整个地球上扳着指头就能数得过来。对多数人来说，尤其是对渔夫和潜水员来说，一句古老的误传一直被他们奉为绝对真理：只有死鲨鱼才是好鲨鱼。

虽然我自诩对鲨鱼的了解比一般人多得多，但是对有关鲨鱼的坊间传闻也只能深信不疑，因为这类传闻实在太多了。比如：鲨鱼会攻击船只吗？——当然啦！鲨鱼会以人为攻击目标吗？——一点儿没错！（在那之前我就读过几十起鲨鱼攻击人的例子。）鲨鱼会待在一个区域吃光那里的生物直到它们自己被抓被杀吗？——太对了！记得一九一六年鲨鱼从新泽西的一条河里窜出杀死了四个人的事件吗？我多次很自信地告诉采访我的人说，《大白鲨》这本书（而不是改编的同名电影）中描述的鲨鱼的每一个行为都实实在在地发生过。当然，这些并不是一下子发生的，也不是发生在同一条鲨鱼身上的，而是多年来在世界上某片海域真实发生过的。而且，我还可以保证，书里刻画的鲨鱼的每一个情节是早已发生过的。只是现实中这些事情并非因我想定的原因而起，也未产生我所设想之后果而已。

书写完后又过了几年，我开始了解到从生物学和行为学角度关于鲨鱼——尤其是大白鲨的一些真相。这个了解的过程缓慢，通常都是通过我本人和许多科学家、渔民、潜水员的亲身交往才学到的，而了解到的每一个真相都让我既陶醉又脸红。最先了解到的一个真相就是：鲨鱼不仅不会主动搜寻和攻击人类，而且会尽可能地避免接触人类，因为在鲨鱼的头脑中，人类就是人数众多、丑陋聒噪的异类；尽管很少会咬到它们，但是可能会造成致命的危险。事实上，人类甚至根本不合鲨鱼的口味，大白鲨常常把吃到嘴里的人类吐出来，原因是相较于海豹之类的猎物，它会觉得人瘦不拉几的，没有肉，不可口。

如此这般，通过几十次的探险、几百次的潜水和无数次与鲨鱼的接触积累而来的知识最终让我明白了一件事：放到今天，我绝对写不出《大白鲨》这本书。因为今天我绝不会妖魔化动物，尤其不会妖魔化一种比人类历史更古老、更适应自身环境的动物，它也是自古到今乃至将来都高度攸关海洋生态平衡的动物，一种如果人类不改变我们的毁灭性行为的话就会从地球上灭绝的动物。

《大白鲨》这本书准备要出版之时，我对它的期望并不高。我知道它不可能取得商业上的成功，一则是因为它是我的处女作，而除了《飘》那样极少的例外，处女作大都是楚楚可怜地躺在书架上无人问津的；其次，这是第一本写鱼的小说，而我想不出任何写鱼的小说曾经广受好评或者取得过商业上的成功。此外，我的确觉得没有人会把它拍成电影，因为你很难捕捉并训练一条大白鲨来拍电影，而当时的电影制作技术离造出一个令人信服的模型鲨鱼或者机械鲨鱼还差得很远。

这本书在一九七四年春出版，总体上获得了不错的评价，还有一些读者和书评家喜欢得过了头。古巴领导人菲德尔·卡斯特罗告诉全国公共广播电台的采访人，《大白鲨》（西班牙语的版本叫作 *Tiburon*）这本书太棒了，它暗喻的是资本主义的腐化堕落。而另一些评论家认为这本书暗指水门事件——一个典型的与男性友情有关的故事。

《大白鲨》出版不久就登上了《纽约时报》的精装版图书畅销榜，并且占据畅销榜达四十四周，不过它从没登上过榜首（一本讨厌的讲一只兔子的书，叫《沃特希普荒原》，一直占据第一名的位置，不肯挪窝）。平装版的《大白鲨》则截然不同：高居世界各地的畅销榜榜首四个月，仅在美国就卖出了九百万本。不过它的成功某种程度上归功于同名电影的拍摄和制作发行，以及平装版出版商和电影公司的高超的交叉推广，还有就是显而易见的好运气。

这么多年来，我从《大白鲨》的读者那里获得了巨大的满足。有的读者说《大白鲨》是他们读的第一本成人书，这本书帮他们认识到阅读的快乐；有的说《大白鲨》激起了他们对海洋生物学相关职业的兴趣（我从几个大学教授那里听说，他们把海洋科学专业，尤其是专门研究鲨鱼的研究生数量增加归功于这本书和电影）；还有读者说《大白鲨》这本书让他们懂得了鲨鱼是如此酷的一种生物，让他们矢志成为生态保护主义者。每年都有上千的年轻人给我写信，告诉我世界各地鲨鱼数量的减少让他们忧心忡忡，问我他们该做些什么来救救他们在《大白鲨》里认识的那种可怕的动物，尽管在这部小说刚出版或者同名电影刚上映时他们还没有出生。

《大白鲨》也给了我第二份事业。过去十年左右，尽管心里特别想去偏僻的海域潜水、去亲密接触大型的海洋生物，放弃所有去与水下的大鲨鱼相遇，现实中我一直几乎是把全部时间都放在了海洋生物保护上面。我不知道自己能做出多大成就，我也不知道其他个人能做成什么，但是我知道鲨鱼给予了我很多，若不对它们有所回报就觉得自己是忘恩负义了。

这本书出版前的一九七三年的一天，我见到了购买了《大白鲨》电影改编权的环球影业的制片人理查德·D.扎努克（Richard D. Zanuck）和大卫·布朗（David Brown）。当时我并不明白，这事儿交到他们手上我是多么的幸运。（当时谁也没料到的是，后来我们都会为把这事儿交到二十六岁的天才导演史蒂文·斯皮尔伯格手上而深感幸运。）这两位不仅是和蔼可亲的优秀人物，拥有几十年的电影产业的经验和悟性，而且还没有好莱坞的历史悠久的两大恶习——也就是说，第一，他们不撒谎；第二，他们会回你的电话。

我那时还从没写过电影剧本，但是我要求并得到允许让我写电影《大白鲨》头几个脚本。我们第一次见面寒暄过后，理查德·D.扎努克跟我说（不是原话，但他就是这个意思）："这部电影从头到尾、一以贯之，就是讲一个惊险的故事，所以你要把那些罗曼蒂克的东西、黑手党的东西，以及任何分散注意力的其他东西都拿掉。"

看到这里,那些只看过电影《大白鲨》而没看过原著的读者可能会皱起眉头来了,我知道你们心里在想:"罗曼蒂克?黑道?他在说什么呢?那些东西在哪儿呢?"

那么,请继续往下看吧,看看你能不能发现什么。

第一部

一

深夜，大鲨鱼微微地摆动着新月形的尾巴，悄无声息地在海里游来游去。它的嘴巴张得大大的，正好让激起的海水冲刷过鱼鳃。它时而微微上下摆动胸鳍来调整看似毫无目的的航向，就像鸟儿改变飞行方向时一翼倾斜一翼举起一样，除此之外别无其他动作。它的眼睛在黑暗中什么也看不见，其他感官也没有给它又小又简单的大脑传递任何特别的信息。要不是多少万年延续下来的受本能支配的游动，它就和睡着了没有两样！它没有别的鱼类一样的鱼鳔让它在水中浮起，也没有鳃盖去不断扇动带氧的海水透过鱼鳃，只是靠不停地游动才得以生存。一旦停止游动，它就会沉入海底，缺氧而死。

由于没有月光，地面似乎和大海一样漆黑，唯一能分出陆地与海洋的是一片狭长而笔直的海滩，沙滩的沙子白得发光。在杂草斑驳的沙丘的背面有一所房子，屋里有灯光，屋外沙滩上映射着黄色的微光。

房子的前门打开了，从里面走出一男一女。他们在木制门廊里站着凝望了一会儿大海,拥抱了一下,跳跳蹦蹦地奔下台阶来到沙滩上。男的醉了,在下最后一级台阶时绊了一下。女的笑起来,抓住他的手,然后两人朝海边跑去。

"先游游水,"女的说,"让你的脑袋清醒清醒。"

男的说:"先别管我的脑袋吧!"他傻笑着拉着女的往后一仰,倒在沙滩上。黑暗中两人摸索着脱下衣服,四肢交织在一起,怀着急迫的热情在阴凉的沙子上翻来滚去。

过后,男的躺在那儿合上了眼。女的对他瞧瞧,笑了笑:"现在好去游水了吧?"

"你先去吧,我在这儿等你。"

女的站起身来走到海边,海浪轻轻地拍打着她的脚踝。时令是六月中旬,海水比夜间的空气温度还要冷。女的回过头来喊道:"你真的不想游了吗?"男的已经睡着了,没有回答。

她往后退了几步,然后跑进水里。起先她步子跨得很大,姿态也很优美,可随即一阵小浪冲向膝头,她一个趔趄,然后站稳了脚跟,又向接踵而来的齐腰浪头冲去。海水只不过才到臀部,她站在水里,把挂在眼睛上的头发掠到两边,继续往前走,一直走到海水淹没了肩头。她开始游了起来——头露出水面,手脚笨拙地划着,显然没有受过专门训练。

在离岸一百码远的海里,鲨鱼感觉到海洋律动发生了变化,但它看不见也嗅不出那女的。它周身充满黏液的纤细管道上面散布的神经末梢,测出了海水的颤动,向大脑发出了信号。于是鲨鱼便转向岸边游来。

女人继续游离海滩,时而停下来凭借房屋里透出的灯光来确定她的方位。正是平潮时分,所以她没有在海滩的水中大起大落。不过她倒有点儿累了,于是停下来踩踩水,歇了一会儿,然后就游回海岸。

颤动增强了，鲨鱼意识到有东西可以捕食，于是尾巴的摆动加快起来，推动庞大的躯体急速向前冲去，搅动水里发磷光的小海鱼四处逃散，发出白光，而鲨鱼好似裹了一层发光的幔子。

它向女人靠近，在离她身边十几英尺远不到六英尺深的水下一冲而过。女人只感到一股推力把她从水里抬起又放下。她停下来屏息了一会儿，发现没有什么，就又东倒西歪地游起来。

鲨鱼嗅出她来了，而她游泳带来的慌乱急促的颤动让鲨鱼觉得这次捕食会有点儿棘手。鲨鱼绕着圈子向女人靠近，背鳍劈开海水，咝咝地来回划破明净的水面，同时一阵阵战栗掠过它的全身。

女人头一次感到了害怕，虽然她弄不清是怎么回事，肾上腺素迅速冲向她的躯干与四肢，使她一阵发热，促使她加速度往前游。她估计自己离海岸还有五十码，都可以看见海浪拍打海滩时形成的一长条白沫，也看见了屋里的灯光，还觉得看到了一个人影在窗前掠过，心头不禁感到片刻的宽慰。

鲨鱼游到女人身边大约五十码左右，突然左转一头栽进深水，尾巴飞速地摆动了两下，够到她了。

起先，她还以为是块岩石或漂浮的木头绊了她，只是右腿被猛地拉了一下，并无甚痛楚。她用左腿踩着水，头部向上抬起，在黑暗中用左手去摸脚，摸来摸去摸不到，再去摸腿，摸到的却是一节骨头和撕碎的肌肉，随即领悟到那一股股透过手指淌进寒冷海水里的热流是她自己的血！她立刻感到一阵眩晕与恶心。

她又痛又怕，头向后一仰，喉头发出一声恐怖的喊叫。

鲨鱼游向一旁，嚼都未嚼就咽下了女人的右腿，粗大的喉管只抽动了一下就连骨带肉吞进腹中。它又回转身来，顺着女人股动脉喷出的血流寻找目标，这血流是指向航标，就像在晴朗之夜的灯塔一样明亮可靠。它这次从水下进攻，嘴张得大大的，向女人猛撞过去，圆锥形的大头颅就像火车头一样把她撞出了水面,血盆大口猛地一合咬住女人残缺的躯体,骨肉及其他器官被嚼成一团肉泥。它嘴里叼着女人的尸体,轰的一声冲向水底,溅起白沫、鲜血及磷光,好似在下一场五彩的阵雨。

鲨鱼在水下摇晃着脑袋,用它三角形的锯齿撕咬着有些韧劲的肌腱。女人的尸体被弄得七零八落。鲨鱼吞食着,又转身继续搜寻,它的脑中枢还记得附近有捕食对象的信号。鲜血、碎肉与海水交织在一起,它区分不出哪些是信号,哪些是碎尸。它在一片血雾中来回疾驰,大嘴时开时闭,像用网捞鱼一样捞着一些碎片。这时候尸体的碎片大多已散开,一部分慢慢沉到海底停在沙石上,随着潮流的起伏懒洋洋地浮动,而另一部分则在波浪中漂浮,一直漂浮到岸边拍打着海岸。

男的凌晨醒来,冷得有点儿发抖,嘴巴又黏又干,一阵打嗝喷出一股烈性威士忌酒的气味。太阳尚未升起,渐渐发白的天空闪着星星微弱的亮光,东方地平线上一片桃红色,他意识到天马上就要亮了。他站起身来穿上衣服,有些为女人回屋的时候竟没有叫醒他而恼火;可他又觉得有点儿奇怪:她为什么把衣服留在沙滩上?他拾起女人的衣服走回屋里。

他蹑手蹑脚地穿过门廊,轻轻拉开纱门以免发出尖锐刺耳的怪声。起居室里黑洞洞的,空无一人,没喝完的酒杯、烟灰缸、脏盘子,散落得到处都是。他走出起居室,向右拐进门厅,经过两个房间的门前来到他和女人住的那一间。门开着,床头灯也亮着,两张床都铺得好好的。他把女人的衣服扔到一张床上,然后回到起居室,开了灯,两张睡椅都空着。

这幢房子里还有两间卧室,房主人睡一间,另外两个房客占一间。他尽力轻手轻脚地推开了另外两个房客住的那一间卧室的房门，里面两张床，每张床上很明显只睡着一个人。他关上门又钻进隔壁一间，房主人夫妇睡在一张大床上。他关上门，回到自己屋里，找到表一看，快五点了。

他在床上坐下，瞧着另一张床上的一堆衣服，断定女人不在这幢房子里。头天没有别的客人来吃晚饭，除非在他熟睡时她在海滩上遇见了什么人，要不她是不会跟谁跑掉的。他想：即使碰上了谁，至少也该带走几件衣服才是。

此时他才想起可能出了什么意外，马上又认为不仅可能而且肯定出事了。他回到房主人的卧室，在床前犹豫了一下，然后把手轻轻放在房主人的肩上。

"杰克，"他拍拍房主人的肩膀说，"嘿，杰克。"

那人舒了一口气睁开了眼睛。"怎么啦？"

"是我，汤姆。我真不想把你叫醒，可我觉得我们也许碰到麻烦事了。"

"什么麻烦事？"

"你见到克里茜了吗？"

"你说什么？什么叫我见到克里茜没有啊？她跟你在一块的呀！"

"不，她没和我在一起，我的意思是找不到她了。"

杰克坐起身来，拧亮了灯。他的妻子动弹了一下，用被单蒙住了头。杰克看了看表说："我的老天，早上五点了，你却找不到你的心上人。"

"是呀，"汤姆说，"真对不起，你可记得你最后看到她是什么时候？"

"当然记得，她说你们要去游泳，你们俩是一块走出去的。你最后看到她是什么时候？"

"在海滩上，随后我就睡着了。你认为她没有回来过吗？"

"我是说没有见她回来过，至少在我们睡觉之前没有看见她回来过，那时大约在一点左右。"

"我找到了她的衣服。"

"在哪儿找到的？沙滩上吗？"

"是的。"

"起居室里找过了吗？"

汤姆点点头说："亨克尔两口子的房间里也找过了。"

"亨克尔两口子的房间！"

汤姆脸红了一下。"我认识她不久，我觉得她有点儿古怪，亨克尔那两口子也可能有点儿古怪。我说这话并不是有所指，我只是想在叫醒你之前把整个房子先查看一下。"

"那你认为怎样？"

"我开始觉得，"汤姆说，"也许她出了什么事，可能淹死了。"

杰克盯着他瞧了一会儿，而后又看看表。"我不晓得市警察局什么时候上班，"他说，"不过，我认为最好现在就去报案。"

二

巡警莱恩·亨德里克斯正坐在自己在阿米蒂市警察局的办公桌旁边，读一本名叫《我要你的小命》的侦探小说。电话铃响了，此时书中的女主人公惠斯玲·迪克西在一家摩托车俱乐部旁边正要遭到一群坏蛋轮奸。亨德里克斯没有接电话，继续看他的小说。直到他看到迪克西小姐用藏在头发里的弯刀阉掉了第一个坏蛋的睾丸时，他才去接电话。

他拿起话筒。"我是阿米蒂警察局的巡警亨德里克斯，"他说，"有什么事吗?"

"我是杰克·富特,住在老磨坊路。我向你报告,有个女人失踪了,至少我认为她失踪了。"

"请重复一遍好吗,先生?"亨德里克斯曾在越南服役时当过通信兵,喜欢用军事术语。

"今天凌晨一点钟左右,我这里一个房客去游泳,"富特说道,"她到现在还没回来。她的男朋友在海滩上找到了她的衣服。"

亨德里克斯在活页本上草草记着。"这人叫什么名字?"

"克莉丝汀·沃特金斯。"

"多大岁数?"

"不知道,请等一下。二十五六岁,她的男朋友说这大概不会错。"

"身高和体重呢?"

"等等。"停了一会儿,富特说,"我们认为她身高大约五英尺七英寸,体重在一百二十到一百三十磅之间。"

"头发和眼睛是什么颜色?"

"喂,警官,您干吗要了解这些?要是这个女人淹死了,很可能这是您晚上碰到的唯一案件吧?对不对?这一带平均每天晚上淹死的人不会超过一个吧?"

"谁说她淹死了,富特先生?说不定她去散步了呢。"

"半夜一点钟,一丝不挂地去散步?您有没有接到报告说有个赤条条的女人在海滩散步?"

亨德里克斯对这种挖苦保持了难以做到的沉着。"没有,富特先生,还没有接到这种报告。不过夏季一开始,你简直预料不到会出现什么样的事。去年八月,一批搞同性恋的小伙子在俱乐部旁边举办了一次舞会——裸体舞会。喂,她的头发和眼睛是什么颜色?"

9

"她的头发是……噢，淡黄色的，我想是沙色的。我不知道她的眼睛是什么颜色的，我来问问她男朋友。喂，他说他也不知道，就算是淡褐色的吧！"

"好吧，富特先生，会弄清楚的。我们一有线索就同您联系。"

亨德里克斯挂上电话，看了看表。时间是五点十分，局长得一小时后才起床，犯不着为一起无头失踪案去叫醒他。谁知道这个下流女人是不是正在同海滩上碰到的某个小伙子在小树丛中干好事哩。即使她被海水冲打到什么地方，布罗迪局长也一定会要他们迅速找到并运走尸体，以免被某个带着两三个小孩的保姆发现，造成极不好的群众影响。

局长一直告诫他要有判断力，这也是一个好警察必备的素质。正是由于警察工作要求足智多谋，他从越南回来后才决定在阿米蒂当警察的。待遇挺不错：一开始年薪九千美元，十五年后一万五千美元，还有一些别的福利。当警察有一种安全感，固定的上班时间，还有机会碰到些开心的事——不仅是扭送醉汉或揍揍不服管教的小青年，而且还处理盗窃案，追捕偶尔碰到的强奸犯（去年夏天，一个黑人花匠强奸了七名富家白人妇女，但她们中没有一个人肯出庭为此作证）；还有机会青云直上，成为为社区做受人尊敬的有为之人。再说，在阿米蒂当警察不像在大都市当警察那样危险，前一个因公殉职的阿米蒂警察死于一九五七年，当时这名警官想在蒙托克公路上拦住开着一辆超速行驶的汽车的醉汉，结果他被撞出公路，碰死在一堵石头墙上。

亨德里克斯深信，要是不值这种倒霉的零点到八点的大夜班，他也许会喜欢警察工作的，可眼下当班是够叫人讨厌的了。他清楚地意识到为什么叫他上夜班，布罗迪局长喜欢逐步地训练他的年轻部下，锻炼他们的警察基本功——良好的悟性、敏锐的判断力、宽容、有礼——而在白天当班，就不会碰到什么难处理的问题。

正常的白班从上午八点到下午四点，上这种班的有六个人，需要的是经验和外交手腕。一人在梅因大街和沃特大街的交叉路口指挥夏令季节的交通，两人开着警车巡逻，另有一人在局本部听电话，还有一人处理行政事务，而局长本人则应付老百姓——妇女们抱怨兰迪贝尔和萨克森两家酒吧的喧闹声吵得她们不能入睡；房东们发牢骚说酒鬼们把海滩上弄得一塌糊涂、鸡犬不宁；而度假的银行家、掮客和律师则顺便来谈谈他们各种各样的把阿米蒂办成一个独一无二的保持自然特色的避暑胜地的计划。

下午四点到午夜那一班麻烦最多，这期间汉普敦来的一群野小子会聚集在兰迪贝尔酒吧打群架，要不就喝得酩酊大醉，构成对路上行人的极大威胁；偶尔也会有一两个昆斯来的小强盗埋伏在小街上对路人行凶抢劫；而有时候在夏天，一个月大约有两次吧，当警方收集到足够的证据时也会迫不得已对海边某幢住宅进行搜捕。上四点到十二点这一班的有六个人，是局里最得力的六条汉子，年龄都在三十到五十岁之间。

午夜到上午八点一般来说平安无事，一年倒也真能保证九个月的太平日子。去年冬天最大的一次事故是场雷电交加的暴风雨，暴风雨把阿米蒂四十八户最大最有钱人家的报警系统彻底摧毁了。夏季正常情况下，午夜到八点这一班排三名警官。一名叫迪克·安吉洛的年轻人，趁这会儿旺季还没到，休了两周的假。另一位是个三十岁的老手，名叫亨利·金布尔，他之所以要选大夜班是因为他在萨克森酒吧找了个白天当招待的活儿，这样白天下班后睡一觉正好赶上当夜班警察。亨德里克斯想用无线电呼唤金布尔，叫他沿着老磨坊路一带的海滩走走。可他又觉得这种想法不实际，像以往一样，这时候金布尔正把警车停在阿米蒂药房后面，自己在车内呼呼大睡哩。所以，亨德里克斯拿起电话拨了布罗迪局长家的号码。

11

布罗迪正处于醒来之前那种似醒非醒的状态,梦一个接着一个,间或还有一种迷迷糊糊的感觉。第一阵电话铃声没把他惊醒,而是进入了他的梦境——梦中他正在高中的楼梯底下对一个女孩上下其手。而第二阵铃声则打断了他的梦幻,他翻过身去拾起电话听筒。

"谁呀?"

"局长,我是亨德里克斯。我真不想这么早来打扰您,不过——"

"现在几点?"

"五点二十分。"

"伦纳德,这时候醒了也不坏嘛。"

"局长,看来咱们得接手一起浮尸案了。"

"浮尸?我的老天,浮尸是个什么东西?"

浮尸这个词是亨德里克斯夜间看小说的时候学来的。"是个溺死的人。"他有些发窘地说。他把富特打电话的事告诉了布罗迪。"我不晓得您是不是想要我们在人们下海游泳之前去检查一下,我的意思是今天看来是个好天哩!"

布罗迪使劲叹了口气。"金布尔在哪儿?"他问道,随即又接着说,"啊,不问你了,这问题问得真蠢。哪一天我要把他的无线电改装一下,叫他关不掉才好。"

亨德里克斯停了一会儿说:"我刚才说了,局长,我真不该……"

"好了,好了,伦纳德,你做得对。既然醒了,我也就该起床了。让我刮刮脸,洗个澡,喝点儿咖啡,上班时再顺路到老磨坊路和苏格兰路前面的海滩望望,看看你说的那个'浮尸'是不是在那段海滩上吵吵闹闹地乱跑。等白班的伙计们上班后我再去找富特和那个姑娘的情人谈谈。回头见。"

布罗迪挂上电话,伸了个懒腰。他看看双人床上躺在身边的妻子,电话铃响的时候她动弹了一下,断定没有什么急事后,她又睡着了。

埃伦·布罗迪三十六岁，比丈夫小五岁。她看上去不到三十岁，这一点叫布罗迪既感到骄傲又觉得烦恼：骄傲的是她美貌年轻并嫁给了他，这使得他这个人看来品位不俗且富有魅力；烦恼的是她生了三个孩子，够劳累的了，却依然能够保持着姣好的容颜，而他布罗迪身高六英尺一英寸，体重两百磅，虽不算胖，却开始担心自己的血压和大腹便便了。在夏日里，布罗迪有时会不经意地怀着懒洋洋的淫念盯着一些长着大长腿的年轻姑娘，她们昂首阔步神气活现地在城里走来走去——她们未戴乳罩的乳房在薄薄的棉织紧身内衣里抖动着。但他并不喜欢这种感觉，因为他时时疑心埃伦看到和这些长腿姑娘十分相配的晒得黝黑的苗条小伙子时也会有同样的感觉。一想到这一点，他还会联想到自己已年近五十，人生已经过了一大半，心情更是不佳。

夏天令埃伦·布罗迪心烦意乱，因为在这个季节她常受到不愿去想的想法所折磨——想到失去的机会，想到她本来可以过上的另一种生活。她看到同她一起长大的人：过去预科学校的同学，现在都嫁给了银行家或掮客。她们热天在阿米蒂避暑，冷天在纽约过冬；她们都是些高雅的女人，网球打得漂亮，谈起话来也有趣大方。埃伦确信，这些女人私下里一定取笑她，说她之所以嫁给那个警察，是因为他在他那辆一九四八年出产的老式福特汽车的后排座上把她的肚子搞大了，其实事情并非如此。

埃伦第一次遇到布罗迪时才二十一岁，刚在韦尔斯利读完大学三年级，正和她父母在阿米蒂度夏。在广告公司任职的父亲从洛杉矶调到纽约后，她已随父母在阿米蒂度过了十一个夏天。尽管埃伦·谢泼德并不像她的一些朋友那样总想着婚姻大事，但她打算在大学毕业后一两年内嫁个与她的社会、经济地位大体相当的人。这种想法既未使她苦恼也未叫她高兴。她满足于父亲挣来的有限财富,她知道母亲也是这样。但她并不渴望重复父母那样的生活。她对那些鸡毛蒜皮的社会问题了如指掌并心生厌倦。她认为自己是个单纯的女孩子,在波特小姐学校读书时,一九五三届的班级年鉴上写着她被选为"最真诚学生",对此她感到非常自豪。

她与布罗迪的第一次接触是工作性质的:她被扣留——或者更确切地说,是她男朋友被扣留了。一天深夜,一位酩酊大醉的小伙子开车送她回家,执意在一条狭窄的街道上把车开得飞快。车子被一名警察拦了下来,这位警察年轻、英俊而彬彬有礼,给埃伦留下了很深的印象。他开了张传票,没收了那小伙子汽车的钥匙,然后开车把他们送回各自的家里。次日上午,埃伦上街购物时发现商店旁边就是警察局,出于玩玩的心理,她进去问了头天午夜时分值班警官的姓名。然后,她回家给布罗迪写了封信感谢他的帮助,还给警察局长写了封信表扬马丁·布罗迪这位年轻人。布罗迪则给她打了个电话感谢她给他写的那封信。

在某个不当班的晚上他邀请她出去吃饭并看电影,她出于好奇答应了。在此之前她几乎没有同警察讲过话,更不用说同哪一个警察出去约会了。布罗迪有点儿紧张,可埃伦看来确实对他和他的工作表现出很大兴趣,这样他也就定下心来,玩得也自在了。埃伦觉得他挺讨人喜欢:身体结实,为人质朴、和气、诚恳。他当时已当了六年的警察,他说他的愿望是当上阿米蒂警察局的局长,秋天带着儿子去打野鸭,再就是攒一笔钱,每隔两三年过个真正的假期。

就在那年的十一月,他们结婚了。她父母本想叫她读完大学,布罗迪也愿意等到次年夏季再完婚,可埃伦看不出多读一年大学对她所选择的生活道路会有什么影响。

婚后的头几年里,他们闹过一些别扭。埃伦的朋友常常邀请他们去吃饭或游泳,他们也就去了,可布罗迪总觉得不自在,觉得别人对他总摆出一副屈尊俯就的姿态。而他俩同布罗迪的朋友聚在一起的时候,埃伦的出身和家庭背景似乎使大家的说笑受到些约束,人们小心翼翼,唯恐有失检点。但随着友谊的逐步加深,别扭也就消失了。不过他们再也见不到埃伦昔日的朋友了,摘掉了"度夏者"的帽子固然博得了阿米蒂老百姓的欢心,可她付出的代价太大了,丢掉的是她二十一年来所熟悉而又热爱的东西啊!她好像一下子进入了另外一个国度。

直到四年前,这种陌生感并未叫她烦恼过,她高高兴兴地忙着带孩子,无意去眷念往事。但当她最后一个孩子开始上学时,她觉得有些惘然若失,开始追忆起她母亲在子女们能脱手时是怎么过日子的:各处跑跑买东西(这样做很开心,因为除了最贵的东西外,什么都能买得起),到朋友家吃饭,打网球,鸡尾酒会,周末远足。一度在她眼里肤浅乏味的东西,现在回忆起来却似天堂般美妙。

起初,她想与十年未见面的老朋友们重新建立联系,可是所有共同的兴趣和经历都早已消失。埃伦兴高采烈地谈论社会,谈论地方政事以及她在南安普敦医院的义务工作——所有这些话题,老朋友们(其中许多人三十多年来每年夏天都来阿米蒂度假)既不了解也不怎么关心。她们谈的是纽约的政治生活,她们所熟知的美术馆、画家和作家。谈话多半以怀旧和推测她们老朋友的行踪而告终,她们总是许诺改天再互访、聚会。

有时候她也想在夏天来度假的不认识的人当中,结交一些新朋友,但这种来往总有些勉强,时间也不长。要是埃伦不那么在乎自己的住宅和自己丈夫待遇菲薄的差使,这种交往也许可以持久下去。她也清楚,碰到的每一个人都知道她与当地老百姓有着完全不同的家庭背景。她明白自己在干些什么。为此她恨自己,因为实际上她深爱自己的丈夫和孩子。而且一年当中的大部分时间里，她确实对自己的境遇感到十分称心。

现在，她大体上已不再那么起劲地介入夏日度假人群了，但怨恨和渴望仍然纠缠着她。她很不开心，并把这种不快大多发泄在丈夫身上。这一点，夫妇两人都清楚，但只有丈夫能够忍受。她仅仅希望要是在每年夏季那三个月里，自己能重温美好的昔日时光就好了。

布罗迪翻转身去靠着埃伦，用肘撑起身子，手托住头，另一只手则轻轻拨动埃伦的一束头发去挑她的鼻子，把她弄得痒痒的。刚才的梦境使他燃烧着性的冲动，想把她弄醒求欢。他知道妻子是个慢热的女人，一大早更有可能发脾气而不是与他浪漫缠绵一番。不过现在要能和她来一下子还是其乐无穷的。近来他们夫妇两人不大有那件事了，尤其现在埃伦处于夏季情绪不佳的时候，这种事就更少有了。

就在此时，埃伦张开了嘴，打起鼾来。布罗迪就像有人朝他下身泼了盆冷水一样，一下子兴趣全无。他爬起身来走进浴室。

布罗迪驱车前往老磨坊路的时候，已快六点三十分了。太阳升得高高的，日出时的那种红色已褪去，正从橘红色变成亮黄色，天空万里无云。

从理论上说，每幢住宅之间都有法定的公用道路，是人们前往海滩的通道，属于私人所有的只是与平均高水位线的空间。但大多数住宅之间的法定公用道路往往为汽车房或水蜡树树篱所堵塞，从老磨坊路上看不到海滩，布罗迪能看到的只是一些沙丘的顶部。所以，他每开上一百来码就把警车停下来，在高处的私用车道上走上几步，俯视一下海滩。

但是放眼过去看不出有尸体的迹象。在这一片广阔的白花花海面上他只看到几块浮木、一两个空罐头盒，以及被南来的微风推到岸边约一米宽的海草和海带。几乎没有什么拍岸的海浪，海面要是漂着具尸体，一定看得见。布罗迪心想，即使有具"浮尸"，也是"浮"在水面下而已，非得等把它冲出水面才能看得见。

到七点时，布罗迪已查看完了老磨坊路和苏格兰路一带的海滩。唯一让他感到有点儿怪异的是看到一个纸盘里放着三块扇形的橘子皮，这表明夏季海滩野餐比以往任何时候都雅致。

他沿着苏格兰路驱车返回，在贝贝里小巷朝北向城里驶去，七点十分到了警察局。

布罗迪进来的时候，亨德里克斯刚写好他的值班报告，他对布罗迪没有拖着一具尸体回来感到有点儿失望。"局长，运气不好吗？"他问道。

"这得看你说的运气指的是什么，伦纳德。如果你是想问我是不是找到尸体了，或者想说我要是没找到尸体岂不很糟，那么我的回答都是运气不好。金布尔来了吗？"

"没来。"

"好吧，但愿他没在睡大头觉。要是人们都上街买东西了，他还在警车里打鼾，那才好看呢！"

"他要到八点才来，"亨德里克斯说，"他总是八点到。"

布罗迪倒了杯咖啡，端着走进他的办公室，开始翻阅当天的报纸——纽约的《每日新闻》上午版和当地的《导报》（这种地方小报冬季是周刊，而夏季是日报）。

快八点的时候金布尔来了，看来睡够了，好像还是穿着制服睡的。他和亨德里克斯喝着咖啡，等上白班的同事来接班。接替亨德里克斯的准八点钟来了，于是他穿上类似飞行员服的皮夹克，准备离开。这时布罗迪从他的办公室里走了出来。

"伦纳德，我打算去找富特，"布罗迪说，"你想跟我一块去吗？

你不一定非去不可,不过我想你也许想把你的……'浮尸'追查到底吧。"他说罢笑了笑。

"当然,我也这么想呢,"亨德里克斯说,"反正今天也没有别的什么事要做,我可以睡一下午。"

他们上了布罗迪的车出发了。开进富特的车道时,亨德里克斯说:"要是他们都还在睡觉,怎么办?我记得去年夏天一个女人夜里一点钟打电话来讲她的一些珠宝不见了,问我是不是能在次日上午尽早去她家一趟,我说马上就可以去,可她却说不行,因为她要睡了。不管怎样,我还是在第二天上午十点去了,但她却把我赶了出来,说:'我没叫你这么早就来。'"

"看着吧,"布罗迪说,"要是他们真的关心这个女人的话,他们不会还在睡觉的。"

布罗迪刚一敲门门就开了。"我们一直在等你们的消息哩,"一个青年男子说,"我叫汤姆·卡西迪。找到她了吗?"

"我是警察局长布罗迪,这位是亨德里克斯警官。人还没找到,卡西迪先生。我们能进来吗?"

"当然,当然,真对不起。请在会客室里坐坐,我去叫富特夫妇来。"

不出五分钟布罗迪就把该问的都问过了,然后为了详尽了解还有哪些有用的情况,他提出要看看这位失踪女人的衣物。他被领进卧室,检查放在床上的衣服。

"她连游泳衣也没穿吗?"

"没穿,"卡西迪说,"她的游泳衣在那边最上面的一个抽屉里,我看过了。"

布罗迪犹豫了一下,然后小心翼翼地说:"卡西迪先生,我并没有无礼或别的什么意思,不过这位沃特金斯小姐有没有怪癖?我的意思是诸如半夜里脱光衣服……或赤身裸体走来走去？"

"这我可不知道，"卡西迪说，"说真话，我对她并不太了解。"

"好吧，"布罗迪说，"那么我们最好再去海滩看看，你不必去了，亨德里克斯和我去就行了。"

"要是您不介意，我还是想去。"

"好呀，我刚才怕你也许不想去呢。"

三人走向海滩，卡西迪给他们指出他睡着的地方——他躺在沙滩上的压痕还清晰可见——和发现女人衣服的地方。

布罗迪前后张望了一下，在他目力所及的一英里多的距离内，海滩上空无一物，唯有一些黑色的斑点点缀着一片白沙，那是一簇簇海带和海草。"让我们走几步，"他说，"伦纳德，你向东走到海岬那个地方。卡西迪先生，你同我朝西走。伦纳德，你带哨子了吗？有情况就吹一下。"

"带了，"亨德里克斯说，"您看我把鞋脱掉行吗？这样在沙石上走起来方便些，我可不想把鞋子弄潮。"

"我看可以，"布罗迪说，"按理说，你现在不当班，哪怕把裤子脱掉也行。当然喽，那样我就要以有伤风化罪来拘留你。"

亨德里克斯朝东走去，赤脚踩在潮湿的沙石上又清凉又爽快。他的手插在口袋里，一边走一边低头看看地面上的小贝壳和缠结在一起的海草。几只黑色的小甲虫在前面爬开去，海浪退下时他又看到一些沙蚯钻成的小洞冒着泡泡。他喜欢这样走走，心想倒也有意思，自己在此地住了一辈子，却几乎从未像来度假的人那样在沙滩上走走或在大海里游泳。他记不得上次是什么时候来游泳的，甚至闹不清他那条游泳裤是否还在。这倒像他听说的关于纽约的一些传闻了——纽约有一半的居民从未爬过帝国大厦或看过自由女神铜像。

亨德里克斯边走时不时地抬头瞧瞧离那个海岬还有多远。走了

19

一会儿，他转过头来看看布罗迪和卡西迪是否找到了什么。他估计他们之间相距半英里。

他再掉过身来朝前走时，发现前面有样什么东西，那是一团大得不寻常的海草，离他有三十码远光景。他心里嘀咕着这簇海草里也许缠着什么东西。

他来到这堆东西旁边，弯下腰来，拨开一些海草，突然间他停住手，瞪大眼睛，全身都僵了。他从短裤口袋里摸索出哨子，放在嘴边想吹，可还没吹就呕吐起来，身子向后晃了一下就跪倒在地上。

一个女人的头缠在海草里，还和肩膀连着，再往下是半截胳膊，还有大概三分之一的躯干，肌肉撕烂的地方已经是斑驳的蓝灰色样子。亨德里克斯胆汁都要吐出来了，一丝闪念又引起他一阵恶心，因为他想到这女人仅存的乳房就像压在纪念册里的花儿一样平。

"停一下，"布罗迪站住脚拉住卡西迪的手臂，"好像是哨子声。"他倾听着，在阳光下眯起眼睛向那方向看去。他看到沙滩上有个黑点，猜想那就是亨德里克斯。此时，他更清楚地听到了哨子声。"跟我来！"他说。两人就在沙滩上小跑起来。

他们赶到亨德里克斯身边时，他还跪在地上，吐到不能再吐了，耷拉着脑袋，嘴巴张着，喘气时由于喉头的黏液发出呼噜呼噜的声音。

布罗迪跑在卡西迪前面几步，他说："卡西迪先生，你先别过来好吗？"他拨开一些海草，当看清里面的东西时，立即感到胆汁冲上喉头。他强吞下去，闭上眼睛，镇定了一会儿，然后说："卡西迪先生，你现在也可以过来看看了，告诉我这是不是她。"

卡西迪吓坏了，来回看着筋疲力尽的亨德里克斯和那簇海草。"那个东西？"他指着海草问，条件反射般地后退了几步，"那个东西？你说那是她,这是什么意思?"

布罗迪还在尽力控制自己不要吐出来。"我是说,"他讲,"那也许是她的一部分。"

卡西迪勉强向前移了几步。布罗迪把海草扯在一边让卡西迪清楚地看见了女人张着嘴巴的惨白的面孔。"啊,我的上帝!"他叫道,用手捂住了嘴。

"是她吗?"

卡西迪点点头,两眼还盯着那张面孔,然后掉转身问:"她出了什么事?"

"我不敢肯定,"布罗迪说,"眼下看来,我得说是鲨鱼干的。"

卡西迪两腿发软跌倒在沙滩上说:"我想吐。"他低头呕吐起来。

呕吐物的恶臭直往布罗迪冲来,他晓得自己也控制不住了。"要吐就一起吐吧。"说着他也大吐特吐起来。

三

几分钟过后,布罗迪才站得起身来走回警车,叫南安普敦医院派辆救护车来。又过了几乎一个小时,救护车才来,把这段肢解了的尸体塞进一个橡皮口袋拖走了。

十一点钟光景,布罗迪回到了办公室,开始登记这次事件。就在剩下"死亡原因"这项要填的时候,电话铃响了。

"马丁,我是卡尔·桑托斯。"是验尸官的声音。

"哎,卡尔。你给我查出什么来没有?"

"如果你没有任何理由怀疑是谋杀的话,我认为是鲨鱼干的。"

"谋杀?"布罗迪说。

"我并不是提出什么看法,我的意思是只有疯子用斧头和锯子杀了这姑娘，才会弄成这副样子，这仅仅是想象而已。"

"我认为这不是谋杀，卡尔。我看不出杀人动机，找不到杀人凶器，而且——除非我头脑发昏——也没有发现嫌疑人。"

"那么我得说是条鲨鱼干的，还是条狗娘养的大家伙哩！就是远洋海轮的螺旋桨也搞不出这副样子，这条鲨鱼也许把她咬成了两段，不过……"

"好了，好了，卡尔，"布罗迪说，"饶了我吧，我胃里还难受着呢！"

"马丁，对不起。不管怎样，我这下就认定是鲨鱼的袭击了，这对你来说可能是最能讲得通的——除非……你晓得……有……别的什么考虑。"

"不，"布罗迪说，"这次不会有别的考虑。谢谢你打来电话，卡尔。"他挂上电话，在表格上"死亡原因"一栏里用打字机打上"鲨鱼袭击"四个字，然后往椅背上一靠。

布罗迪还没有想到此案所涉及的"别的什么考虑"的可能性，而这些"别的考虑"最让布罗迪感到棘手。他要强制自己坚决地为保护公众利益采取最有效的防范措施，既不损害自己的良知，又不牺牲法律。

目前夏季刚刚开始，布罗迪明白这短短十二个星期兴旺与否关系到阿米蒂小城一年的命运。夏季赚它一笔钱就足以让阿米蒂像样地度过萧条的冬天。小城在冬季的人口大约是一千人，而在夏季就陡升到一万人左右，这九千名来此度假的游客养活当地常住的一千名居民整整一个年头。

商人们——从五金店的老板到体育用具公司的经理，以及两个加油站的站长或是当地药房的掌柜——都需要一个繁荣的夏季来支撑他们度过生意清淡的冬天，因为冬天他们从来都是赔钱的。木匠、水电工的老婆都是夏天当当女招待或二房东，赚点儿钱补贴一家人冬天的开销。阿米蒂的卖酒执照两年就得换一次，所以夏季十二个星期对大多数的饭馆和酒店来讲是事关重大的。租船的捕鱼人希望碰到所有的好运气：天气要好，捕鱼要多，尤其是要有买主。

即使是在夏季生意兴旺的年份，冬天也还是十分难熬，十户人家有三户要救济，好多人被迫跑到长岛北部海滨去剥扇贝壳，一天挣上几块钱来勉强糊口。

布罗迪也清楚，一个萧条的夏季就会使要救济的人数增加一倍。房子要是没人租，阿米蒂的黑人就没活干，他们大多是当花匠、酒吧招待和仆人的。要是接连出现两三个萧条的夏季——谢天谢地，二十多年来这种情况还没有出现过——这个小城准要给毁掉。要是人们没钱买衣服、汽油和足够的食物，要是他们修不起房屋和用具，那么商人和服务性行业就难以渡过难关来迎接下一个夏季，就要关门大吉，而阿米蒂的居民也不得不到处去买东西，因而阿米蒂也就丧失了税收，城市建设与公共服务事业就难以为继，人们就要一个个地搬走。

因而，在阿米蒂，为了生存，人们就有了一个共同的、心照不宣的默契，那就是人人都要尽一份力，让阿米蒂成为人们理想的避暑胜地。布罗迪想起几年前有两个年龄不大的兄弟来阿米蒂操起木匠手艺的事来。他们是春天来的，当时为了准备房屋迎接夏季来住的游客，人们忙得不亦乐乎，活儿有的是，他们当然也大受欢迎。兄弟俩看来很能干，一些早有名气的木匠也开始介绍活儿给他们干。

可当夏天过了一半时，一些有关费利克斯兄弟的传说叫人感到不安起来。阿米蒂城五金店老板艾伯特·莫里斯说，两兄弟采用便宜的铁钉来代替镀锌的铁钉，但却按镀锌铁钉的价格来向顾客收费。这种便宜的铁钉在海边的气候条件下几个月就生锈了。开贮木场的迪克·施皮策则告诉人们说，费利克斯兄弟订了一批劣质木材来给苏格兰路上的一户人家打橱柜，柜门刚装上去就翘起来了。一天晚上，老大阿曼多·费利克斯在酒店里对他的一个酒肉朋友吹嘘说，最近人家按每隔十六英寸装一根支柱包工给他，他实际上却是每隔二十四英寸才钉上一根。而二十岁的老二丹尼·费利克斯长着一脸粉刺，喜欢把一些色情书画拿给别人看，还大言不惭地说这些书画是他在一些人家干活时偷来的。

其他的木匠不再介绍活儿给他们干，但是他们这时候生意挣得钱已经足够过冬了。阿米蒂的默契暗暗地在起作用，开头只是暗示费利克斯兄弟，他们受到的欢迎与礼遇就到此为止了，阿曼多却不吃这一套。不久，恼人的倒霉事来了，他卡车的所有轮胎总是莫名其妙地跑光了气，他向阿米蒂海湾派出所报了案，结果说是气泵被弄坏了。他厨房里的液化气用完了，可当地煤气公司要八天工夫才给他换来新钢瓶。他所订购的木材或其他器材总是无缘无故地搞错或者是耽搁了，过去在一些店铺里可以赊欠的，现在也非得付现钱不可。到十月底，费利克斯兄弟的手艺活根本无法再做，于是卷起铺盖走了。

总的来讲，布罗迪在阿米蒂除了维护法制和伸张正义外，他对这座小城的默契的贡献在于：制止谣言以及与阿米蒂《导报》编辑哈里·梅多斯磋商，对够得上称为新闻的少数不幸事件定调。

头年夏天《导报》曾经报道过那件强奸案，但只是轻描淡写地提了一下（报道说是骚扰），因为布罗迪和梅多斯一致认为，要是有个黑人强奸犯的幽灵在阿米蒂追踪所有的女性，对旅游事业不会有什么好处。在那件案子里还附带解决了一个问题，就是曾向警方报告自己被强奸的妇女不会再向别的任何人提她们的遭遇。

要是一个富有的游客来此度夏因醉酒开车被拘留，布罗迪乐意按无照驾车将其名字记下，《导报》会及时予以报道。但布罗迪也明确地警告开车人,要是第二次抓住他,就得将他作为醉酒驾车登记入册,进行指控与起诉。

布罗迪与梅多斯的关系是建立在一种微妙的平衡基础上的。当一批批汉普敦来的青年人在城里惹是生非时,布罗迪向梅多斯提供每一个细节——这些小伙子姓甚名谁、年龄多大以及对他们的指控。而阿米蒂自己的小捣蛋鬼起哄闹事时,《导报》通常则用几行字的篇幅,既不提姓名又不报地址,告诉公众警方奉命在比如说是老磨坊路吧,平息了一次小小的骚乱。

由于几名夏季游客兴致勃勃地订了全年的《导报》,度夏的房屋在冬天遭人故意破坏更加成了敏感问题。多年来,梅多斯对这类问题不予理会,留给布罗迪去查明是否已通知房主人、肇事者是否受到惩罚,以及这些房屋是否已派人去妥善修复了,等等。一九六八年冬天,短短几个星期内十六所房屋遭到破坏,布罗迪和梅多斯都认为在《导报》上全面开展一个反对这些破坏分子的运动的时候到了。其结果是有四十八所房屋装了直通警察局的报警器,而人们并不了解哪些房屋装了,哪些房屋没有装。这一举措几乎杜绝了破坏事件,布罗迪的任务减轻了不少,也为梅多斯树立起了一个为大众主持公道的编辑的形象。

两人偶尔也会发生一些冲突。梅多斯是个狂热的反对使用麻醉毒品的人,具有当记者的非凡敏锐的观察力。他一嗅出什么——如果这事不影响"别的什么考虑"的话——总是一追到底,就像贪吃猪嗅出地下美味的松露一样死死盯住不放。一九七一年阿米蒂一个富家小姐死在苏格兰路附近的海滩上。布罗迪没有找到暴力谋杀的证据,而死者家人又反对解剖尸体,此案被正式列为溺水死亡。

梅多斯却深信该女子吸毒,供货的是一个种马铃薯的波兰裔农民的儿子。梅多斯花了几乎两个月时间才调查清楚这件事,最后他坚持进行尸体解剖，结果证明死者是由于服用过量的海洛因在溺水之前就失去知觉的。他还追查到毒品的贩卖者，揭露出阿米蒂地区一个相当大的贩毒集团的活动。这件事使阿米蒂大为丢脸，布罗迪则更加感到难堪。由于该案件有几处触及联邦法律，虽说布罗迪抓了一两个人也未能洗刷他开头时的办案不力。而梅多斯却因此两次获得地区性的优秀新闻奖。

现在轮到布罗迪来坚持将此事曝光了。他打算把海滨浴场封闭两三天，好让鲨鱼有时间远远游离阿米蒂海岸线。他不敢断定鲨鱼是否吃人肉吃上了瘾（他以往听到过老虎就有这种情况），可他决心不能再让鲨鱼吃人。眼下他要让大家都知道这件事，让老百姓都害怕大海并离它远点儿。

布罗迪明白有人会强烈地反对公布这次鲨鱼吃人的事。阿米蒂同全国其他地方一样，至今仍然感觉得到经济衰退的影响。就目前看来，夏季的生意也就是中不溜儿而已。去年以来，租用房屋的人是增加了，但这些人并不是什么"豪租客"，不少是"群租"的——城里来的一群小青年，十到十五人合租一幢大房子。至少有十来幢一个夏季租金为七千到一万块的海边的房子还没人租，而五千块这一档的房子租不出去的则更多。耸人听闻的鲨鱼吃人报道则会使这种并不兴旺的经济状况面临一场灾难。

不过，布罗迪认为现在才六月中旬，大批游客还没到，死个把人的事也许很快就会被人们忘记。不用问，死一个人总比死两三个或死更多的人影响要小得多。这条鲨鱼或许已经不在此地了，但布罗迪可不愿意拿生命来作这种可能性的赌注。这样押宝也许会成功，不过赌注下得太大，大得有点儿叫人不敢押。

他拨了个电话给梅多斯。"喂！哈里，有空一块儿吃中饭吗？"

"我一直在想着你什么时候会打电话来哩，"梅多斯说，"当然有空,在我这儿还是在你那儿?"

突然间布罗迪懊悔了,要是不在吃饭时候打电话给梅多斯就好了,现在他的胃部还十分难受,一想到吃饭就要恶心。他瞟了一下挂在墙上的日历,今天是星期四。布罗迪跟他的一些收入固定而又不太宽裕的朋友一样,买东西总是拣超级市场上按星期几价钱标得比较低的东西买。星期一的便宜货是鸡,星期二是羊肉,如此等等。每吃过一样东西,埃伦就在一张纸上记下来,下星期到时候就换样别的。食谱上唯一可以换换口味的是绿鳕鱼和鲈鱼,那是客气的渔民卖不掉了给送上门来的。星期四的便宜货是碎牛肉,而这天布罗迪已经看够了切成一块一块的碎肉。

"在你那儿,"他说,"我们何不到赛伊店里点些东西出来吃?可以在你办公室里吃嘛!"

"一块儿吃真太好了,"梅多斯说,"你想吃什么?我现在就去订。"

"我想来份沙拉蛋,还要一杯牛奶,我马上就来。"布罗迪打了个电话告诉埃伦,他不回家吃午饭了。

哈里·梅多斯是个大块头,连喘口气都会累得满头是汗。他四十好几了,胃口特别好,便宜的雪茄一根接一根,陈年的烈性威士忌酒也爱不释杯,用他的医生的话讲,他是西方世界冠状动脉梗塞的主要候选人。

布罗迪到的时候,梅多斯正站在办公桌旁边,对着打开的窗子挥舞着毛巾。"从你订的中饭来看你的肠胃不好,考虑到这一点,"他说,"我想把白猫头鹰牌雪茄的气味清除一下。"

"多谢你的体贴细心。"布罗迪说。他环视了一下这间堆得乱七八糟的小房间,想找个地方坐下来。

"把那边椅子上的杂物拿走,"梅多斯说,"都是些县里、州里以及公路和航运委员会的报告。照这些报告的意思大概得花一百万美元，可从新闻的观点来讲，它们还抵不上一口唾沫。"

布罗迪收拾起这堆文件，把它们放在暖气管上。他拉过梅多斯办公桌旁的那张椅子坐了下来。

梅多斯在一个棕色大纸袋里翻了一阵，拿出一只塑料杯和一块玻璃纸包着的三明治，从办公桌那头推给布罗迪，然后摆上自己的午餐。他打开四个小包，好像一个珠宝商小心翼翼地炫耀自己喜爱的稀有珍宝一样，把这些东西摆在自己面前：一个渗出番茄酱的大肉丸、一盒装得满满的油炸土豆、小笋瓜那么大小的一棵泡菜，还有四分之一块的柠檬蛋白酥皮馅饼。他又伸手在椅子背后的一个冰箱里拿出一听四百五十四毫升的啤酒罐头。他看着面前这顿筵席笑着说："真不错。"

"不可思议，"布罗迪说，忍住一口酸嗝，"真他妈的不可思议。哈里，我跟你一块儿吃饭该有一千次了吧，可我还是觉得不习惯。"

"老兄，每个人都有自己的怪癖，"梅多斯拿起三明治说，"有些人追逐别人的老婆，有些人借酒浇愁，而我则在大自然的滋养品中得到安慰。"

"当你的心脏说'够了，够了，伙计，再见'时，对多萝西来讲倒是一种安慰。"

"多萝西和我讨论过这个问题，"梅多斯从塞满面包和肉的嘴里挤出这句话，"我们都认为比起别的动物来，人的一个有利条件是他有能力来选择自己的死法。暴饮暴食也许会送我的命，但它毕竟也能使生活成为一种享受。再说，我宁可撑死也不愿葬身鱼腹。我敢说，看了上午的场面，你会同意我的观点的。"

布罗迪正在吃鸡蛋沙拉三明治，他不得不使劲往下咽。"别折磨我了。"他说。

他们一声不吭地吃了一会儿。布罗迪吃完三明治和牛奶,把包三明治的纸卷成一团塞进塑料杯里。他往后一靠,点燃一根香烟。梅多斯还在吃,布罗迪知道他的胃口不会因进行讨论而受任何影响。他想起梅多斯在一次看完血淋淋的车祸现场准备会见警方与幸存者时,嘴里还含着根椰子冰棒。

"关于沃特金斯的事,"布罗迪说,"我有点儿想法。你愿意听吗?"梅多斯点点头。"第一,我认为死因是不用多讲的,我已经给桑托斯说了,而——"

"我也跟他谈过。"

"那么你知道他的看法了,显而易见是鲨鱼咬死的。你要是看到尸体,就会同意这种看法。我正是——"

"我看到尸体了。"

布罗迪大为惊讶,他简直难以想象有谁在亲眼看了那一团肉泥以后还能坐在那儿舔着粘在手指头上的柠檬馅饼。"那么你同意这种看法了?"

"对,我同意就是那东西弄死了这个女人,不过有几点我还不太清楚。"

"哪几点?"

"譬如说她干吗要在夜间那个时候去游泳。你晓得午夜时分的气温吗?摄氏十六度不到。除非谁有神经病才会在这种情况下去游泳。"

"要不就是喝醉了,"布罗迪说,"她极有可能是喝醉了。"

"也许是醉了,不,你说得对——她极有可能是喝醉了。我也查看了一下,富特夫妇并未提供大麻、麦斯卡林致幻剂或别的什么毒品。不过有个问题倒叫我挺伤脑筋。"

布罗迪有点儿恼火了。"我的老天,哈里,别捕风捉影了,有时候人们确实会死于偶然。"

"不是那个意思,我只是在想我们这儿海水这样冷,还有鲨鱼光顾,这事太蹊跷了。"

"是吗?也许有些鲨鱼就是喜欢温度低的海水哩!有谁了解鲨鱼?"

"有人是了解的。有一种格陵兰鲨鱼喜欢低温海水,不过这种鲨鱼从不会跑这么老远,即使这么老远跑来,它们一般并不伤人。有谁了解鲨鱼?有。我来给你讲讲:现在我对鲨鱼的了解比今天早上的我知道的要多得多。我看了沃特金斯小姐尸体的残存部分后,曾打了个电话给我认识的一个在伍兹霍尔海洋研究所工作的小伙子。我向他描绘了尸体的情况,他说好像只有一种鲨鱼才会干出这样的事。"

"哪一种?"

"大白鲨。别的鲨鱼如老虎鲨、双髻鲨,甚至蓝鲨也会伤人。不过胡珀——马特·胡珀这家伙告诉我说,既然这条鲨鱼能把女人一口咬成两截,那么它的嘴巴一定得有这么大。"他伸出双手比划出一个约一米的长度,"而唯一长着那么大一张嘴巴且又能伤人的是大白鲨。它还有个外号哩!"

"哦?"布罗迪有些不耐烦了,"什么外号?"

"食人兽。别的鲨鱼偶尔吃人是有各种各样原因的——饥饿啦,慌乱啦,或者是在海水里嗅出血腥味啦。顺便问你一下,这个叫沃特金斯的姑娘昨晚上例假来了吗?"

"我怎么晓得?"

"真奇怪。胡珀说要是附近有鲨鱼,例假期间下海准会被鲨鱼咬。"

"有关海水的温度他说过些什么吗?"

"他说大白鲨在这样冷的海水中游来是极有可能的,几年前旧金山附近一个小男孩被一条大白鲨咬死了,当时的水温是摄氏十四度左右。"

布罗迪深深地吸了一口烟说："哈里，你真花了不少力气核对这件事。"

"我好像觉得，要彻底搞清这件事的前因后果以及是否有再度发生的可能性是个——可以说是个常识问题，也是个人人关心的问题。"

"那么你考虑过再度发生的可能性了吗？"

"考虑过了，这种可能性几乎是不存在的。从我得出的印象来看，这确实是一次异常事件。据胡珀讲，有关大白鲨的唯一可靠情况是这东西数量极其稀少。我们完全可以认为咬死沃特金斯那姑娘的鲨鱼早就游走了，附近没有暗礁，也没有鱼类加工厂或屠宰场把污血及内脏倒进海水里，因而也就根本没有什么东西使得这条鲨鱼对这儿感到留恋。"梅多斯停顿了一下，瞧着布罗迪，布罗迪也看着他默不作声，"马丁，所以我觉得似乎没有理由叫大家为几乎肯定再也不会发生的事而惊慌失措。"

"这是一种看法，哈里。另一种看法是既然这事好像不再会发生，那么告诉大家鲨鱼确实在这儿吃过人也没有什么不好。"

梅多斯叹了口气说："从新闻角度来讲，你也许是对的。马丁，不过我认为在目前这段时间里我们不得不丢掉书生气，多考虑一下怎样做对这儿的人有好处。我觉得散布这消息不符合公众的利益。我指的不是城里的居民，眼下他们还不知道，不过他们很快会一清二楚的。可《导报》在纽约、费城以及克利夫兰的读者读了这消息会怎么想？"

"你真以为你的报纸影响力有多大！"

"说说而已嘛。你明白我的意思，你也晓得今年夏季这一带房地产出租业的形势。我们的情况十分危急，别的地方如楠塔基特、瓦因亚德、东汉普敦也好不了多少。不少人还没有做出避暑的安排，他们知道今年去哪儿度假的选择余地大得很，哪儿也不愁没房子租。要是我登一篇报道说在阿米蒂海域一个青年女子被一头巨鲨咬成了两截，那么城里的房子就会一间也租不出去。马丁，鲨鱼就像凶杀犯，它往往同疯狂、灾难、无法无天连在一起，叫人闻讯丧胆。倘若告诉人们这儿有鲨鱼吃人，我们就得同夏天吻别了。"

布罗迪点点头说："哈里，这一点我不同你争，我也不想告诉大家这一带有鲨鱼吃人。我无意与你的歧见争辩，不过你还是听一听我的想法吧。你或许是对的，那条鲨鱼也极有可能远离这儿一百来英里，再也不会出现了，可海水里最危险的是回头浪。哈里，你也可能是错的。我想咱们可不能冒这个险，设想一下——仅仅是设想一下——我们一声不吭，结果又有人给鲨鱼咬死了，那该怎么办？那我有麻烦了！我应该保护这一带的老百姓，要是我不能保护他们不受伤害，最起码我也得警告他们这儿有危险。你也有麻烦了！你应该报道这个消息。不管有没有问题，鲨鱼吃人总是个新闻吧。哈里，我要你刊登这条消息，我想关闭海滨浴场，只要关闭两三天就行了。这仅仅是为了安全起见，不会给任何人带来多大不便。目前海水还比较冷，来这儿的人并不多，要是我们直截了当地告诉人们所发生的事以及我们为什么要采取这样的措施，我们就非常主动了。"

梅多斯靠在椅子上沉思了一会儿说："我可不能为你的行当说话，马丁，不过从我的职责角度考虑，我的决定早已做好了。"

"你这话是什么意思？"

"《导报》上将不登载任何有关这次事件的消息。"

"就这样决定了吗？"

"嗯，不完全如此。这并不完全是我的决定，当然我总的来说是同意这个决定的。马丁，我是报纸的编辑，对报纸有一定的权限，但这个权限还没有大到足以抵挡得住某种压力。"

"哪些压力？"

"今天上午我已经接到六个电话，有五个是报纸的广告户——一家饭店、一家旅馆、两家房地产公司和一家冰淇淋冷饮店打来的。他们急于了解我是否打算报道沃特金斯的事，他们也迫切地要我理解他们的想法，即只要不声不响地把这件事淡化下去，阿米蒂就有好日子过了。第六个电话是纽约的科尔曼先生打来的，这位先生拥有《导报》百分之五十五的股份。好像他本人已经接到几个电话了，他叫我不要在报上登有关这事的任何消息。"

"我想，他没说他老婆就是个房地产经纪人这个事实与他的决定有何关系吧？"

"没有，"梅多斯说，"这个问题倒未提及。"

"笑话。好吧，哈里，那我们还能干些什么？你不打算报道这消息，对贵报的虔诚读者来说是什么事也没有发生过。我可得关闭海滨浴场，再出几个告示讲明究竟。"

"好吧，马丁，随你的便。不过我得提醒你，你是经过选举当上警察局长的，对不？"

"就像经过选举当上总统一样，得在动荡不安中度过四年。"

"选举出来的官员也会被弹劾的。"

"哈里，这是威胁吗？"

梅多斯笑了笑："你还不清楚吗？我有什么资格威胁你？我只是要你懂得你要这样干的话，就会触动所有有头脑的社会贤达的生命线，是他们把你选上台的啊！"

布罗迪站起身来要走。"谢谢你啦，哈里。我倒老是听见有人讲人一当了官就顾不得老百姓了。这顿中饭我欠你多少？"

"别提啦，我可不能向一个全家很快就要领救济食品券的人收饭钱。"

布罗迪笑了起来："没法子，你没有听说过吗？警察工作最重要的一点是保障安全。"

布罗迪回到办公室才十分钟，内线联络的蜂音器响了起来，一个声音报告："局长，市长找您来了。"

布罗迪笑了。这不是作为普通朋友来上门拜访的拉里·沃恩，也不是抱怨房客吵闹得太凶的沃恩·彭罗斯房地产公司的劳伦斯·沃恩（拉里是劳伦斯的昵称）；而是上次大选中获得七十张选票、老百姓选出来的市长劳伦斯·P. 沃恩。"请市长先生进来。"布罗迪说。

拉里·沃恩五十刚出头，相貌堂堂，灰白头发。由于经常锻炼，身子骨很硬朗。虽说是在阿米蒂土生土长的，可多年来他已练就了一种含蓄的潇洒风度。战后他在阿米蒂搞房地产投机买卖挣了一大笔钱。他是城里一家最兴旺的公司的主要合伙人（有人认为他是该公司的唯一股东，因为在沃恩事务所里人们从来没有见到或听到过还有别的什么人名叫彭罗斯的）。他身穿四季皆宜的英国夹克衫、钉有一排纽扣的短裤，脚上是一双平底便鞋，显得朴素大方。埃伦·布罗迪从夏日来度假的游客一下子降为冬天在此谋生度日的居民，简直无法适应这种骤变；沃恩则与她不同，他体面自如地从一个在本城谋生的居民步步高升为夏天在这儿花钱的游客。但严格地说来，他是一个本地的生意人，不是游客。尽管来这儿避暑的人不会请他去纽约或棕榈滩叙旧，可在阿米蒂他与他们（一些极不合群的除外）相处融洽。当然，从这些人身上，他的生意受益极大。大多数夏日游客的重要聚会都邀请他参加，而他总是只身前往，他的朋友中几乎没人知道他在家里还有个成天坐在电视机前面做针线活的小家碧玉式的老婆。

布罗迪挺喜欢沃恩。在夏季是不大见得着他的，可在劳动节（此处指美国的劳动节，即九月的第一个星期一）过后，当一切都平静下来的时候就不同了。那时沃恩觉得可以随便些了，不必拘泥于社会等级了，会同妻子每隔几个星期就请布罗迪和埃伦出来到汉普敦的上等馆子里去吃顿晚饭。这些晚饭是专为埃伦请的,这一点就足以叫布罗迪感到开心。沃恩似乎很了解埃伦,总是表现得极其彬彬有礼,把埃伦当作趣味相投、志同道合者。

沃恩走进布罗迪的办公室坐了下来。"我刚刚同哈里·梅多斯谈过。"他说。

沃恩明显地有点儿心烦意乱,这一点叫布罗迪很感兴趣,因为事先倒没有料到他会这样。"哟,"他说,"哈里倒是不失时机呢!"

"你哪来这么大的权力要封闭海滨浴场?"

"拉里,你这样问我是以市长的身份,还是作为一个房地产经纪呢?是出于朋友的关心,还是别的什么原因呢?"

沃恩窘住了,布罗迪看得出他按捺不住要发火了。"我问的是你哪来这么大的权力,我现在问的是这一点。"

"从职权上看来,我不敢讲我有这个权力,"布罗迪说,"在法规上有一条规定,遇到紧急情况时,我可以采取我认为必要的任何行动。我认为行政官员应该宣布紧急状态。我想你不会要求什么烦琐的程序吧。"

"不可能!"

"那么好吧,我个人想尽力来保证这一带老百姓的安全,这是我的责任,目前也正是它促使我决定把海滨浴场关闭两三天的。要是真的开始实施的话,我还没把握是否能把来游泳的人抓起来。除非,"布罗迪笑了笑,"我给他们扣上愚蠢犯罪的帽子。"

沃恩毫不理会这番话。他说:"我可不能让你去关闭海滨浴场。"

"这我知道。"

"你知道为什么的。七月四日的国庆节快到了,这是个决定成败与否的周末。我们是自己抹自己的脖子。"

"我明白你的意思,你肯定也知道我为什么要关闭海滨浴场,这

35

并不是我想从中得到什么好处。"

"是的,事实上这只能带来坏处,马丁,你懂吗?城里人并不需要把这件事宣扬开来。"

"不过他们也不想再死人。"

"看在上帝面上,不会再死人了。你要把海滨浴场一关闭,就会把一批新闻记者招来,他们会到处打听那些毫不相关的事。"

"是这样吗?他们会来这儿,不过一旦找不到什么值得报道的东西,他们就会回去的。我看《纽约时报》的记者不会有多大兴趣来采访这里的团体野餐或什么花园晚宴吧?"

"我们当然不需要他们来这一套。但他们要真的打听出什么来的话,麻烦就大了,这对任何人都没有什么好处。"

"拉里,什么麻烦?他们能打听出什么来?我可没有什么事情要掩饰的,你呢?"

"当然没有。我刚才却想起……或许他们会了解到那几起强奸案子,名声不大好吧。"

"废话,"布罗迪说,"那都是过去的事了。"

"真该死,马丁!"沃恩停顿了一下,强行压抑住自己的火气,"好吧,你要是道理听不进,那么能不能体谅体谅我作为一个朋友的难处?我的合股人给我的压力很大,要是你这样干,我们的生意就要砸锅了。"

布罗迪笑了起来:"拉里,这倒是头一次听到你承认你还有合股人。我还以为你是那片店的皇帝哩!"

沃恩十分尴尬,似乎觉得自己的话讲过头了。"我的生意经相当复杂,"他说,"有时候我的确吃不准自己是否熟悉行情。帮我一个忙吧,就这一次。"

布罗迪瞧着沃恩,揣摩着他的用意何在。"拉里,很抱歉,办不到，这种事我做不出。"

"要是你不听我的，"沃恩说，"你的差使也许干不了多久了。"

"你左右不了我。你无权解雇城里的任何警察。"

"当然并不靠强制，绝不是。不管你信还是不信，我就是有权决定谁当警察局长。"

"我可不信。"

沃恩从上衣口袋里拿出一份阿米蒂市政章程说："你自己看吧。"他一页页翻下去找到了他要的那一段。"在这里。"他把小册子递给办公桌那边的布罗迪，"这一段实际上讲的是尽管你是由老百姓选出来的警察局长，但市政委员会仍有权撤你的职。"

布罗迪看了看沃恩指的那一段。"这话不假，不过我倒想看看你能找出什么恰当而又充分的理由来撤我的职。"

"我真心地希望事情不至于那样，马丁。我原以为咱俩的谈话不会像现在这样僵；我也原以为你一旦意识到我和市政委员会的想法，就会赞同我们的意见的。"

"你指的是全体委员吗？"

"大多数。"

"哪些人？"

"我可不想坐在这儿向你亮出他们的名字来，也根本没有必要告诉你。你该了解，我有市政委员会撑腰，你要是办事不对头，我们就会找个愿意干的人来取代你。"

布罗迪还未见过沃恩举止如此放肆而又可憎，他一下子呆住了，而且多少也有点儿动摇不定。"拉里，你真的要这样干吗？"

"一点儿不错。"沃恩感到占上风了，语气也变得平和起来，"相信我吧，马丁。你不会后悔的。"

布罗迪叹了口气。"他妈的，"他说，"我讨厌这种做法，这样干不对头。既然此事关系如此重大，我也只好同意了。"

"此事关系确实重大。"沃恩在到这儿后脸上头一次露出笑容，"谢谢你啦，马丁。"他说着站了起来，"现在我得去完成一次不愉快的访问使命，看看富特那两口子去。"

"你打算怎样拦住他们不去对《纽约时报》或《每日新闻》开口呢？"

沃恩说："我希望能像说服你一样去唤起他们对公众利益的责任感。"

"扯淡。"

"有一点对我们倒大有用处。沃特金斯小姐是个微不足道的小人物，是个流浪女，家里没人，没有至亲好友，她曾说过她是从爱达荷沿途免费搭他人便车来到这儿的，所以不会有人惦记她。"

布罗迪在快五点钟的时候回到了家。他的胃已好受多了，能够在晚饭之前喝它一两杯啤酒。埃伦在厨房里，身上还穿着医院志愿护士的粉红色制服，两只手在碎肉里捏肉圆。

"喂，"她叫道，并转过头来好让布罗迪亲一下她的面颊，"出了什么事？"

"你在医院里没听说吗？"

"没有，今天是给老太太们洗澡的日子。"

"一个姑娘在老磨坊路那边送了命。"

"怎么死的？"

"鲨鱼。"布罗迪把手伸进冰箱，摸到一听啤酒。

埃伦停住手看着他。"鲨鱼！我可从来没听说过这一带有鲨鱼。人们偶尔也会看到条把鲨鱼，不过这东西还没干过什么坏事。"

"是啊，我晓得。我也是头一次听到。"

"那你有什么打算？"

"没什么打算。"

"真的没什么打算？这样对头吗？我的意思是你难道不可以采取什么措施吗？"

"当然可以，从技术上讲，我确实能采取一些措施，但实际上我一件事也做不成。你我的想法在这儿无足轻重，当局担心的是我们如果因为一个陌生人死于鲨鱼之口而把大家搞得激动起来，事情就不好办了。他们怀着一种侥幸心理，认为这仅仅是一次异常事件，而这种事件再也不会发生。或者说得更确切些，他们是想叫我也抱有这种侥幸心理，既然这是我责任范围内的事。"

"你说的当局是谁？"

"拉里·沃恩就是一个。"

"啊，我倒没有想到你已经跟拉里谈过这件事了。"

"他一听说我要关闭海滨浴场就来找我了。他很狡猾，并没有对我说他不准关闭海滨浴场，只是说我要真的这样干的话，他就撤我的职。"

"马丁，我不信。拉里不是那种人。"

"起先我也不信。嘿，你可晓得他的合股人的事情吗？"

"他生意上的？我看没什么合股人，彭罗斯是他的中间名，好像是这样。总而言之，整个公司是他一个人的。"

"我也这么想，但事实显然不是这样。"

"好了，知道你在做出决定前已同拉里商量过，我也就放心啦。他见多识广，比谁都强。他或许确实知道怎样做最合适。"

布罗迪觉得血一下子冲了上来，脱口讲了声："胡扯。"然后他扯下啤酒罐头上的铁盖顺手丢在垃圾桶里，径直走进客厅，打开电视机，看起了晚间新闻节目。

39

埃伦从厨房里叫道："我忘了告诉你，刚刚有人打过电话找你。"

"谁打来的？"

"没说，他只是说要我告诉你，你干得棒极了。这人真好，还打电话给你，你说是吗？"

四

随后的几天是晴天，天气显得异乎寻常的温和。柔和的西南风徐徐吹来，海面上微波荡漾，但并未激起浪花。一连几天的太阳照射把大地与沙滩烤得热乎乎的，只是夜间才有一丝凉意。

六月二十日是礼拜天。公立学校要过个把星期才放暑假，而纽约的私立学校却已不上课了。在阿米蒂有房子度夏的人从五月初起就来这儿过周末了。租借期限从六月十五日到九月十五日的过夏房客已把行李解开安顿了下来，现在他们对哪儿是衣橱、哪个柜子里有一套好瓷器、哪儿放着日常用具以及哪张床睡得舒服都一清二楚，就像住在自己家里一样。

中午时分，苏格兰路和老磨坊路前面的海滩上到处都是人。丈夫们都似睡非睡地躺在大毛巾上，借晒太阳恢复一下精神，下午好打场网球，再搭长岛快车返回纽约去。太太们则倚在铝制靠背椅上看看海伦·麦金尼斯、约翰·奇弗及泰勒·考德威尔的小说。她们时而放下书来从冰瓶里倒出一杯苦艾酒解解渴。

年轻人一个挨一个地在沙滩上躺成排。小伙子们把下半身埋在沙里蠕动着，脑子里想着女人的私处，得到一些快感。一些姑娘躺在那里，腿叉开着，有意无意地暴露私处，偶尔伸长脖子还真能看到一眼。

他们都不属于宣扬自由和博爱的新时代的年轻人之列，他们从不空谈和平或污染、正义或反叛。由于遗传的原因，他们生来就有优越感，正如他们的眼睛颜色有蓝有褐一样，他们的兴趣与良心也是由先辈决定的。他们没有营养不良症，也不会得贫血病。或者天生或者整过形，他们的牙齿洁白而又整齐。他们九岁学拳术，十二岁学骑马，而后又打网球，因而他们的体形瘦而结实。他们没有体臭，即使汗流浃背，姑娘们身上还是散发出一股幽香，小伙子身上也没有怪味。

这些都说明，他们既不笨也不邪。要是对他们一起进行智力测验的话，他们天生的能力准在整个人类中前百分之十之列。他们曾在或正在学校里受教育，这些学校什么课都开，包括未成年人的情感、革命哲学、生态学说、政权策略、麻醉药品和性生活。他们就知识而言懂得不少，但对实际技能却不想掌握，他们已习惯于相信（即使不算相信，也意识到）整个世界实际上同他们毫不相干。他们讲得对，特伦顿、新泽西、加里、印第安纳这些地方的种族骚乱，密西西比河有些地方污浊得自己着起火来，纽约警察的腐败，旧金山谋杀案发案率的上升，红肠面包里找到肮脏的小虫，以及六氯酚引起脑损伤，一切的一切，都同他们毫不相干，他们甚至对美国许多地方遭受的经济危机也熟视无睹。只有当父辈为他们的挥霍浪费（有时也冤枉了他们）哀叹惋惜时，他们才不得不勉强关心一下证券交易所的波动情况。

每年夏天光顾阿米蒂的就是这批人。而另外一批人则是不好归类的，他们游荡着，说些大话，三五成群，签个合同，整个夏天就给某些叫不上具体名字的社会行动组织干活。由于他们对阿米蒂的生活不认同，而且至多也只是在劳动节周末才偶尔露露面，因此他们也同这里的世界是不相干的。

孩子们在水边沙滩上挖洞玩耍，他们互相投掷脏东西，没觉察到也不在乎自己已经或将会弄成什么样子。

一个六岁的小男孩在捡扁平的小石片打水漂。不一会儿，他停住了手，跑回躺在海滩上打盹的母亲身边，猛地跪在她的大毛巾旁边。"妈妈。"他喊道，手指在沙上毫无目的地乱画着。

母亲用手挡住刺眼的阳光，掉转头来瞧着他。"怎么啦？"

"我待够了。"

"现在连七月都不到，你怎么就待够了呢？"

"我可不管现在是几月，反正我待够了，没啥可玩的。"

"整个海滩你都可以玩嘛！"

"我晓得，可海滩上没啥好玩的，我真玩腻了。"

"你干吗不去玩球？"

"跟谁玩？这儿找不到人。"

"好多人哩！你找过哈里斯兄弟俩吗？还有汤米·康弗斯呢？"

"他们都不在，一个人也没有，我真待够了。"

"哎呀，亚历克斯①，你这个小家伙。"

"我可以去游泳吗？"

"不行，水太凉了。"

"您怎么知道水太凉了？"

"我当然知道。再说，你可不能一个人去游。"

"您能不能跟我一块儿去？"

"下水游泳？当然不行。"

"不是这个意思，您只要看着我游就行了。"

"亚历克斯，妈妈累了，真累极了。你能不能找点儿别的什么玩玩？"

"我可以玩玩小筏子吗？"

"在哪儿玩？"

---

① 亚历克斯（Alex）系亚历山大（Alexander）的昵称。

"就在那边不远,我绝不去游泳,我就躺在小筏子上玩玩。"

母亲坐起身来,戴上太阳镜,向海滩张望了一下,几十码开外一个男人肩上骑着个小孩,站在齐腰深的水里。她瞧着这男人,心里不禁掠过一阵歉意与自怜,要是她丈夫能替她接过这担子陪孩子玩玩就好了。

她头还没掉过来,儿子就猜出她在想些什么。他说:"我担保,爸爸要在这儿的话,一定会让我去玩的。"

"亚历克斯,你应该懂得,拿你爸爸来激我可不是个办法。"她又朝海滩的另一端看去,除了远处隐约可见几个人外,海边空空如也。"好吧,"她说,"去吧,不过第一不准走远,第二不准游泳。"她瞧了一下孩子,为了表示这番话不是说了玩的,她将眼镜往下拉了拉,好让他能看见她的眼睛。

"知道了。"男孩说着就站起身来一把抓住橡皮筏子往大海拖去,他举起小筏子走下水,水齐腰时他往前一倾,一个浪头碰到橡皮筏就把它托了起来,孩子也就势爬了上去。他朝中间移了移,小筏子一下子就平稳了。他轻轻地用双手划着,两只脚则搭在橡皮筏的另一头,小筏子漂出几码开外,他掉转筏头,在沙滩附近的海区里划来划去,可他没有注意到缓缓的潮流正使他慢慢地漂离海岸。

五十码远处,海底陡然往下倾斜,没有峭壁那样陡,坡度大约介于十到四十五度之间。水深原只有十五英尺,随着坡度的变化很快就达二十五英尺、四十英尺直至五十英尺深。到一百英尺深时坡度消失,海底平坦,延伸了半英里,直抵离海岸一英里处隆起的一块浅滩。浅滩过去,海底一下子跌至两百英尺深,再往远处就到了海洋的真正深度了。

大鲨鱼在水下三十五英尺深处摆动着尾巴缓缓地游动着。它什么也看不见,海水由于海草的碎渣而显得混浊不清。它一直沿着海岸游着，现在它掉转头来，微微侧着身子，顺着坡度慢慢向上游来。它在水中觉察到了更多的光线，但它还是什么都看不见。

小男孩歇下手来休息，海浪冲刷着他的脚踝。他转过头来望望海边，发现自己已漂到母亲认为安全的范围以外了。他看得见母亲仍然躺在大毛巾上，那个男人仍然带着孩子在浅水中嬉戏。他并不感到害怕，因为海水很平静，再说离海岸也不太远——大概只有四十码吧。不过他还是想更靠近海岸一些，否则母亲一坐起身就会看出来，把他叫到岸上去。他身子向后微仰，以便用脚打水，边踢边划向海岸靠拢。他的两只手臂无声无息地划着水，但双脚的踢动却带来没有规律的溅落声，在小筏子后面留下一个又一个漩涡。

鲨鱼并未闻及这些响动，但却觉察到了由于拍打水面带来的急速脉冲。它捕捉到了这种微弱但又明显的信号，跟踪着。它浮起身来，开头还是慢慢地游着，随着这种信号的加强，它的速度也加快起来。

男孩停下来歇了一会儿，信号也消失了。鲨鱼放慢了速度，不时地掉转头部极力想重新找到这种信号。男孩躺在那儿一动也不动。鲨鱼就在他身下贴着海底游过，随即又折了回来。

小孩又划起水来，每划三四下脚才蹬一下，因为蹬水比缓缓地划水更吃力。然而这种不时地蹬水给鲨鱼带来了新的信号，由于此时此刻它几乎就在小孩垂直的下方，它立刻就锁定了信号。鲨鱼差不多是垂直浮起来的，此时它终于看出了水面上的骚动。它不能断定在它头顶上方拍打着海水的东西是否是食物，但这对它来讲并无多大意义。这个目标驱使它发动进攻：吞下去能消化的就是食物；不能消化的就反胃吐出来。鲨鱼刷地摆动了一下镰刀状的尾巴，张开大嘴，向前咬去。

男孩唯一的也是最后的感觉是他的肚子被什么东西戳了一下，一口气从腹腔里猛地一下被压出来。他来不及喊叫，即使有时间喊叫他也来不及考虑该喊些什么，因为他根本就没有看见这条鲨鱼。鲨鱼用头把小筏子顶出水面，合上血盆大口吞下孩子的头颅、手臂、肩膀、躯干、骨盆和大半个橡皮筏。它差不多有半个身子挺出水面，随即又摆动着腹部滑进水中，一堆骨肉及筏子在嘴中被磨得粉碎。男孩靠近臀部被咬断的双腿在水中慢慢地旋转着，沉到海底。

"嘿！"海滩上那个带着孩子的男人喊了起来。他也闹不清是怎么回事。他刚才一直望着大海，正当他要把头扭向别处时瞟见水面上一阵骚动，他赶紧再掉回头来，可这时候水面上除了溅起的一圈浪花，他什么也没瞧见。"你看见了吗？"他叫着，"你看见了吗？"

"看见什么啦？爸爸，看见什么啦？"孩子盯着他的父亲，一脸的紧张神色。

"就在那儿！是条鲨鱼，还是条鲸，或者是别的什么东西！老大的一个什么家伙！"

男孩的母亲正躺在大毛巾上打盹，此时醒了过来眯起眼睛瞧着那男人。她看到他正指向海面并对孩子说了些什么，孩子随即跑上海滩，站在一堆衣服旁边。男人向男孩的母亲跑去，她这时候也坐了起来，一下子听不懂这男人在说什么，不过他既然指着水面什么地方，她也就用手挡住阳光向大海望去，但什么也没有看见。这一点起先并没有使她觉得奇怪，可她马上想起了什么，立即喊道："亚历克斯。"

布罗迪在吃午饭：烤鸡、土豆泥和豌豆。当埃伦把饭端上来时，他说道："你叫我吃土豆泥是什么意思？"

"叫你不要瘦下去，再说你发胖了看上去就显得一副福相。"

电话铃响了。埃伦说了声："我去接。"可布罗迪却站了起来。她总是说"我去接"，可最后接电话的还是布罗迪，向来如此。甚至埃伦有时把什么东西留在厨房里了，情况也是这样。她总是说："我把餐巾忘了,我去拿。"可夫妇两人都清楚,还得丈夫站起身来去取。

"不用了,我自己接,"他说,"很可能是我的电话。"他晓得电话或许是她的,可他总是心不由己地这样说。

"局长,我是比克斯比。"电话是从警察局打来的。

"比克斯比,怎么啦?"

"您最好来一下。"

"干吗?"

"啊,是这样的,局长……"显然比克斯比不愿谈及详情。布罗迪在电话里听到比克斯比在对别人说些什么,而后又对他说:"局长,我这儿有一个歇斯底里的女人。"

"她为什么要这样?"

"为了她的小孩,海滩那边出了事。"

布罗迪感到胃部一阵刺痛。"出了什么事?"

"是……"比克斯比支吾起来,随即很快地说了一声,"星期四。"

"听着,笨蛋……"布罗迪住了口,现在他一切都明白了,"我马上就来。"他挂上了电话。

他觉得脸发热,几乎在发烧。恐惧、内疚和愤怒汇集起来,使他感到一阵极大的痛楚,他立即意识到自己被出卖了,受骗了。这些叛徒,这些骗子。他是个被迫犯罪的罪犯,一个不愿卖淫的妓女。他不得不受到谴责,可又怎能叫他来受责备呢?受谴责的应该是拉里·沃恩和他的合股人(不管这些合股人是谁)。他布罗迪原想正确处理这件事,但他们却强迫他罢手不管。他们有什么资格强迫他?不能抵挡沃恩的压力,他又怎能算得上是个警察?他本应关闭海滨浴场的呀!

假使他把海滨浴场关闭了,这条鲨鱼也许会跑到另一段海滩——比如说是东汉普敦吧——在那儿伤人。可现在情况不是这样,此地海滨浴场照旧开放,一个小孩因此送了命,因果关系就是如此。布罗迪一下子十分憎恨自己,而几乎就在同时,他又非常怜悯自己。

"怎么啦?"埃伦问道。

"一个孩子把小命给丢了。"

"怎么死的?"

"是那条该死的狗娘养的鲨鱼干的。"

"呀,真糟!要是你关闭了海滨浴场……"她没说下去,显得有点尴尬。

"你说得对。"

布罗迪开车来到警察局后面的停车场时,哈里·梅多斯已在那儿等着了。他打开布罗迪的后车门,挪动肥胖的身子,一屁股舒舒服服地坐在位子上。"宝押错了。"他说。

"嗯。哈里,来了些什么人?"

"《纽约时报》一个,《新闻日报》两个,以及我手下的一个人。另外还有那个女人,再就是自称为目击者的那个男人。"

"《纽约时报》的人怎么知道这件事的?"

"糟透了,事发时那家伙就在海滩,还有《新闻日报》的一个人。他俩正和一群人在此度周末,事情发生后不到两分钟他们就知道了。"

"什么时候出的事?"

梅多斯看了看表。"十五分钟,不,二十分钟以前,不会更早了。"

"他们知道沃特金斯的事了吗?"

"我不清楚。不过我的人知道了,但他心里有数,不会去声张。至于其他几个人嘛,就看他们找谁谈过。我想他们恐怕还不知道沃特金斯的事,因为没来得及去打听。"

"他们迟早会知道的。"

"是呀，"梅多斯说，"真叫我为难。"

"你也会为难！别逗我了。"

"真的，马丁。要是《纽约时报》的人知道了那件事后发篇稿子在明天的报纸上捅出去，再加上今天出的事，《导报》就会一片混乱。我将不得不采取对策来掩饰自己，尽管别人不一定会这样做。"

"哈里，你想采取什么对策？你打算怎么讲？"

"我还没考虑好，但我刚才讲了，我很为难。"

"你打算讲是谁命令把这事情掩盖起来的吗？是拉里·沃恩吗？"

"不能这么说。"

"难道是我？"

"不，不。我不会提是谁下令把事情掩盖起来的，没有人阴谋策划嘛！我想找卡尔·桑托斯谈谈，假如我能让他说些适当的话，我们的痛苦也许可以大大减轻。"

"那么事情真相呢？"

"什么真相？"

"告诉大家事情发生的前后经过好吗？告诉大家我是要关闭海滨浴场的，是要提醒老百姓的，可市政府当局的老爷们不同意。你还得告诉人们我太软弱，怕丢饭碗，不敢同他们斗，我只好顺从了。你并且要讲，阿米蒂的所有大老板们都认为仅仅由于附近有条喜欢吃人的鲨鱼就去警告老百姓是没有必要的。"

"得啦，马丁。这不是你的错，谁都没错。我们做了决定，冒了次险，结果输了，事情就是这样。"

"真可怕。现在我只好去告诉那孩子的母亲，表示十二万分的抱歉，我们把她的儿子当作赌注的筹码了。"布罗迪从汽车里出来，朝警察局的后门方向走去，梅多斯下车慢了一步，紧紧尾随着他。

布罗迪站住了脚。"哈里，你知道我想了解的是什么吗？究竟是谁做出这样决定的？你跟着跑，我也跟着跑。据我看拉里·沃恩都不是真正的决策人，他也是跟着跑的。"

"你怎么会有这种想法？"

"我吃不准。你知道他在生意买卖上的合股人的情况吗？"

"他没有什么真正的合股人吧？"

"我正纳闷着哩！好吧，现在别啰嗦了……"布罗迪又迈开步子，见梅多斯还跟在后面便说，"哈里，为了装装样子，你最好还是从前门进去。"

布罗迪从边门来到办公室。小孩的母亲坐在办公桌前面，手里捏着块手帕，她身上还穿着泳装，外面罩了一件短浴衣，光着脚。布罗迪紧张不安地看着她，一阵内疚又涌上心头。一副圆框大太阳镜盖住了她的双眼，他搞不清她是否在哭。

一个男人靠墙站着，布罗迪猜想他就是自称为事件目击者的那个人。他正心不在焉地盯着布罗迪的纪念册看：什么市行政各团体颁发的荣誉奖状啦，布罗迪与来访的社会名流的合影相片啦，等等。作为一个成年人，这些东西并不会引起他太大的兴趣，不过现在看看也不错，总比跟这个发狂的女人交谈要好。

布罗迪平素不善于安慰人，所以他只是自我介绍了一下，就开始提问题。女人说她什么都没有看到，刚才她儿子还在那儿，可一眨眼工夫就不见了。"我看到的只是小筏子的碎片。"她说话的声音很微弱但还算镇定。男人则叙述了他见到的情况以及他的一些看法。

"那么并没有人确切地看到这条鲨鱼。"布罗迪说，内心又产生一线希望。

"是的，"那男人说，"我想没人看到那条鲨鱼。不过，如果不是鲨鱼，又有什么别的可能呢？"

"可能性很多。"布罗迪在说谎，也在骗自己，想试试自己能不能相信这些谎言,能否找到什么可以自圆其说的事实依据,"也许是橡皮筏子瘪了气,小孩给淹死了。"

"亚历克斯游泳游得很好,"女人不同意地说,"要不就是……"

"那么扑通扑通的溅水声又是怎么回事?"那男人问道。

"也许是那孩子在水里挣扎呢!"

"可他没有喊叫,一声都没吭。"

布罗迪晓得这一招没什么用处。"好吧,"他说,"不管怎么讲,我们或许很快就会知道一切的。"

"你这是什么意思?"那男子问道。

"淹死的人一般总得漂到什么地方。是鲨鱼干的,不会弄错的。"女人双肩耸起颤动着,布罗迪暗自骂声自己是个蠢货。"真抱歉。"他说。女人摇了摇头,哭泣起来。

布罗迪叫小孩的母亲和那男子在他办公室里等着,自己走出去,来到警察局的前厅。梅多斯正靠在门前的墙上。一个年轻人——布罗迪猜想他是《纽约时报》的记者——正对梅多斯做着手势,好像在问什么问题。这小伙子又高又瘦,脚上套着一双凉鞋,穿着游泳裤和一件短袖衬衫。衬衫的左上方缝着一条鳄鱼纹章标记,这叫布罗迪立即本能地对他产生了厌恶之感,布罗迪在少年时期就认为这种衬衣标志着财富与地位,所有夏天来度假的人都穿着这种衬衫。布罗迪缠着母亲,后来她给他买了一件——用她的话来说是"一件两块钱的衬衣上面缝上一枚六块钱的蜥蜴标记"。但他并没有因此受到避暑人们的注意,这叫他感到十分丢脸。他从口袋上把鳄鱼扯下来,并把衬衣当成他夏季挣得外快的割草机的抹布。就在前不久,埃伦一直坚持要买几件同一厂家出品的女衬衣,好让她能重新进入她以往的社交圈子,而他们又没这个经济实力。令布罗迪惊讶的是,一天晚上自己竟为埃伦买的"一件十块钱的衬衣上面缝了一枚二十块钱的蜥蜴标记"而嘀嘀咕咕。

　　板凳上坐着两个《新闻日报》的记者，一个穿着游泳衣，另一个则是一身运动服。梅多斯的记者正倚在写字台旁边与比克斯比交谈，布罗迪记得他是叫纳特什么的。他们看见布罗迪进来就不说了。

　　"有什么事吗？"布罗迪说。

　　靠近梅多斯的那个年轻人向前走了一步说："我是《纽约时报》的比尔·惠特曼。"

　　"什么事？"布罗迪心想：我该怎么办？轮到我倒霉了！

　　"我刚才在海滩上。"

　　"您看见什么了吗？"

　　《新闻日报》的一个记者插嘴说："没看见什么，我也在那儿，没人看见什么。也许在您办公室里那个家伙除外，他说他看见了。"

　　"我知道，"布罗迪说，"可他闹不清他看到的是什么东西。"

　　《纽约时报》记者说："您打算将这次事件列为鲨鱼伤人案吗？"

　　"我不打算给此案做任何定性，也建议您不要做任何定性，等您了解了更多的情况时再说。"

　　《纽约时报》记者笑了。"好啦，局长，您想要我们怎么报道？把它称作神秘失踪？孩子在海上失踪？"

　　布罗迪控制不住自己，便对这位《纽约时报》记者发出了尖刻的反击。他说："听着，惠特曼先生，对，是叫惠特曼。没有目击鲨鱼的证人，在办公室里的那位先生认为他看到的一个白花花的大家伙也许是条鲨鱼。他说他一生当中还从未见过活鲨鱼，因此你们也就不能把这当作专家鉴定。除了认定这孩子失踪了之外，我们得不到任何人证物证证明有谁残杀了他……有可能他淹死了，也许他因抽筋或什么病发作淹死了。也有可能他受到了什么鱼类、动物——甚至是人的袭击而死亡。所有这一切都有可能，要等我们……"

51

一阵汽车轮胎碾在警察局前面公共停车场砾石地上的沙沙声打断了布罗迪的话。车门砰的一声关上了。莱恩·亨德里克斯冲进警察局,他只穿了条游泳裤,露出一身灰白斑点,在前厅正中站住了脚说:"局长……"

亨德里克斯赤身露体的出现叫布罗迪大吃一惊,他的两条大腿上满是斑斑点点的疱疹,紧紧的游泳裤使得下部明显地鼓凸出来。"伦纳德,你刚才在游泳吗?"

"又伤人了!"亨德里克斯说。

《纽约时报》记者当即问道:"又伤人了?那上一次伤人是什么时候?"

亨德里克斯还没来得及答话,布罗迪就接过来说:"我们正在讨论这问题哩,伦纳德。我可不希望你或别的什么人在没弄清你在说些什么的时候就轻易下结论。我的老天,这孩子可能给淹死了。"

"孩子?"亨德里克斯说,"什么孩子?这次是个男人,是个老头。就在五分钟前,他在离岸边不远的海水里游泳,突然他尖声呼叫:'杀人啦!'他头部沉入水中随即又浮起来,他喊了些什么可马上又沉下去,四周水花四溅,血把那片海水都染红了。鲨鱼来来回回,一而再、再而三地咬他。这是我一生当中看到的最大的一条该死的鲨鱼,有他妈的面包车那么大。我到齐腰深的水里,想靠近那老头,可鲨鱼还在向他袭击。"亨德里克斯两眼盯着地板,默不作声了,急促地喘气。"后来鲨鱼歇住了,也许它游到别的什么地方去了。我朝那老头浮着的地方游去,他面部埋在水中,我扯起他的一条膀子就往回拉。"

布罗迪问:"后来呢?"

"老头的尸体没拉得住,鲨鱼一定已把他咬得个稀巴烂,只不过剩下一点儿皮。"亨德里克斯抬起头来,眼睛红红的,由于疲劳和惊吓满是泪花。

"你要吐吗？"布罗迪问。

"不。"

"你叫救护车了吗？"

亨德里克斯摇了摇头。

"救护车？"《纽约时报》的记者说，"这岂不好比等马儿把你的粮食吃光了，你再去关上粮仓的大门？"

"住嘴，你这自作聪明的傻瓜，"布罗迪说，"比克斯比，给医院打个电话。伦纳德，你还能干点儿事吗？"亨德里克斯点了点头。"那么你把衣服穿上，去找几个牌子把海滨浴场封闭起来。"

"我们有牌子吗？"

"不知道，肯定有。或许在贮藏室里有'此财产由警方保护'的牌子。要是没有，我们就得做几个，反正得有牌子，什么样式我都不计较。不管怎么说，把这个倒霉的海滨浴场给封掉。"

星期一早上，七点刚过。布罗迪来到办公室。"你搞到了吗？"他问亨德里克斯。

"在您写字台上。"

"怎么写的？没关系，我自己来看。"

"您别那么紧张兮兮的。"

写字台正中放着一份城市版的《纽约时报》。报道占了报纸第一页右侧专栏四分之三的版面，标题是：**鲨鱼在长岛连杀两人**。

布罗迪骂了声"妈的"，随即看了下去。

《纽约时报》特派记者威廉·F. 惠特曼撰稿

长岛，阿米蒂，六月二十日电——今日在此避暑胜地的海滨浴场，一个六岁幼儿和一位六十五岁的老人在一小时内先后被鲨鱼杀害。

尽管这位名叫亚历山大·金特纳的男孩的尸体尚未寻获，但警方认为毋庸置疑系鲨鱼咬杀。目击者纽约的托马斯·达格日声称曾见一银白色巨物从水中升起猛扑该男孩及其所乘橡皮小筏子，随着一阵溅泼声又在水中消失。

阿米蒂验尸官卡尔·桑托斯报告说，事后找到的筏艇碎片上的血迹充分证明，该男孩死于非命。

至少有十五人目睹了六十五岁的老人莫里斯·凯特遇害，此事发生在下午两点左右，距小金特纳丧命之处约四分之一英里的地方。

显而易见，凯特先生是在海浪中游泳时突遭来自身后的袭击的。他曾呼救，但当时无法营救。

"我到齐腰深的水里，想靠近那老头，"当时在海滩的阿米蒂警官伦纳德·亨德里克斯说，"可鲨鱼还在向他袭击。"

凯特先生是在纽约阿梅里卡斯大街一二二四号开店的珠宝批发商，他被送到南安普敦医院时已宣告死亡。

这两起死亡事件是二十多年来东海岸线游泳者受伤害的首批记载。

科尼岛纽约水族馆鱼类学家戴维·迪特尔博士推断——当然不能肯定——以上两起伤人事件系同一鲨鱼所为。

迪特尔博士说："眼下这些海域里的鲨鱼应该是极少极少的，常年任何季节鲨鱼如此游近海滩也是罕见的。因此，两条鲨鱼要同一时间出现在同一海滩附近而又各自向人袭击，这种可能性是极小极小的。"

闻知目击者所述袭击凯特先生的鲨鱼"大如面包车"时，迪特尔博士说这极有可能是条大白鲨，该类鲨鱼以其贪婪和凶残而闻名。

迪特尔博士还说，一九一六年在新泽西，一条大白鲨同一天内杀害四名游泳者——这是在此之前美国本世纪唯一的鲨鱼连伤多人的案例记载。他把这次鲨鱼吃人事件归咎于"倒霉，正如雷电击中一所房屋一样。这条鲨鱼或许正游过此地，碰巧是个好天，又正值有人在岸边游泳，恰恰给它遇到。此次事件纯属偶然"。

阿米蒂是布里奇汉普敦与东汉普敦之间长岛南岸的一个避暑小城，冬季人口一千，而夏季则增至一万。

布罗迪看完这篇报道就把报纸搁在写字台上。博士说是偶然，纯属偶然。要是他知道前一次鲨鱼吃人的事会怎么说？还是纯属偶然吗？会不会算做疏忽大意、十分恶劣和不可饶恕？迄今为止已经死了三个人，而后两个完全可以不死，要是他布罗迪当初……

"你看过《纽约时报》了吧？"梅多斯站在门口说。

"哦，看过了。他们还不知道沃特金斯的事。"

"是呀，真奇怪，莱恩说漏了嘴，他们居然还不知道那件事。"

"可你却用上这条消息了。"

"用上了，我不得不这样干，瞧。"梅多斯递给布罗迪一份阿米蒂的《导报》，头版通栏大标题是：阿米蒂海滩两人死于巨鲨口。下面二号铅字小标题是：惨遭鲨魔残杀者增至三人。

"哈里，你这消息肯定会引起极大的震动。"

"继续往下读。"

布罗迪见报上写道：

两名来阿米蒂的度夏者昨天在离苏格兰路海滩不远的阴凉的

海水中嬉戏时惨遭一食人巨鲨杀害。

第一个遇害者是名叫亚历山大的六岁男孩,他与其母借住在鹅颈巷理查德·帕克夫妇的寓所里。他在划橡皮小筏子时受到鲨鱼从下面的袭击,尸体现在还没找到。

其后不到半小时,来度周末住在艾贝拉德·阿姆斯旅馆的六十五岁的老人莫里斯·凯特遇害。当他在公共海滩边轻抚海岸的波浪中游泳时,受到鲨鱼从背后的袭击。巨鲨反复进攻,凶残地撕咬他。凯特先生发出了呼救。五年没有下过水的巡警莱恩·亨德里克斯当时碰巧也在游泳,他立即英勇地前往营救正在挣扎的受害者,但巨鲨并未就此罢休。凯特先生被拖出水面时已经死去。

他们是五天来被鲨鱼杀死的第二和第三名受害者。上周三晚间,老磨坊路富特夫妇的房客克莉丝汀·沃特金斯小姐外出游泳未归。

次日上午警察局长马丁·布罗迪与警官亨德里克斯发现了她的尸体。验尸官卡尔·桑托斯说死因"绝对不容置疑系鲨鱼袭击"。

当问及死因为何未公布于众,桑托斯先生拒绝作任何评论。

布罗迪抬起头问:"桑托斯真的拒绝作任何评论吗?"

"没有。他说除了你我之外没有任何人问起过死因,所以他并没有感到非告诉别人不可。你看出来了吧,我不能把这种回答发表在报上,否则责任就会落到你我头上。我原希望能叫他说出这样的话来,如'死者家属请求将死因保密,由于无明显谋杀嫌疑,我同意了家属的请求'。可桑托斯不肯,我也不好责怪他。"

"那你后来怎么办的?"

"我想抓住拉里·沃恩,但他去度周末了。我认为他是最好的官方发言人。"

"要是你不能同他取得联系该怎么办?"

"往下看。"

　　不过,据说阿米蒂警方及行政官员为了公众的利益曾决定扣发这则消息。"老百姓听到鲨鱼吃人,易于反应过分强烈,"市政管理委员会的一位成员说,"我们不想出现混乱的局面。根据专家的意见,这种鲨鱼再次伤人的可能性是极小极小的。"

"这个喜欢多嘴的市政委员是谁?"布罗迪问。

"所有成员都是,也都不是,"梅多斯说,"基本上他们都是这么说的,但我却不会去指名道姓引用他们的原话。"

"为什么不把海滨浴场封闭起来?这个问题你解释了吗?"

"你解释了。"

"我?"

　　当问及在捕获这头吃人鲨鱼之前为何不下令封闭海滨浴场一事时,布罗迪局长说:"大西洋可大着呢!鲨鱼在大西洋里游来游去,从不老在一个地方待着,尤其不会老停留在像这种没有食物来源的地方。我们怎么办?关闭了阿米蒂海滨浴场,人们就会涌向东汉普敦,在那儿游泳,那么他们同样会像在阿米蒂一样被鲨鱼咬死。"

　　但在昨天的事件发生后,布罗迪局长下令在另行通知前,关闭海滨浴场。

"我的老天,哈里,"布罗迪说,"你真把责任推到我身上来了。你要我为自己所不赞成的事去辩解,而后再证明我是错误的,并'被迫'去做我本来就一直主张干的事。真是巧妙的鬼花招。"

"不是鬼花招。我不得不报道官方的态度,既然沃恩不在,你出来讲话就是理所当然的了。不管勉强与否,你承认你是同意上次那个决定的,也就是说你是支持那个决定的。我看不出把家丑和内部争论亮出来有何意义。"

"我倒希望这样。不管怎么说,登都登出来了。报上还有什么我该看的吗?"

"没什么啦。我只不过引用了伍兹霍尔的那个家伙马特·胡珀的话。他说,这次又出现鲨鱼吃人的事真奇怪,不过他这次没有上一次那么语气肯定。"

"他认为是同一条鲨鱼干的?"

"他当然不敢断定,可当时他说是的,他认为是一条大白鲨。"

"我也是这个意思,我可不懂什么白鲨、绿鲨还是蓝鲨,但我看是同一条鲨鱼干的。"

"我不能十分肯定。昨天下午我打电话给蒙托克的海岸警卫队,问他们最近在这一带有没有发现鲨鱼,回答是一条也没见到,至少说今年夏季以来没有看到过。这也不奇怪,还没到热天哩。他们还说过后派条船到这儿转转,要是看到什么就给我个电话。后来我又打了个电话过去,他们说在这附近巡游了两个小时,什么也没发现。因此可以肯定地说附近不会有很多鲨鱼。他们还告诉我即使附近有鲨鱼,也大多是中等大小的蓝鲨——大约五到十英尺长吧——或者是沙鲨,那玩意一般是不伤人的。伦纳德昨天见到的那条,我看绝不是中等大小的蓝鲨。"

"胡珀说我们有一件事可以做,"梅多斯接着说,"你既然已经把海滨浴场给封了,我们就可以设置诱饵。你明白吗?我们可以把鱼肚肠以及能吸引鲨鱼的好吃东西丢到海水里。胡珀说要是有鲨鱼的话,肯定会把它引来。"

"啊,妙极了。要想把鲨鱼引出来,我们就得这么干。不过那鬼东西要真的露面了怎么办?"

"抓住它呀。"

"拿什么抓?用我那根宝贝钓鱼竿去钓?"

"不行,得用捕鲸鱼叉才行。"

"捕鲸鱼叉!哈里,我连一条保安艇都没有,哪里还说得上什么配备有这种鱼叉的渔船。"

"附近有渔民嘛,他们有船。"

"好吧,不管怎样,尽量想办法吧。"

"对,不过在我看来……"大厅里的一阵骚动打断了梅多斯的话。

他们两人听见比克斯比的声音:"我跟您讲了,太太,他在开会。"接着一个女人说:"胡扯!我可不管他在干什么,我要进去。"

一阵脚步声传来——先是一个人的,而后是两个人的,布罗迪办公室的门被推开了,站在门口的是亚历山大·金特纳的母亲,她泪流满面,手里紧紧握着一份报纸。

比克斯比从她身后走上前来说:"局长,真对不起,我挡不住她。"

"比克斯比,不要紧,"布罗迪说,"金特纳太太,请进来。"

梅多斯站起身来把自己坐的最靠近写字台的椅子让给她,她理也不理径直向站在办公桌后面的布罗迪走去。

"有什么事……"

她把报纸掷在布罗迪的脸上。他虽说并不觉得怎么痛,可左耳旁边"刷"的一声倒把他吓了一大跳,报纸被摔到了地上。

"这是什么?"金特纳太太大叫大嚷,"这是什么?"

"什么这是什么?"布罗迪说。

"报上说的。报上说你知道游泳有危险,鲨鱼已经咬死过人了,而你却保什么密!"

布罗迪不知说什么好,情况确实如此,至少从表面上看是这样,他抵赖不了。可他也不能就这么认了,因为整个事实不是这样的。

"不全是那么回事,"他说,"我的意思是,您说得不错,可是,金特纳太太,您知道……"他恳求她冷静下来容他解释。

"你杀了亚历克斯!"她尖声喊叫着。布罗迪觉得停车场、市中心、海滨浴场、大街小巷以及整个阿米蒂都听到了她的喊叫。他的妻子、他的孩子也听到了她的喊叫。

他暗自思忖:不能再让她说下去。但他又说不出什么话,只是"嘘"了两声。

"你杀了他!你杀了他!"她握紧拳头,嚎叫的时候脸向前伸着,好像要把她的叫喊声射进布罗迪的脑子里一样,"你推托不了!"

"金特纳太太,"布罗迪说,"请冷静点儿,冷静下来好吗?请听我解释。"他把手伸向她的肩头,想扶她坐下来,但她猛地推开了。

"你的脏手别碰我!"她又喊起来,"这事你知道,你早就知道的,可你就是不说。现在一个六岁的男孩,一个漂亮的六岁男孩,我的儿呀……"眼泪好像要从她的眼里喷出来,她气得浑身发抖,抖得脸上的泪水都洒落下来。"你知道!你为什么不说?为什么?"她用两臂环抱着双肩,全身缩作一团,好像被捆起来一样,她直盯着布罗迪的双眼质问,"为什么?"

"是这样的……"布罗迪思索着该讲什么,"说来话长了。"他觉得一阵创痛,就好像被枪打残废了一样。他不知道现在能不能解释清楚,甚至他都没把握自己能不能讲得出话来。

"我敢断定,"女人说,"啊,你是个坏蛋,你这个大坏蛋。你……"

"停下!"布罗迪这一声既是恳求又是命令,一下子镇住了她,"好了,金特纳太太,您弄错了,全弄错了,您问问梅多斯先生吧。"

被刚才的景象惊得呆若木鸡的梅多斯默默地点了点头。

"他当然会顺着你说,怎能不呢?他跟你是一伙的,不是吗?他一定是对你说过,你干得对。"又一阵感情激动把她的怒火再度燃烧起来,爆发出来,"也许你们是一块儿决定的,这样责任就显得轻些了吧,不是吗?你们捞到钱了吧?"

"什么?"

"你们用我儿子的血捞到钱了吧?有没有人给你们钱叫你们不要说?"

布罗迪听了毛骨悚然。"不,我的老天,当然没有。"

"那你们为什么不说?告诉我,告诉我为什么。只要告诉我你们为什么不说,我来给你们钱。"

"因为我们认为这种事不会再发生。"布罗迪被自己的直言不讳吓住了,可这确实是他们没公布消息的原因,不是吗?

女人沉默了一会儿,布罗迪的话在她乱成一团的脑子里留下了印象。她似乎在反复思索这些话,吐了声"啊",接着喊道:"天哪!"好像在她身上有个开关被关上了,切断了电源,她一下子再也不能支撑自己,颓然倒进梅多斯旁边的一张椅子里,抽抽噎噎地哭了起来。

梅多斯想劝她冷静些,可她已听不见了。她也没听见布罗迪叫比克斯比去请医生,对于后来的事——医生进来,布罗迪向他介绍情况,医生的问话,医生给她打了针利眠宁以及和一个警察一起扶她坐上医生的汽车去医院——她是既没听到,也没看见,一切知觉都没有了。

61

女人走后，布罗迪看了看表说："九点还没到，我真想喝它一杯……哎。"

"你要真的想喝，"梅多斯说，"在我办公室里还有些波旁烈性威士忌酒。"

"不喝了。可能今天还会碰到像刚才这样的吵闹，还是别先把自己的脑子弄得昏沉沉的好。"

"确实叫人受不了，不过你可别把那女人的话太当真，我的意思是她受了刺激，因而她说的话不算数。"

"哈里，有一点我知道，不管哪个医生都会说她意识不到自己在说什么。我已经仔细琢磨了她说的那些话，无论措辞如何，她所说的道理倒是千真万确的。"

"得啦，马丁，你不该怪自己。"

"我懂，我或许该责备拉里·沃恩，甚至可以责备你。但问题是昨天的两起死亡事件本来可以避免，我原先可以让他们不死，可我却没有这样做，别的没什么好说的了。"

电话铃响了，隔壁房间有人接了电话，内部送话器里一个声音报告道："是沃恩先生打来的。"

布罗迪按了一下发亮的电钮，拿起话筒说："嘿，拉里，你周末过得好吗？"

沃恩说："好，在昨天夜里十一点开车回来打开无线电之前我周末过得是挺好的，我原想打个电话给你，但又顾及你一天忙下来够辛苦的了，夜里还是不打扰你为好。"

"我倒同意你的这一决定。"

"马丁，别触人痛处了，我也不好受。"

布罗迪本来想说："是吗？拉里，你也不好受？"他想刺刺他的痛处，把自己当了替罪羔羊的怨气发泄出来。但他意识到这样做既不公平，也于事无补，所以他只是说了声："是啊。"

"今天上午我的两项租约已给解除了。租期长，主顾也不错。他们都签了字的，我跟他们说要到法院去告他们，他们却说，请，到哪儿都奉陪。我真怕去接电话，我还有二十幢房子八月份没人租哩。"

"拉里，要是我能告诉你些好消息就好了，可情况正愈来愈糟哩。"

"你这话是什么意思？"

"我把海滨浴场给封了。"

"你看得封闭多久？"

"很难说，得看情况，几天，也许更长一些。"

"你知道下周末可是七月四日，是美国独立纪念日呀。"

"知道，知道，当然知道。"

"夏季想大干一场已经是不可能的了，不过要是七月四日前后景气一些的话，我们或许能够捞回一笔——至少在八月份可以赚它几个钱。"

布罗迪猜不透沃恩讲这番话是什么意思。"拉里，你在想说服我开放浴场吗？"

"不，我只是在苦思冥想，在祈求上帝。喂，你究竟打算把海滨浴场封闭到什么时候为止？无限期吗？你怎么晓得那家伙什么时候滚蛋？"

"我还没时间去想那么远。我甚至还闹不清它为什么要待在这儿。我要问你一个问题，拉里，只是出于好奇而已。"

"什么问题？"

"你的合股人是谁？"

隔了好一会儿沃恩才说话："你干吗要打听这个？这与什么事有关系？"

"我刚才说了，只是出于好奇而已。"

"你还是把这种好奇心用在你的工作上吧，马丁，我可得操心自己的生意经。"

"好吧，拉里，请别见怪。"

"那你打算怎么办？我们总不能坐着祈祷鲨鱼跑开，要是光坐着干等，我们可得饿死。"

"对，梅多斯和我刚刚还在讨论采取哪些措施哩。哈里的一个朋友是鱼类学专家，他建议我们想办法去抓住这条鲨鱼。你看是不是考虑筹备一两百块钱把本·加德纳的船租用一两天？不知他抓过鲨鱼没有，但值得一试。"

"不管怎么说都值得一试，我们除掉那家伙就可以重新有钱挣了。去吧，告诉加德纳，我会把钱凑齐的。"

布罗迪挂上了电话，对梅多斯说："我也搞不清我为什么要关心这件事，不过我的确想多了解一些有关沃恩先生的生意的情况。"

"为什么？"

"他非常有钱，不管鲨鱼的事闹多久，对他都不会有多大损害。当然他也会受到点儿损失，可他把这看成是生死攸关的问题，我是说他看成是他的生死攸关的大事——我不是指全城老百姓的，是他自己的。"

"也许他只不过是个凭良心办事的家伙。"

"刚才电话里他可不是凭良心说话。哈里，相信我，我知道良心是什么。"

长岛东端往南十英里的海面上，一条渔船在波浪中微微起伏，系在船尾的两根缆绳松松地漂在浮着一层柴油的海面上。船长又高又瘦，坐在驾驶台的一张长凳上，两眼盯着大海。下层后舱坐着两个租用这条船的人,一个在看小说,另一个在看《纽约时报》。

"嘿,昆特,"看报的那个人说,"你看了报上讲那条鲨鱼吃人的事吗?"

"看了。"船长讲。

"你看我们会碰到这条鲨鱼吗?"

"不会。"

"你怎么知道不会?"

"当然不会。"

"假定我们正出来找它呢?"

"还是不会碰到。"

"为什么?"

"我们只不过是在水面上漂着,留在原处动也不动哩。"

看报的人摇摇头笑了。"伙计,我们难道不能捕一条这样的鱼吗?"

"这种鱼可捕不得。"船长说。

"阿米蒂离这儿有多远?"

"沿海岸还有一段路。"

"这下倒好,要是鲨鱼就在附近什么地方,这几天我们也许会碰到它。"

"不错,我们会碰到条把,但今天不会。"

五

星期四早上雾蒙蒙的——浓雾下湿了地面,闻上去有股刺鼻的咸味。汽车都开着灯,低速行驶。晌午时分雾散了,一团团云絮没精打采地飘浮在空中。到下午五点,积云开始散开,就像拼板玩具一块块给拆开一样。阳光透过云间的缝隙照射到暗绿色的海面上,形成一个个蓝色的亮点。

布罗迪坐在公共海滩上,两肘支在膝盖上托稳手中的双筒望远镜,他用肉眼勉强能看到那条船——在海浪中时隐时现的一个小白点。透过望远镜,虽说画面有些摇晃,但他却能清晰地看到一切。布罗迪在那儿坐了几乎有一个钟头了,他突起双眼想在镜筒里扩大视野好把见到的景象看得更清楚些。他骂了几声,把望远镜放下,任它挂在套在脖子上的皮带上。

"嘿,局长。"亨德里克斯走过来喊道。

"嘿,伦纳德,你来这儿干吗?"

"我经过这里,看到了您的车子。您在干什么?"

"我想弄清本·加德纳究竟在做什么。"

"打鱼呀,您看不出来吗?"

"他是被我派去打鱼的,可我从来就没见过像他这样打鱼的。我看了一个钟头也没看见船上有什么动静。"

"能让我瞧瞧吗?"布罗迪把望远镜递给了他,亨德里克斯接过来对着它向海上望去。"您讲得对,一点儿动静也没有。他在那儿有多久了?"

"有一整天了。昨晚上我跟他谈了鲨鱼的事,他讲今天早上六点出发。"

"他一个人去的?"

"不清楚。他说打算找个伴——是个名叫丹尼什么的——可又听说他要去看牙。我真希望他不是一个人去的。"

"您想去看看吗?至少还有两个多小时天才黑呢。"

"你打算怎么去?"

"我想去把奇克林的船借来,他有一条水上运动快艇,装的是台八十马力的埃文鲁德柴油机,可以把我们带到那儿去。"

布罗迪全身掠过一阵恐惧。他水性极差,在水里——更不用说把头埋在水里——的情景使他想起母亲常讲的那种恐水病:手掌心冒汗,肚子痛,再就是想咽一下唾沫——实际上这些是某些人乘飞机时的感觉。布罗迪在梦中看到的是:深水下面聚居着又黏又滑的凶猛的东西,它们从下面钻上来撕碎他的皮肉;那儿还聚居着一群恶魔,它们时而咯咯笑个不停,时而又呜咽呻吟。"好吧,"他说,"现在也别无他法,也许等我们赶到码头时,他已经把船开回来了。你去备船,我去警察局给他妻子打个电话,看他有没有用无线电同家里通过话。"

阿米蒂的码头很小,只有二十根拴缆绳的木桩,一个加油站,还有一间卖袋装红肠面包及油炸蛤肉的小木房子。一条石头砌成的防波堤围成了港内的小湾,木桩就打在小湾出口的地方。亨德里克斯站在水上运动快艇上,发动机已经开动了,他正在同另一条二十五英尺长的汽艇上的一个男子讲话,那条汽艇拴在旁边木桩上,布罗迪走过码头上的木板桥扶着短梯上了船。

"他妻子怎么说的?"亨德里克斯问道。

"没说什么。她用无线电同他联系了半个小时也没联系得上,她认为他准是把机子给关掉了。"

"他一个人在船上?"

"她说是这样,因为他的下手今天得去把一颗蛀空了的智齿拔掉。"

另一条快艇上的男子说:"不是我多嘴,我总觉得这事有点儿怪。"

"怪在哪里?"布罗迪问。

"一个人出海却把无线电关掉,没人会这样做。"

"这倒未必,本·加德纳出海捕鱼时对船只之间喋喋不休的对话十分厌烦,也许他把无线电给关掉了。"

"有可能。"

"伦纳德，出发吧，"布罗迪说，"你会开这玩意儿吗？"

亨德里克斯解开缆绳，走到船尾，松开艉缆扔到码头上。接着他来到驾驶台把一个带球形把手的操纵杆往前一推，船便喀嚓喀嚓地响起来，倾斜着向前驶去。亨德里克斯将操纵杆再向前一推，发动机便运转得更加规律了。这时船尾后垂，船首翘起，绕过防波堤后，他又把操纵杆一直推到底，船头便降了下来。

"平稳了。"亨德里克斯说。

布罗迪抓住驾驶台旁一根操纵杆的把手问道："有没有救生衣？"

"只有几个坐垫，"亨德里克斯说，"您要是个八岁小孩的话，这些玩意儿倒能把您浮起来。"

"多谢啦。"

风停了，海面上被风吹起的皱波也消失了，但小小的浪头却起劲地拍打着木质的船首，引起船身一阵阵抖动，布罗迪为此感到不安。"你要再不把速度放慢下来，这条船就要完蛋了。"

亨德里克斯笑了，想要一下威风。"没关系，局长。要是把速度放慢下来，船就会摇摆不前，那就得花一个星期才能到达那儿，您就会感到像一肚子装满了松鼠那样难受。"

加德纳的船离海岸不到一英里。当他们离它越来越近时，布罗迪看到它正在波浪中微微地上下浮动着，甚至还看见了船身上的"弗利卡"三个大字。

"他下锚了，"亨德里克斯说，"好家伙。在这儿下锚水可够深的，得有一百多英尺吧。"

"没错，"布罗迪说，"我有同感。"

离"弗利卡"还有五十码时，亨德里克斯减了速，船摇晃着向它缓缓靠去，两条船很快靠在了一起。布罗迪走向快艇的船头甲板，对面船上一片沉寂，渔具架上空无一物。"嘿，本！"他叫了一声，没人回答。

"也许他在舱下面。"亨德里克斯说。

布罗迪又喊了声:"嘿,本!"水上运动快艇离"弗利卡"的左舷船尾只几英尺距离,亨德里克斯把操纵杆推了个空挡,迅速打了个倒车,在一个浪头的推动下,它紧紧地偎依到了"弗利卡"的船舷旁边。布罗迪一把抓住船舵的上缘。"嘿,本?"

亨德里克斯从甲板间的贮藏室里拿出一根绳子,一端牢牢地拴在自己船头的系缆墩上,另一端在"弗利卡"号的栏杆上绕了一圈打了个活结。"你想上去吗?"他问道。

"对。"布罗迪爬上了"弗利卡"号,亨德里克斯也跟着上了船,两人站在后舱上。亨德里克斯把头探进前舱喊了声:"本,你在里面吗?"他环顾了一下回过头来说,"不在里面。"

"他不在船上,"布罗迪说,"别的就没有什么地方可去了。"

"那是什么东西?"亨德里克斯指着船尾角落里的一只提桶说。

布罗迪走过去弯下了腰,一阵鱼腥臭扑鼻而来,提桶里装着血淋淋的鱼内脏。"一定是鱼饵,"他说,"鱼内脏以及其他一些乱七八糟的东西。把这些玩意儿扔到附近的海里就会把鲨鱼吸引过来。桶里还装得满满的,看来本·加德纳还没有用掉多少呢。"

一阵喧闹声把布罗迪吓了一跳。"威士忌,斑马,回声,二、五、九,"无线电里一个声音在哇啦哇啦地叫,"我是小贝尔,你在那儿吗,杰克?"

"这点倒是真的,"布罗迪说,"本·加德纳根本没把他的无线电关掉。"

"局长,我真不懂。船上没有渔具,他连条橡皮筏子也没带,因而不可能划到别的什么地方去。他水性很好,像条鱼,所以即使他不慎从船上掉下水去也能马上爬上来。"

"你看到捕鲸鱼叉没有？"

"什么样儿的？"

"我也说不出来，像把鱼叉呗。另外，你有没有看到桶？也许可以拿来当救生圈使。"

"没看到这类东西。"

布罗迪站在右舷上缘旁边，凝视着前方。船缓缓地漂动着，他用右手扶着站稳了身子。他觉得有点儿异样，低头一看，发现原先系缆墩的地方有四个深浅不一的螺孔，里面的螺丝不见了，很明显它们不是被起子卸走的，螺孔四周的木头也给扯裂了。"伦纳德，瞧这儿。"

亨德里克斯用手摸了下螺孔，又看看左边，那儿一个十英寸的钢质系缆墩还牢牢地钉在木头上。"您说这儿原来的一个系缆墩是不是应该同那边一个一样大小？"他说，"我的天哪，是什么东西会把这个系缆墩连根拔掉？"

"伦纳德，看这儿。"布罗迪用食指摸了一下船舷的外层边缘，那儿有一条八英寸长的损坏的痕迹，漆给刮掉了，木头也给划裂了，"看上去好像有人用锉刀在木头上锉了一下。"

"要不就是什么人用拉紧了的粗绳索把它擦成了这副样子。"

布罗迪走过下层后舱的左侧，漫不经心地沿着船舷的外缘移了几步。"只可能在这儿了。"他说。他走到船尾，双肘伏在船舷上，两眼向下盯着海水。

他目瞪口呆地瞧着未被注意的舭肋钣，这时看出了木质舭肋钣上现出深深的洞眼，组成一个直径超过三英尺的大致的半圆的图形。紧挨着它，又是一个半圆的图形。就在舭肋钣的下面吃水线附近有三小块血迹。布罗迪心想：老天，可别是又有一个人遭殃了。他喊道："伦纳德，过来。"

亨德里克斯来到船尾查看。"怎么啦？"

"要是我抓住你的脚,你能不能弯下身去看看那些小孔,究竟是什么东西凿成这种小洞的?"

"您认为是什么东西凿的?"

"不知道,但总得有个原因。我正想弄清楚哩,快。你若马上判断出来就算了,咱们就回家,好吗?"

"好的。"亨德里克斯伏在舭肋钣的上端,"局长,请您把我抓紧……"

布罗迪弯着身子捉牢亨德里克斯的双脚说:"别担心。"他把亨德里克斯的两条腿夹在两臂下,亨德里克斯就势被抬了起来俯身在舭肋钣上。布罗迪问:"行吗?"

"再放下一点儿。别太往下!老天,您要把我的头浸到水里了。"

"对不起,现在怎样?"

"行,正好。"亨德里克斯开始察看这些凿孔,咕哝着说:"现在要有条鲨鱼游来了怎么办?它会从您手里把我拖走的。"

"别胡思乱想了,快看你的吧!"

"我在看呀。"隔了一会儿,亨德里克斯说,"狗娘养的。这是什么东西!嘿,把我拉上去,我要用把小刀。"

亨德里克斯被拉上甲板后,布罗迪问:"什么东西?"

亨德里克斯打开小刀,回答道:"弄不清,白色的一块什么东西嵌在一个孔里面。"他拿着小刀叫布罗迪再把他放下去,他干得很利索,由于用劲,身子时时扭动着。过了一会儿,他喊道:"好啦,我取出来了,把我拉上去吧。"

布罗迪往后退了一步,把亨德里克斯从舭肋钣上往回扯,然后把他的脚放下落在甲板上。布罗迪把手伸出来说:"拿来看看。"落在他手掌上的是一颗闪闪发光的三角形齿状物,差不多有两英寸长,四周都是小锯齿。布罗迪拿它在船舷上随手划了一下,木头上出现了一道印子。他向海面看去，摇了摇头说："我的上帝。"

"是颗牙齿吧？"亨德里克斯说，"万能的主啊！您认为是那条鲨鱼把本吃掉了？"

"我看不出有别的可能性。"布罗迪说，他又瞧了瞧这颗牙齿，把它放进口袋里，"我们走吧，这儿没什么可干的了。"

"本这条船怎么办？"

"留在这儿，明天再说吧。到时候叫人来把它开回去。"

"你要同意，我来把它开回去。"

"叫我去开另一条船？扯淡。"

"我们可以把一条船拴在另一条上拖着呀。"

"不，天黑下来了，我可不想在一片黑暗中到处乱转，想方设法把两条船靠上码头。'弗利卡'号在这儿过夜没问题，你去查看一下前面的锚是否抛放停当。走吧，没人想要这条船……本·加德纳更是不需要用这条船了。"

他们回到船坞时，天已黑了。哈里·梅多斯和另一个布罗迪不认得的人在等候他们。"哈里，你的触角真灵。"布罗迪从梯子爬上船坞时说。

梅多斯得意地笑了。"马丁，这是我的行当。"他指了指身旁那个人说，"这位是马特·胡珀先生。这位是布罗迪局长。"

两人握了握手。"你就是伍兹霍尔的那位胡珀先生吧？"布罗迪说，同时在微弱的灯光下端详着他。他很年轻，布罗迪猜想大概二十四五岁吧，人长得挺漂亮：皮肤黝黑，头发晒脱了色。他同布罗迪一般高，六英尺一英寸，可人瘦些。布罗迪估计胡珀体重约一百七十磅，而他自己是二百磅。布罗迪觉察到胡珀来者不善，但布罗迪一嗅出对方那股少年自负的气味，心里就确定，假如他们两人过招的话，一定可以把他拿下，因为有没有经验是大不一样的。

"是的，我就是。"胡珀说。

"哈里跟你隔这么远还一直在借重你的大脑，"布罗迪说，"您怎么会来这儿的？"

梅多斯说："是我打电话给他的，我想他也许能够把事情弄个水落石出。"

"乱弹琴，哈里，你该问问我呀，"布罗迪说，"我倒可以给你个答案。瞧，这条鲨鱼就在那儿，还有……"

"你懂我的意思。"

布罗迪为自己的话被打断感到十分恼火，同时他也意识到胡珀的专家意见肯定会使问题复杂化，胡珀的到来已经造成了权威的分散。他也觉得发火是十分愚蠢的，于是他说："当然，哈里，没问题。我只是忙一天了有点儿情绪。"

"你在那儿找到了些什么？"梅多斯问。

布罗迪手伸进口袋去摸那颗牙齿，可随即停住了，他不想站在几乎漆黑的码头上把事情的前前后后都讲给他们听。"我不太肯定，"他说，"回到局里我再把详情告诉你们。"

"本呢？他打算在那儿待一整夜？"

"看来似乎是这样，哈里。"布罗迪掉转头来看了看亨德里克斯，他已经把船拴好了。布罗迪问道："伦纳德，你要回家吗？"

"是的，我想在上班之前收拾一下。"

布罗迪自己先回到警察局，此时差不多快八点了。他有两个电话要打——一个电话是给埃伦的，问问她能不能将留给他的晚饭热一下，以及要不要他顺便买点儿什么东西带回去。另一个电话是给萨利·加德纳的，他拿不定主意是否该打。他先打电话给埃伦。晚餐是炖肉，可以再热一下，这种炖肉吃上去味道像田径鞋，不过是热的。他挂上电话，在电话簿里查到了加德纳的号码，拿起电话拨起来。

"是萨利吗？我是马丁·布罗迪。"他突然又懊悔起来，怎么没考虑好该讲什么就打电话给她？该对她讲些什么？他决定不能多说，至少在有机会同胡珀磋商，断定他的见解是有理还是荒唐可笑之前他不能多说。

"马丁，本在哪儿？"她的声音很平静，但嗓门比布罗迪平时听到的略微要高一些。

"萨利，我不知道。"

"你说什么？你不知道？你不是去找他了吗？"

"我去找过他，可他不在船上。"

"船不是在那儿吗？"

"船是在那儿。"

"你上去了吗？整个船都找过了？船舱下面找没找？"

"找了。"他抱着一线希望问，"本没有把橡皮筏子带去吗？"

"没有。他怎么会不在那儿呢？"现在她开始尖叫起来。

"我……"

"他在哪儿？"

布罗迪听出她的声调有点儿歇斯底里，心想自己要是能亲自到她家去一趟就好了。"萨利，就你一人在吗？"

"不，孩子们都在。"

她似乎平静了些，可布罗迪知道这只不过是巨大悲痛迸发前的一阵安静。在本把捕鱼作为他的职业以来的十六年里，她每时每刻都处于恐惧之中，而这种恐惧又只能埋藏在内心深处，因为这种心情讲出来别人会笑话的。而目前这种担忧倒成了现实！

布罗迪竭力想记起加德纳的几个孩子的年龄。大的十二岁了吧，老二九岁，最小的一个大约是六岁。十二岁的孩子懂事了吗？他没把握。隔壁邻居是哪一家？真差劲，他怎么没考虑到还有邻居呢？隔壁不就是芬利那一家子吗？"萨利，等一下好吗？"他对坐在前面一张办公桌旁的警官说："克莱门茨，给格雷斯·芬利打个电话，叫她马上到萨利·加德纳家去一趟。"

"要是她问干吗叫她去呢？"

"告诉她是我叫她去的，原因我过后解释。"他又回过头来对着话筒说："对不起，萨利。我能确切告诉你的是，我们来到本那条船下锚的地方，上了船，舱里舱外到处都找遍了，没找到他。"

梅多斯和胡珀走进办公室，布罗迪指指椅子，示意他们坐下。

"他究竟到哪儿去了呢？"萨利·加德纳说，"他总不会在大洋当中下船吧？"

"当然不会。"

"他也不会失足落水的，我想他不会，就是不当心掉下海他也能马上爬上来。"

"能爬上来。"

"也许来了个人把他带到另一条船上去了，要不然就是机器发动不起来，他不得不搭别人的船。你检查过发动机了吗？"

"没有。"布罗迪一下子窘住了。

"这就对了。"她几乎像个小姑娘似的，声音骤然低了下来，抱有一线希望。而这种希望就像镶在水晶石表面的冰块一样，一旦破碎便会震得四分五裂。"要是电池用完的话，那就怪不得他没有用无线电跟我联系。"

"萨利，无线电倒是好好的。"

"等一下。谁呀？啊，是你。"停了一下，布罗迪听见萨利在和格雷斯·芬利讲话。过不久萨利的声音又在电话里响起："格雷斯说是你叫她来我这儿的，怎么回事？"

"我认为……"

"你认为他死了,对不?你认为他淹死了。"镶在水晶石表面的一层希望的冰块四分五裂,她呜咽起来。

"萨利,恐怕是这样,目前我们只有这样判断。让我跟格雷斯说几句话,好吗?"

不一会儿,格雷斯在电话里问道:"马丁,怎么啦?"

"真对不起,打扰您了,可没法子,您能不能在那儿陪她一会儿?"

"陪她一夜都行。"

"那太好了,谢谢。我回头就来。"

"马丁,出了什么事?"

"我们也不敢肯定。"

"又是……那个鬼东西?"

"也许是的,我们正想弄明白哩!格雷斯,帮个忙,您可千万别对萨利提鲨鱼的事,要不就麻烦了。"

"好吧,马丁。等等,请等一下。"她把手捂住话筒,布罗迪听见模模糊糊的对话声音。然后电话里又是萨利·加德纳的声音。

"马丁,你干的好事!"

"什么意思?"

很明显,格雷斯·芬利在从萨利手里抢电话筒,因为布罗迪听萨利说:"让开,让我讲!"然后她问布罗迪:"你为什么要派他去?为什么要派本去?"她的嗓门并不怎么特别大,可语气很强硬,布罗迪觉得这比叫嚷还厉害。

"萨利,你……"

"完全可以避免出事的!"她说,"你完全可以办得到的。"

布罗迪真想把电话挂上,他不想再次出现那个叫金特纳的孩子的母亲同他闹的场面,但他又不得不为自己辩解。她应该了解这不是他的过错,她怎么能责怪他呢?于是他说:"胡扯!你丈夫是捕鱼人,是个老把式,他晓得风险。"

"可要不是你……"

"萨利,别说了!"布罗迪不想让她把话说下去,"好好休息吧。"他挂上电话,一股莫名其妙的怒气缠着他。他生萨利的气,因为她指责他,对他发脾气;但他又生自己的气,他干吗要对她感到恼火呢?她说过了,要是,要是什么?当然,要是他不派本去就好了,可猪要是长了翅膀就变成老鹰了。要是他布罗迪自己亲自去就好了,可他没这个能耐,他得派个行家去呀!他瞧了瞧梅多斯。"你听到了吧?"

"没有完全听到,不过听得出本·加德纳成了第四个牺牲品。"

布罗迪点了点头说:"是这样。"他告诉梅多斯和胡珀有关他与亨德里克斯刚才去查看的经过。在他叙述的过程中,梅多斯打断了他一两次,提出了一些问题。胡珀听着,瘦削的面孔显得很平静,一双明亮的深蓝色眼睛直盯着布罗迪。在把事情的全部经过讲完之后,布罗迪从口袋里摸出那颗牙齿。"我们发现了这个东西,"他说,"是伦纳德从木头里挖出来的。"他递给胡珀,这小伙子拿在手里端详了一番。

"马特,你看是什么?"梅多斯问。

"大白鲨。"

"多大?"

"说不准,不过相当大,十五或者二十英尺长吧,真大得叫人难以相信。"他对梅多斯说,"谢谢你邀请我来,要不然,就算我把毕生精力都花在研究鲨鱼上,也未必能遇到这么个大家伙。"

布罗迪问道:"这样一条大鲨鱼该有多重?"

"五六千磅吧。"

布罗迪嘘了一声。"三吨重哩!"

"你对此事有何见解?"梅多斯问。

"从局长刚才讲的情况来看,似乎是这条鲨鱼杀死了加德纳先生。"

"怎么做到的?"布罗迪问。

"好几种可能。也许是加德纳从甲板上掉下了水,更有可能他是被拖下去的。或许是捕鱼叉的绳索绊住了他的脚,甚至于是他靠在船尾栏杆上的时候,鲨鱼把他拖进海里去的。"

"对嵌在船尾部的那颗牙齿你怎么解释?"

"鲨鱼袭击了这条船。"

"干吗要袭击船?"

"局长,鲨鱼并不十分聪明,本能和冲动促使它们发出进攻,它们有很强的捕食的冲动!"

"不过这条船有三十英尺长……"

"鲨鱼可不管你三十英尺长还是四十英尺长,对它来说,这并不是条船,而只是一件大的东西。"

"船又不能吃。"

"它不试一下是不罢休的,你们该懂得,鲨鱼对海洋里的任何东西都不怕。别的鱼类看见比它自己大的东西就躲开了,这是本能。可鲨鱼对任何东西都不回避,它不知道害怕。大白鲨碰到一条比自己还要大的鲨鱼时,也许会十分小心,可它害怕吗——绝不。"

"它们别的还袭击什么东西?"

"什么东西都敢袭击。"

"真的是这样吗?"

"真的,几乎是什么东西都敢袭击。"

"你对它为什么老是在这一带活动有何高见?"布罗迪说,"我不知道你对这一带海水情况了解如何,不过……"

"我是在这儿长大的。"

"在这儿长大的?在阿米蒂?"

"不,在南安普敦。我从小学起,直到中学、大学,每年夏天都来这儿避暑。"

"每年夏天,那么你还不能真正算是在这儿长大的。"布罗迪思索着该说些什么来对付这个年轻人,即使不凌驾于他,最起码也得同他平起平坐才行。这些来度夏的人常常以一种势利态度来对待阿米蒂当地的老百姓,布罗迪则以其人之道还治其人之身,以势利对付势利。这种态度在这个避暑胜地的长住居民中并不罕见,好似给他们一副盾牌抵挡来自度夏阔佬的傲慢无礼。这是一种"我好得很,杰克"的男子汉大丈夫态度,它把财富和虚弱无能等同起来,坦率和品德高尚等同起来,贫穷(一定程度上)和诚实正直等同起来。总的来说布罗迪觉得这种态度既矛盾又愚蠢。但由于觉察到这个年轻人来者不善——他还不敢断定原因何在——而他又很少有过这种感觉,因此他也就只好随手接过胡珀递给他的这块盾牌了。

"您可真会挑刺,"胡珀有点儿恼火地说,"好吧,就算我不是在这儿长大的,可我为研究这一带海水花了不少时间,我还写过一篇有关这一带海岸线的论文。不管怎么说,你讲的我都明白,也认为你讲的是对的。这里海水的环境对一条鲨鱼来讲,长期在此地逗留是不合适的。"

"这条鲨鱼为什么老待在这儿?"

"这就难说了。鲨鱼没有固定的习性,它干的好多事都表明它没有习性,它的反复无常也就成了正常现象。谁要是拿钱——更不用说拿生命——来打赌硬说鲨鱼会按一定规律行事,那他就是个大傻瓜。这条鲨鱼也许病了,它的生活习惯极容易失常,哪怕生理机制出现一点点毛病都会引起它晕头转向和表现异常。"

"要是鲨鱼病了是这种表现的话,"布罗迪说,"我不敢想象它不生病的时候会干出什么来。"

"就我个人来看,这条鲨鱼没病。它待在这儿也许有别的原因——这些原因我们也许永远都搞不清,自然的因素、任性和反复无常。"

"举例说说好吗?"

"譬如水温的变化、水流的变化以及食物类型的变化,等等。食物移动了,捕食食物的动物也得移动。两年前的夏季在康涅狄格的一些地区和罗得岛的近海出现了一个令人费解的现象。整个海域突然间挤满了步鱼,一大群一大群的,有成千上万条。它们密密麻麻的好像是一层油膜覆盖在海面上。步鱼多得你在海里随便丢个钩子,多半总能钓上一条。紧接着大片绿鳕鱼捕食步鱼来了。罗得岛守望山附近的居民在海边涉水用耙子,就是花园里用的那种草耙来捉鳕鱼,简直是一把一把把它们从水里扒出来。这时更大的捕食者来了——四百到六百磅重的大金枪鱼来了。深海渔船出动,在岸边一百码甚至在港湾里捕捞这种长着绿鳍的金枪鱼。过不一会儿,这一切突然又变了,步鱼群游开了,其他鱼也随即跟着走了。我在那儿花了三个星期时间想探个究竟,可至今仍不得其解。这是整个生态平衡的问题,当某个环节出现这样或那样的异常时,就会发生一些奇异的现象。"

"但这件事似乎更加令人不可思议,"布罗迪说,"这条鲨鱼在仅一二英里见方的海面上停留了一个多星期,既不离开这里,也不去东汉普敦或南安普敦伤人,阿米蒂到底怎么了?"

"不明白,我想没人能够回答您的问题。"

梅多斯说:"明妮·埃尔德里奇能回答这个问题。"

"胡扯。"布罗迪说。

"明妮·埃尔德里奇是谁?"胡珀问。

"邮局的女局长,"布罗迪说,"她说了什么这是天意之类的话。我们造了孽,得受天罚。"

胡珀笑了："就我所知，这是目前最接近答案的解释了。"

"倒也中听，"布罗迪说，"你打算怎么找答案？"

"有几件事要做，我想在这儿和东汉普敦取点儿水样，看看别的鱼类在两种不同条件下有何反应，以此推测这儿的海水里是否有什么奇特的东西或缺少什么东西。我还得想办法找到这条鲨鱼。讲到鲨鱼，我倒想问问有没有船可用？"

"有，不过很抱歉，"布罗迪说，"就是本·加德纳的那条船，明天我们带你去，这条船你最起码也可以用到我们跟他妻子结账时为止。本已经出了事，你还以为你真的能抓住那条鲨鱼？"

"我没有说我打算抓到它，我没有这个意思，反正我一个人不会去干这件事。"

"那你究竟想采取哪些措施？"

"不知道，我要见机行事。"

布罗迪盯着胡珀的双眼说："我要把那条鲨鱼干掉，你要是没本事，我们就找个有本事的人来干。"

胡珀大笑起来："你说这话听上去像个暴徒，'我要把那条鲨鱼干掉'。你会的不过是把这差事包给某一个人。你打算找谁？"

"不知道。哈里，你认为呢？你应该对这一带了如指掌吧。在这个鬼岛上，哪一个渔民有捕捉鲨鱼的一套家伙？"

梅多斯想了一下才说："也许有个人能行。这个人我不熟，好像叫昆特，在希望之乡有个私人码头。你要感兴趣的话，我可以去详细了解一下。"

"好极了！"布罗迪说，"这个人听起来是个合适人选。"

胡珀说："不过，局长，您可不能头脑发热地去找鲨鱼报仇啊。这条鲨鱼不是魔鬼，也不是凶手，它只不过是按其本能行事而已。要惩罚一条鲨鱼？蠢事。"

81

"你听着……"布罗迪觉得碰了个软钉子很没面子,一阵怒气骤然上升。他知道胡珀的话是对的,可他又觉得针对目前的形势,胡珀的话对也好,不对也好,都没有任何意义。这条鲨鱼是敌人,它闯进此地连杀四人——两个男的,一个女的,还有一个小孩。阿米蒂的老百姓要求处死这条鲨鱼,他们得亲眼看到把它杀了才会放心去过安稳日子。尤其是布罗迪本人,他非得把它干掉才能减轻心理上的负担。而胡珀偏偏刺中他的痛处,让他越想越火冒。但他总算压住了火,只说了声:"啊,没什么。"

电话铃响了。"局长,您的电话,"克莱门茨说,"是沃恩先生打来的。"

"好极了,我正想找他哩。"他按了一下电话上亮着光的电钮,拿起话筒,"拉里,我是布罗迪。"

"马丁,情况怎样?"沃恩的声音很亲热,布罗迪觉得他的热情几乎要溢出来了,他一定是刚刚喝了两杯。

"马马虎虎,拉里。"

"你下班挺迟哩,我给你家里打过电话。"

"是啊,没办法。警察局长嘛,你管辖下的老百姓每二十分钟就有一个遇害,不忙才怪呢。"

"本·加德纳的事我听说了。"

"你听到些什么?"

"说他失踪了。"

"消息传得不慢哪!"

"你能肯定这又是鲨鱼干的?"

"肯定?啊,我想是的。别的任何解释似乎都不大说得通。"

"马丁,你打算怎么办?"沃恩用有些惶恐的声调急急地问。

"拉里,这个问题问得好。我们正在采取一切力所能及的措施,我们已经把海滨浴场封闭起来了,我们已经……"

"说这些干吗?我都知道了。"

"那你想知道什么?"

"有哪个健康人愿意在麻风病人隔离区里买房子的?"

"当然不会有,拉里。"布罗迪不耐烦地说。

"每天都有人同我取消合同,租房子的人一个个走了,星期天以来没有一个新租户。"

"那你要我做什么?"

"这个,我想……我的意思是,我想我们对整个事件是否过于大惊小怪了些。"

"你不是在开玩笑吧?"

"马丁,我不是开玩笑。请你冷静些,让我们理智一点儿。"

"我是理智的,可我不敢说你还有没有理智。"

沉默了一会,沃恩说:"你看就七月四日周末那两天把海滨浴场开放一下好吗?"

"不行,压根儿不行。"

"你听我说……"

"不,你听我说,拉里。上次我听了你的话,结果又死了两个人。只要我们一抓住那狗娘养的鲨鱼,杀了它,就开放海滨浴场。在这之前,没门儿的事。"

"要是布下网呢?"

"什么网?"

"我们为什么不拉一条金属防鲨网来保护海滨浴场?有人给我讲,在澳大利亚,人们就是这样干的。"

布罗迪想:他一定是喝醉了。"拉里,这儿的海岸线是笔直的,你难道沿着这条直线拉上两英里半长的防鲨网?行啊,你去搞钱,我看你要这样干的话得花一百万。"

"那么派人巡逻呢？我们可以雇人乘船沿着海滨浴场来回巡逻。"

"不管用，拉里。你究竟怎么啦？是不是你的合股人又给你施压了？"

"关你屁事，马丁。老兄，看在上帝的分上，考虑一下吧。咱们这个小城就要完蛋了。"

"我不是不明白，拉里，"布罗迪温和地说，"但我们对此毫无办法，再见。"他挂上了电话。

梅多斯和胡珀站起身来要走，布罗迪把他们送到警察局大门口。梅多斯刚要跨出门，布罗迪对他说："嘿，哈里，你把打火机丢在我办公室里了。"梅多斯刚想讲些什么，布罗迪抢先说："进来吧，我拿给你，你要是现在不拿走，明天说不定就找不到了。"他向胡珀摆了摆手说："回头见。"

两人回到办公室，梅多斯从口袋里掏出打火机说："我想你一定有话要对我讲。"

布罗迪关上门。"你能打听出有关拉里合股人的情况吗？"

"我看可以，怎么啦？"

"事发以来，拉里一直不准我封闭海滨浴场。现在，在一连死了四个人以后，他还要我在四号那天开放一下浴场。而早些时候他曾说过合股人对他施加压力，这话我给你讲过的吧。"

"你的意思呢？"

"我的意思是我们应该打听出是谁有这么大的神通来摆布拉里，要不是因为他是一市之长，我根本不想关心这事。不过，既然有人在左右他这样那样，我看我们应该了解他们究竟是谁。"

梅多斯叹了口气，说："好吧，马丁。我尽力而为，不过要打听拉里·沃恩的底细可不是闹着玩的。"

"现在任何事情都不是闹着玩的。"

布罗迪把梅多斯送到门口，回到办公桌前坐下，心想沃恩有一句话倒是讲对了：阿米蒂正处于危急关头。处于危急关头的远不限于房地产交易，虽说它的不景气像天花一样具有传染性。他手下一名警官的妻子伊夫林·比克斯比已经把房地产经纪人的饭碗给丢了，现在在二十七号公路一家经济餐馆里当女招待。

原定于次日开张的两家精品店已推迟到七月三日正式营业，两家商店的老板还打电话给布罗迪表明届时海滨浴场如不能开放，他们将不再考虑在阿米蒂设店。其中有一家已在东汉普敦瞄准了一块地盘准备租用。体育用品商店挂上了清仓大拍卖的牌子——这种大拍卖通常是在劳动节周末期间举行的。对布罗迪说来，唯一的好事是萨克森酒吧生意极不景气，亨利·金布尔给解雇了。既然他丢了酒吧招待的兼差，他白天就可以有觉睡了，因而也就有可能熬过一班岗而不必打瞌睡了。

打星期一——关闭海滨浴场的头一天——起，布罗迪就在那儿安排了两名警官值班。他们和坚持要游泳的人发生了十七次冲突。有个名叫罗伯特·德克斯特的男子声称宪法规定公民有权在自己的海边游泳，甚至还放出狗来威胁值班警官，逼得该警官不得不拔出手枪吓唬要打死这条狗。还有一次争吵发生在公共海滩，纽约来的一位律师对值班警察朗读美国宪法，一大群年轻人跟着起哄。

尽管如此，布罗迪深信至少到目前为止还没有人下海游泳。

星期三，两个小伙子租了艘小划艇，划出海岸三百码，在那里待了一个小时，把血污、鸭头、鸡内脏一勺一勺地洒到海里。一艘过路的渔船上的人发现后，通过海军打电话给布罗迪。布罗迪随即通知胡珀，他俩一道用"弗利卡"把两个小伙子拖回岸边。这两个人把一根后面拖着二百码长的晒衣绳的飞叉牢牢地拴在船头。他们说打算用这把飞叉钩住鲨鱼，然后好乘一次鲨鱼拉的"楠塔基特雪橇"。布罗迪警告他们，要是再玩这种把戏就要以企图自杀罪来逮捕他们。

他们接到四次目击鲨鱼的报告。一次结果证明是一段漂浮的大木头；有两次被派出去追踪的渔民证实是跃出水面的鱼群；还有一次纯属无稽之谈。

星期二黄昏时分，布罗迪接到一个匿名电话说有个男子在公共海滩海的附近倾倒鲨鱼诱饵。结果查明不是男的，而是一个穿着男人雨衣的妇女。她叫杰西·帕克，是沃尔登文具店的职员。起先她抵赖说没有在海水里倾倒任何东西，但后来她承认在岸边扔了个纸口袋，里面装了三只空苦艾酒瓶。

"你怎么不把这些空瓶子丢到垃圾堆里去？"布罗迪问。

"我不想让垃圾工人以为我是酒鬼。"

"那你为什么不把瓶子摔到别人的垃圾桶里去？"

"这样不好，"她说，"垃圾桶也是……一种私有财产嘛，对不？"

布罗迪告诉她从现在起她应该把空瓶子放在塑料口袋里，再把这个塑料袋装进一个牛皮纸袋里，然后用槌子将这些瓶子敲打成粉末，这样就没人知道这里面原来是瓶子了。

布罗迪看了看表，九点多了，要去看望萨利·加德纳似乎嫌迟。但愿她睡了，也许格雷斯·芬利已让她服了一片安眠药或喝了一杯威士忌来帮她入睡。他在离开办公室前打了个电话给蒙托克的海岸警卫队，告诉值班军官有关本·加德纳的事。军官说天一亮他就派一艘巡逻艇去搜寻尸体。

"谢谢，"布罗迪说，"希望你们能在它漂到岸边之前找到它。"布罗迪一下子为自己的这句话吓住了，刚刚说的"它"指的是他的朋友本·加德纳啊！要是萨利听到他把她丈夫称作"它"该有何感想？十五年的友谊化为云烟。本·加德纳不在人间了，有的只是"它"，而又非得把"它"找到，免得人们看到一具血淋淋的可怕东西。

"尽力而为，"军官说，"老兄，我同情你们。你们夏天的日子可不好过呢！"

"我只希望这不是我们最后的夏日好时光。"布罗迪说，便挂上了电话，灭了办公室的灯，走出门来上了车。

布罗迪弯进屋边车道，透过客厅窗子看见了熟悉的暗蓝色灯光，儿子们正在看电视。他穿过正门，顺手把外面的灯关了，把头伸进黑洞洞的客厅。长子比利躺在长沙发上，用肘撑着身子。十二岁的二儿子马丁懒洋洋地靠在一张安乐椅上，两只光脚搁在咖啡茶几上，而八岁的肖恩则坐在地板上，背靠着长沙发用手抚摸着膝盖上的一只猫。"都好吗？"布罗迪说。

"好，爸爸。"比利说，两只眼睛盯着电视动也不动。

"你们的妈妈呢？"

"在楼上。她叫我告诉您晚饭在厨房里。"

"哦。肖恩，别看得太迟，嗯？快九点半了。"

"晓得，爸爸。"肖恩说。

布罗迪走进厨房，打开冰箱拿出一听啤酒。剩下的炖肉在饭桌上的烤锅里，肉呈灰褐色，筋很多，周围是一圈冻成白色的肉卤。"这就是晚饭吗？"布罗迪心想。他想在冰箱里找点儿什么做份三明治，冰箱里有几块牛肉饼、一包鸡腿、十来个鸡蛋、一罐泡菜、十二听汽水。他找到一块美国乳酪，由于时间久了已经干缩得卷曲起来，他把乳酪揉成个小球抛进嘴里。他盘算着是否要把炖肉热一下，但随即喊了声："热它干吗？"他拿起两片面包，涂上芥末，又从墙上磁性板上取下一把切肉小刀切下厚厚的一片炖肉搁在一片面包上，又在肉上撒了一层泡菜，再用另一片面包合上用手捏捏紧，一份三明治就做成了。他把三明治放在盘子里，拿起啤酒，上楼到卧室去了。

埃伦没睡,在床上看《时尚》杂志。"喂,"她说,"今天情况不妙吧?你在电话里可什么都没讲。"

"今天情况不妙,这一阵子天天如此。你听说本·加德纳的事了吗?打电话给你的时候,我还不太有把握他是不是真的被鲨鱼吃了。"他把盘子和啤酒放在梳妆台上,坐在床沿脱了鞋。

"听说了。格雷斯·芬利打电话问我知不知道克雷格医生在哪儿,他诊所的人不知他去哪儿了。格雷斯想给萨利吃点儿镇静药。"

"你们找到克雷格医生了吗?"

"没有,我叫孩子给她送去了一点儿速可眠。"

"什么速可眠?"

"安眠药片呀。"

"我还不知道你在吃安眠药。"

"平时不吃,偶尔吃一点儿。"

"你从哪儿搞到的?"

"上次去看神经衰弱时克雷格医生给的,我告诉过你的呀。"

"哦。"布罗迪把鞋子踢到一边,站起身来脱掉长裤又整整齐齐地叠好搭在椅背上。然后他又脱去衬衫,用衣架挂在壁橱里。他只穿了件圆领汗衫和一条短裤坐在床边吃他的三明治。肉又干又散,他只吃出了芥末味。

"你没有找到炖肉?"埃伦问。

布罗迪嘴里塞得满满的,点了点头表示找到了。

"那你吃的是什么?"

他把嘴里的东西咽了下去说:"炖肉呀。"

"热过了吗?"

"没有,吃冷的我无所谓。"

埃伦做了个鬼脸说:"噢。"

布罗迪一声不吭地吃着,埃伦漫不经心地翻阅着杂志,隔不一会儿她合上了书搁在膝上说:"老天!"

"怎么啦?"

"我正想着本·加德纳的事,太可怕了,你看萨利会怎么样?"

"不知道,"布罗迪说,"我替她担心着哩!你同她谈过经济上的事吗?"

"没有,不过看来不会很宽裕。我想她的小孩每年也添不起什么新衣服,她也总是说得想办法每周多吃一次肉,而不要老是吃本捕来的鱼。她有社会保险吗?"

"我想有吧,不过也多不到哪里去。社会福利嘛。"

"啊,没有多少。"埃伦说。

"你看吧,她再也没法死撑面子了!现在连吃鱼也不是件容易的事了。"

"我们能帮点儿什么忙呢?"

"我们个人?我也不知道该怎么办。其实我们自己的日子也不怎么样,不过市当局也许能帮点儿忙,让我跟沃恩去商量一下。"

"事情有什么进展?"

"你指的是抓那鬼东西的事吗?没什么进展。梅多斯打电话给他在伍兹霍尔当海洋学专家的一个朋友,他来了,不过我也看不出他有什么好办法。"

"他人怎样?"

"还行吧,年轻,长得挺神气,有点儿自以为什么都懂的样子,其实也没什么大不了的。不过他对这一带好像很熟悉。"

"哦?怎么回事?"

"他说他是南安普敦人,每年夏天都来这儿。"

"干活?"

"不知道，也许同他父母一同来，他看上去是那一类人。"

"哪一类人？"

"有钱的上等人家呀，就是来这儿度夏的那类人。老天，你怎么连这也不懂。"

"别发火，我只不过是问问而已。"

"我不是发火，我是说你应该知道那种人，没有别的意思，你本身就是那种人。"

埃伦笑了："我过去是，可现在我是个老太婆了。"

"胡扯，"布罗迪说，"来度夏的那些俏女人穿上游泳衣十有八九都比不上你漂亮。"她是在引布罗迪讲些恭维话，而后者也乐于巴结她几句，这已成了他们每次交欢的例行前奏了。看到埃伦在床上的样子，就让他欲火中烧。她的头发从两边垂到肩上，然后朝里卷曲；睡衣领口开得很低，除了乳头两个乳房都能看得见，睡衣很透明，布罗迪觉得他都能看到里面暗色的乳头。"我去刷牙，"布罗迪说，"马上就来。"

他兴致勃勃地从盥洗室走回卧室，打算把梳妆台上的灯关掉。

"喂，"埃伦说，"我们得让孩子们学打网球了。"

"干吗？他们说过想打网球吗？"

"没说过，不过这种运动对他们有好处，尤其等他们长大了，会打网球可有用啦，入场权嘛。"

"入什么场？"

"他们应该结交一帮人呀。你要是网球打得好，哪儿的俱乐部你都可以进，就可以交朋友。现在是该让他们学打网球的时候了。"

"在哪儿学？"

"菲尔德俱乐部。"

"可我们还不是这个俱乐部的成员呢！"

"我们可以参加呀,我还认得他们的几个人哩,只要我提出来,保准他们会欢迎我们参加。"

"算了吧!"

"怎么啦?"

"最大的问题是我们参加不起。我打赌,我们得花一千块钱才能成为会员,而以后每年起码得交几百。我们到哪儿去搞这笔钱!"

"有存款哩!"

"老天爷,存款不能用在学打网球上呀。好了,不谈这些了。"他伸手要去关灯。

"这对孩子有好处嘛。"

布罗迪把手放在梳妆台上。"你要晓得,我们不是网球阶级,我们跟他们混在一起不合适,我觉得不自在,他们也不愿意我们夹在他们当中。"

"我们试都没试一下,你怎么知道不合适?"

"不谈了。"他关了灯,上了床,掀起被子,偎在埃伦身边。"再说,"他用鼻子擦擦她的颈脖,"有样别的运动我倒更加擅长哩。"

"儿子们还没睡呢。"

"他们在看电视,这里就是响了颗炸弹,他们也听不见。"他亲吻着她的脖子,手转着圈抚摩着她的腹部,一圈一圈地越摸越往上。

埃伦打了个哈欠。"我真困极了,"她说,"在你到家前我吃了片安眠药。"

布罗迪住了手。"吃安眠药干吗?"

"昨晚上没睡好,又怕你太晚回来会把我弄醒,所以我吃了片安眠药。"

"我要把这些狗屁安眠药摔得远远的。"他吻她的面颊,又想亲她的嘴,结果却碰上了她打着哈欠的半张开的嘴巴。

91

"真抱歉,"她说,"我恐怕不行。"

"会行的。你只要稍稍协助一下就成。"

"我太累了,你来吧。我尽量保持不睡着。"

"真没劲,"布罗迪说着转身躺下,"我可没这么大的劲头跟一个死人做。"

"别这样。"

布罗迪躺着没吭声,两眼盯着天花板,激情一下子化为乌有。但刚才身体里那股气还在,让他的下面隐隐作痛。

隔了一会,埃伦问道:"哈里·梅多斯的朋友叫什么名字来着?"

"胡珀。"

"不叫戴维·胡珀吧。"

"不是,我记得他叫马特。"

"哦。在很久很久以前,我跟一个名叫戴维·胡珀的小伙子相好过一阵子,我记得……"话还没说完,她合上了眼,并随即进入梦乡。

隔几条街的一间小木屋里,一个黑人坐在儿子的床头。"你想要我给你念个什么故事?"

"我不要您念,"七岁的儿子说,"我要您讲个故事。"

"好的,那么讲个什么故事呢?"

"鲨鱼,讲个鲨鱼的故事吧。"

爸爸畏缩了。"不,还是讲个……狗熊的故事吧。"

"我不要,还是讲鲨鱼,我想听鲨鱼的故事。"

"你想听个开头又是'从前'的故事?"

"好啊,爸爸,譬如从前有条吃人的鲨鱼。"

"这个故事不好。"

"鲨鱼为什么要吃人?"

"我想是饿了吧,谁知道!"

"鲨鱼要是吃您,您会不会淌血?"

"当然会。"爸爸说,"好了,还是讲个别的动物的故事吧,听了鲨鱼的故事,你会做噩梦的。"

"我才不会哩,要是鲨鱼想吃我,我就对准它的鼻子打一拳。"

"鲨鱼不会吃你的。"

"为什么不?我要去游泳,准有一条鲨鱼来吃我。鲨鱼不吃黑人吗?"

"好,不谈这个,你别再讲什么鲨鱼不鲨鱼的。"爸爸从床边小桌上拿出几本书,"好,我给你念《彼得·潘》吧。"

第二部

六

　　埃伦在南安普敦医院当志愿护士。她星期五工作了一上午，中午回家时，顺路去邮局买邮票，取邮件。在阿米蒂，邮件是不送到家里的。照理说，在离邮局方圆一英里之内，只有快件才送上门。但实际上，连快件也存放在邮局，收信人得自己去取（只有明确注明寄件人为联邦政府的例外）。

　　邮局是一幢小小的方形建筑物，坐落在蒂尔大街，离梅因大街不远。邮局里有五百只信箱，其中三百四十只租给阿米蒂的常住居民。其余的一百六十只则凭邮局女局长明妮·埃尔德里奇高兴，分配给来度夏的人。她喜欢的度夏游客可以租到信箱；她不喜欢的，就只好在柜台前排队等候领取信件。由于她不肯将信箱长年租给度夏的游客，他们头一年都不知道到第二年六月再来时，还能不能弄到信箱。

　　人们普遍揣测明妮·埃尔德里奇已七十出头。但不知怎的，她却使华盛顿当局相信她还不到法定的退休年龄。她身材瘦小，样子弱不禁风，但摆弄起包裹和纸板箱来，几乎和她手下的两个年轻人一样利索，给人造成身强力壮的假象。她绝口不谈自己的过去，只字不提她的私生活。人们只知道她出生于楠塔基特岛，第一次世界大战后不久便离开了那儿。从现在还活着的人们记事起，她就一直在阿米蒂。她不仅以本地人自居，而且自认为对本市的历史了如指掌。她不需别人探询，就会滔滔不绝地谈论十七世纪被判巫术罪的女人阿米蒂·霍普韦尔。这个城市就是以她的名字命名的。明妮特别喜欢历数本市重大的历史事件：革命时期一支英国军队在这里登陆，企图包围殖民地军队，未能成功（因为英国人迷了路，不得不在长岛上漫无目的地来回折腾）；一八二三年发生一场大火灾，烧毁了本市几乎所有的建筑物，唯有本市独一无二的那座教堂幸免于难；一九二一年运朗姆酒的船遇难（该船终于再次漂起，但为了减轻船的重量而倾卸一空的货物却早已无踪无影）；一九三八年的飓风以及广为报道（但却从未完全得到证实）的关于一九四二年三名德国间谍在苏格兰路海滩登陆的消息。

埃伦和明妮合不来。埃伦意识到明妮不喜欢她。她的感觉是有道理的。明妮感到埃伦不好办，因为她不知该将埃伦归入哪一类人。埃伦既不属于来度夏的，也不属于来过冬的。她那个常年信箱不是她自己挣来的，是嫁了她丈夫才获得的。

埃伦走进邮局时，明妮正在独自分发邮件。

"早上好，明妮。"埃伦说。

明妮抬头看看柜台上方的挂钟说："下午好。"

"请给我一百张八分邮票，好吗？"埃伦将一张五元钞票和三张一元券放在柜台上。

明妮再将几封信塞进信箱，放下手中的一叠信，才向柜台走来。她递给埃伦一叠邮票，将钞票丢进抽屉。"马丁打算拿那条鲨鱼怎么办？"她问道。

"不知道。我想他们会设法捉住它的。"

"你能用鱼钩钓上鳄鱼么?"(引自《圣经·约伯记》第四十一章第一节。上帝对约伯说:"你能用鱼钩钓上鳄鱼吗?能用绳子压下它的舌头吗?")

"请您再说一遍?"

"约伯记里说的,"明妮说,"凡人是捉不到那条鱼的。"

"干吗这样说?"

"上帝的旨意不要我们捉住它,就是这个原因。我们只能听天由命。"

"为什么?"

"到时候就知道了。"

"懂了。"埃伦将邮票放进钱包,"哦,也许您说得对。谢谢,明妮。"她转身向门口走去。

"不会弄错的。"明妮对着埃伦的背影说。

埃伦朝梅因大街走去。她向右拐,经过一家妇女日用品商店和古玩店,在阿米蒂五金店门口停住,走了进去。她开门时,门碰到门铃发出丁零零的响声,但却没有人应声出来。她等了几秒钟后叫道:"艾伯特?"

她走到商店后面,那儿有一道门开着,通向地下室。她听见两个男人在下面说话。

"就上来。"艾伯特·莫里斯叫道。"这儿有一箱,"莫里斯对那个男人说,"找找看能不能找到您要的东西。"

莫里斯来到楼梯脚下——抓着扶手,开始慢腾腾地、不慌不忙地拾级而上。他年纪约六十开外,两年前发过一次心脏病。

"系缆墩。"他走到楼梯顶时说。

"什么?"埃伦问道。

99

"系缆墩。那个人要船上用的系缆墩。他在找他要的尺寸。他一定是军舰上的舰长。不管他,您要什么?"

"我家厨房水槽的橡皮嘴全裂了,我要买个新的。你是知道的,就是带喷水开关的那种。"

"没问题。这边来,在上边。"莫里斯带领埃伦来到店铺中央一个橱边,拿出一只橡皮嘴,问道:"您要的就是这种吗?"

"好极了。"

"八十美分,记账还是付现钱?"

"我付现钱,免得你为了八十美分还得开个条子。"

"比这数目小的我也照样开条子,"莫里斯说,"我可以给您讲几件事,您听了一定觉得带劲儿哩。"

他们穿过狭窄的店铺向现金收入记录机走去。莫里斯将这笔买卖打在现金收入记录机上,说道:"好多人都给鲨鱼的事搅得坐立不安。"

"我知道,不能怪他们。"

"他们都认为海滨浴场应该再开放。"

"这个,我……"

"您要让我说,我认为他们在胡说八道——恕我用这个词儿。我想马丁做得对。"

"你这样说我很高兴,艾伯特。"

"也许新来的这个人能帮我们解决这个棘手的问题。"

"什么人?"

"就是这位马萨诸塞州的鱼类专家。"

"哦,对了。我听说他到我们这里来了。"

"他就在这儿。"

埃伦向四处张望,什么人也没有看见。"你是什么意思?"

"在下面地下室里。要系缆墩的就是他。"

这时,埃伦听到楼梯上有脚步声。她转过身来,看见胡珀走进门来。她突然感到一阵少女般的紧张,仿佛她遇到了多年未见面的情人似的。这是个陌生人,但却有些面熟。

"我找到了。"胡珀拿着两只大号不锈钢系缆墩说。他向柜台走来,彬彬有礼地向埃伦微微一笑,对莫里斯说道:"这两只很好。可以用。"他将系缆墩放在柜台上,递给莫里斯一张二十元钞票。

埃伦看着胡珀,拼命想弄清楚自己对他怎么有种似曾相识的感觉。她希望艾伯特·莫里斯替他们介绍一下,然而他却似乎不打算这样做。"对不起,"她对胡珀说,"我有件事想问问您。"

胡珀看着她,又笑了笑——这讨人喜欢的、和蔼可亲的微笑使他那轮廓分明的面孔变得柔和,也使他那双淡蓝色的眼睛炯炯有神。"当然可以,"他说,"问吧。"

"您不会碰巧是戴维·胡珀家的什么人吧?"

"他是我哥哥。您认识戴维?"

"是的。"埃伦说,"更确切地说,我过去认识他。很久以前我们挺要好的。我叫埃伦·布罗迪,原名叫埃伦·谢泼德,我是说在那时。"

"哦,当然喽。我还记得您。"

"不会吧。"

"我确实记得。您不信,我可以向您证明。让我想想……那时,您的头发比现在短,好像是下卷齐肩式。您总是戴着有小饰物的手镯,我还记得这只手镯,因为上面有个像埃菲尔铁塔的饰物。您过去常常唱那支歌——叫什么来着——'希布姆'什么的,对吗?"

埃伦扑哧一笑:"我的天哪,您的记性真好。这支歌我早就忘记了。"

"说来也怪,这种事儿给孩子的印象特别深。您和戴维好了多久——两年吧?"

"头年夏季到第二年夏季,"埃伦说,"那些日子真开心。这几年我不大想这些了。"

"您还记得我吗?"

"模模糊糊,不太清楚。我记得戴维有个弟弟。您那时一定只有十来岁吧。"

"差不离。戴维比我大十岁。我还记得一件事:大家都管我叫马特。我当时觉得这听起来像个大人的名字。但您却叫我马修。您说这个名字庄重些。我那时也许爱上了您呢。"

"哦?"埃伦的脸刷地红了。艾伯特·莫里斯放声大笑。

"我有时爱上和戴维相好的女朋友,"胡珀说,"我爱跟他交往的所有的女朋友。"

"哦。"

莫里斯找钱给胡珀。胡珀对埃伦说:"我要到码头去。搭我的车好吗?"

"谢谢您,我有车。"她谢过莫里斯,便走出店铺,胡珀跟在她身后。"这么说来,您现在是个科学家喽。"他们来到外面时,埃伦说。

"多少有点儿偶然。我起先主修的是英语。后来,为了修满科学必修课,我选了一门海上生物学。于是——瞧——我就上钩了。"

"上什么钩?海洋吗?"

"不是。我的意思是说可以说是也可以说不是。我从小就对海洋着迷。我十二三岁的时候,最向往做的事就是拿着睡袋到海滩上过夜,倾听大海的波涛,琢磨这些波涛是哪里来的,它们一路流经什么奇妙的地方。我在大学里给鱼钩上了,说得真正具体一点儿,是给鲨鱼钩上了。"

埃伦哑然失笑，说："您爱上了多么讨厌的东西，就像钟爱老鼠一样。"

"很多人都是这么想的，"胡珀说，"但是，他们错了。鲨鱼身上具有研究家所追求的一切。它们很美——天哪，它们多美啊！就像完美无瑕的机器一样。它们宛如鸟儿般优雅，像世间任何动物一样神秘。谁也不十分清楚它们活多久，也不知道它们会对什么刺激——除了饥饿之外——作出反应。世界上有两百五十多种鲨鱼，它们之间存在很大的差异。科学家们耗尽毕生的精力寻求关于鲨鱼的答案。但他们一得出满意的结论，就有新的情况出现，把这个结论推翻。两千多年来，人们一直在寻求一种驱除鲨鱼的有效方法，但是，从来也没有找到真正有效的方法。"他刹住话头，看着埃伦，微微一笑，"对不起，我不是想给您上课。你可以看出，我是鲨鱼迷。"

"您也可以看得出，"埃伦说，"我对这个问题一窍不通。我想您上的是耶鲁吧？"

"当然，还能上别的大学吗？我家四代人，男的唯独我的叔叔没有上耶鲁。他被安道佛（指美国安道佛神学院）开除了。后来从不知迈阿密还是俄亥俄毕的业。我在耶鲁毕业后又去上佛罗里达大学读研究生。之后，我有几年在世界各地追逐鲨鱼。"

"那一定很有意思。"

"对我来说，简直是其乐无穷，无异于将酒厂的钥匙交给酒鬼。我在红海里紧追鲨鱼，在澳大利亚沿海和鲨鱼一起潜水。我对它们懂得越多，就越清楚我并不了解它们。"

"您和鲨鱼一起潜水？"

胡珀点点头。"多半是在笼子里，但有时也不用笼子。我知道您会有什么想法。很多人都认为我找死——特别是我母亲。其实，只要真正在行，就能化险为夷。"

"您一定是世界上活着的最了不起的鲨鱼专家了。"

"谈不上，"胡珀笑了一声说，"不过，我正在努力。我只错过了彼得·金贝尔的考察。那次考察还拍了电影。他们在水里和两条大白鲨周旋，就像这儿发现的那种鲨鱼。我连做梦都梦见那次考察，真恨不得能参加呢。"

"幸亏您没有参加那次考察。"埃伦说，"或许您还想钻到鲨鱼肚子里去看看它是什么样子吧。还是给我谈谈戴维吧。他现在怎么样？"

"总的说来，他很好。他在旧金山当经纪人。"

"您说'总的说来'是什么意思？"

"啊，他现在跟第二个妻子在一起过。头一个妻子名叫帕蒂·弗里蒙特——这您也许知道。"

"当然知道。我过去常和她打网球。她可以说是从我手里把戴维接收过去的。这样说好听一点儿。"

"他们一起过了三年，后来，她勾搭上一个在昂蒂布有幢房子、家里做生意的人。于是，戴维自己也就另找了个对象。她父亲是一家石油公司的大股东。她人倒还不错，只是脑子呆笨。戴维当初要是聪明点儿，在决定终身大事的时候就了解了这些底细，那他就一定和您好到底了。"

埃伦脸红了。她柔声地说道："您真会说话。"

"我说的是真的。我要是他，就一定这么做。"

"您怎么做了？哪位幸运的姑娘最终把您弄到了手？"

"到现在还没有。我想我认识的姑娘都不知道她们会有多么幸运吧。"胡珀放声大笑，"给我谈谈您自己吧。对，先别说，让我猜猜看。三个孩子，对吗？"

"对。我倒没有想到我的样子看得出来。"

"不，不。我不是那个意思。一点儿也看不出来。一点儿也不。

您先生——让我想想看——是个律师。您在城里有一套公寓,在阿米蒂海滨有一幢别墅。您真幸福哟!我衷心为您祝福。"

埃伦微笑着摇摇头。"您说得不完全对。我不是说关于幸福方面,我是说其他方面。我丈夫是阿米蒂的警察局长。"

胡珀的眼里闪过一丝惊异的神情,接着他拍了一下前额说道:"我真是个笨蛋!当然是布罗迪喽。我从来没有做过这样的联系。不错。我昨晚还见到您先生的。他看样子挺神气。"

埃伦觉得她听得出胡珀的音调里略带一丝讥讽的意味,但她却对自己说:别傻了——你在胡思乱想。"您在这儿待多久?"她问道。

"不知道,要看这条鱼的情况而定。它一走,我就走。"

"您住在伍兹霍尔吗?"

"不,我住在海恩尼斯港,离伍兹霍尔不远。我在海滨有一幢小小的别墅。我离不开海。要是我待在内地,离海超过十英里,就会产生被幽禁的恐怖情绪。"

"您一个人住吗?"

"孑然一身,就我自己和价值一亿元的立体声器材以及一百万册书。我说,您还跳舞吗?"

"跳舞?"

"对呀。我刚才想起来,戴维说过,和他相好的人当中,数您舞跳得最好。您比赛还得过第一,对吗?"

往事像一只关在笼子里很久的鸟儿,突然被放开了,现在正朝她迎面飞来,在她头顶上盘旋,使她充满无限渴望。"是桑巴舞比赛,"她说,"在海滨俱乐部举行的,我早就忘了。我现在不跳舞了。马丁不会跳,就是他会跳,我想也没有人会奏那种乐曲了。"

"真可惜。戴维说您跳得棒极了。"

"那一夜快活极了。"埃伦说,听凭她的思绪浮向过去,搜索点点滴滴的往事,"那是一支莱斯特拉宁乐队。海滨俱乐部里挂满了绉纸和气球。戴维穿着他心爱的夹克——红缎子的。"

"这件夹克现在归我了,"胡珀说,"我从他那里接手了这样东西。"

"这支乐队演奏各种精彩的歌曲。有一首叫《青山葱翠》。戴维的两步舞跳得很好,我差点儿跟不上他。他只有华尔兹舞不爱跳,说跳华尔兹会头晕。那年整个夏季没有下一滴雨,我们大家都晒黑了。我记得那天晚上我特地穿了一件黄色连衣裙,因为这个颜色配我晒得黝黑的肤色。那次有两场比赛,一场是查尔斯顿舞,苏西·肯德尔和奇普·福格蒂得了第一。桑巴舞比赛时,奏的是《巴西舞曲》终曲。我们没命地跳,发疯般地向两侧和后面扭摆。跳完时,我觉得要瘫了。您知道我们头奖得了什么吗?一听鸡肉罐头,我将它放在房里很久,直到开始腐烂,爸爸才叫我扔掉了。"埃伦笑了笑,"那时真开心哪。我尽量不去多想那些日子。"

"为什么?"

"回忆往事,总会觉得它比当时更美好。现时总不像将来回顾时那样好。老是沉溺于回想旧日的欢乐,叫人沮丧,使人觉得再也不会有好日子了。"

"要我不想往事倒很容易。"

"真的?为什么?"

"没有什么了不起的事,仅此而已。戴维是老大,我多少总像是多余的。我觉得我生活的目的就是让父母不要离婚,但却不成功。头一件想干的事就没有干成,心里总有点儿不是滋味。我父母离婚时,戴维二十岁,我还不满十一岁。他们离婚是件不愉快的事,离婚前那段生活也不愉快。这都是老生常谈了——没有什么特别的——没有多少意思。也许我太看重这件事了。反正,我憧憬未来,不大回忆往事。"

"我想这样倒好些。"

"不知道，也许，要是我过去的生活很美满，我现在就会成天去想它。但是……得啦，不谈那些了。我该到码头去啦。您真的不要我开车送您一段路？"

"不用了，谢谢。我的车就在马路对面。"

"好吧，那么……"胡珀伸出手来，"再次见到您真使人高兴。我希望走之前能见到您。"

"我也很愿意再见到您。"埃伦说罢和他握手。

"我想哪天下午四五点钟请您出来打场网球，你不会不赏脸吧？"

埃伦扑哧一笑："哎呀，我都不记得从什么时候起我就没有握过网球拍了。不过，谢谢您邀请我。"

"好吧，那么，再见。"胡珀转过身去，匆匆地沿街朝他那辆停在几码以外的福特厂出产的绿色花马牌汽车走去。

埃伦伫立在那儿，看着胡珀发动汽车，开出停车场，驶向街心。他开车从她身边经过时，她将手举向肩膀，不好意思地勉强挥了挥。胡珀将左手伸出车窗外挥了挥，接着拐弯，开走了。

一种巨大的、使人痛苦的悲哀紧紧地揪住埃伦的心。她比以往任何时候都更深切地感到她的生活——至少是生活中最美好的时期、青春的岁月和欢乐——一去不复返了。意识到这种感觉使她感到内疚，因为她认为这证明自己作为母亲不能令人满意，作为妻子却又感到不满足。她恨她的生活，又为此而怨恨自己。她想起比利在立体声唱机上放过的一支歌中有这么一句歌词："我愿将所有的明天对换昨天一天。"她愿意做这个交易吗？她说不上来。但是，这样想有什么好处？无数个昨天已经消逝，堕入了无底的深渊。那丰富多彩的生活，那无穷的欢乐都再也追不回来了。

她的脑海里闪过胡珀那挂着微笑的面孔。忘掉他吧，她对自己说道，这是愚蠢的。更糟的是，这是自欺欺人。

她走到街对面，钻进汽车。当她将汽车驶进来来往往的车流中时，她看见拉里·沃恩站在街拐角。天哪，她想，他看样子和我一样忧郁哩。

七

这个夏季的周末就像深秋的周末一样毫无生气。由于海滨浴场已经关闭，白天又有警察巡逻，阿米蒂呈现出一派荒凉景象。胡珀乘坐本·加德纳的船沿岸来回游弋，但除了几群给大鱼作食物的小鱼和一小群竹鱼外，他连一个鱼影子也没有看见。他星期日是在东汉普敦度过的——那里的海滨浴场人山人海，他想那条鲨鱼也许会出现在有人游泳的地方——到了晚上他告诉布罗迪，他倾向于认为那条鱼已返回海洋深处了。

"你凭什么这样认为？"布罗迪问道。

"连它的影子也见不到，"胡珀说，"而且，这一带有别的鱼。如果附近有大白鲨，别的鱼就会销声匿迹。潜水员都说大白鲨就是这样，它们在哪儿，哪儿的海里就异常寂静。"

"我不相信这一套，"布罗迪说，"在没有找到充分理由之前，浴场不能开放。"他也知道这个周末没有出事，一定会有人——沃恩、其他房地产经纪人、商人——对他施加压力，要他开放浴场。他几乎希望胡珀看见了那条鱼，这样就能确有把握了。现在除了否定的证据外，什么也没有，他作为一个警察，心里总感到不踏实。

星期一下午，布罗迪正坐在办公室里，比克斯比说埃伦打电话来了。

"对不起，打扰你了。"她说，"我有件事要征求你的意见。我想举行一次晚宴,你认为如何?"

"为什么?"

"就是举行一次晚宴呗。咱们多年没有举行了。我都记不得上次晚宴是什么时候了。"

"是呀,"布罗迪说,"我也记不得了。"其实这不是真话。他们的最后一次晚宴他记得太清楚了:那还是三年前的事。那时埃伦正在发动一次攻势,想与来度夏的人们重新建立联系。她邀请了三对来度夏的夫妇。他们人倒很不错,布罗迪回想着,不过谈话有点儿生硬、做作,使人感到不舒服。布罗迪和客人们都想寻找共同的兴趣和经历,但却未能如愿。于是,过了一会儿,客人们就自己交谈起来。每当埃伦说"哦,我记得他"之类的话时,他们都客客气气,有意不冷落她。埃伦既兴奋又有些轻佻。客人们散去后,她洗好餐盘,两次对布罗迪说:"今晚真愉快,不是吗?"后来,她就独自躲在浴室里哭了一场。

"喂,你认为怎样?"埃伦问道。

"我说不上来。我想你既然要请客,那就请吧。你打算请谁呢?"

"首先,我想我们应当请马特·胡珀。"

"为什么?他在艾贝拉德旅馆吃饭,对吗?他的伙食费已算在住宿费里了。"

"不要紧,马丁。他一个人在这里,这你是知道的,再说这个人也挺好。"

"你怎么知道?我还以为你并不认识他呢。"

"我没有对你说过吗?星期五我在艾伯特·莫里斯的店里碰到过他。我记得对你说过。"

"没有,不过没有关系。说不说没什么两样。"

"原来他是我过去认识的那个胡珀的弟弟。他还记得我过去的许多事，他的事我倒记得不多。他比我年轻得多哩。"

"嗯——哼。你这次盛会打算什么时候举行呢？"

"我想明天晚上，算不上盛会。我只想举行一个令人愉快的小型晚宴，请几对夫妇，一共七八个人。"

"通知得这么晚，你想你请的客人能来吗？"

"哦，能的。这一周大家都没有什么活动，就是聚在一起打了几次桥牌而已。"

"这么说，"布罗迪说，"你想请来度夏的人喽？"

"我正是这样想的。马特跟他们一定谈得来。巴克斯特夫妇怎么样？你喜欢他们吗？"

"我想我不认识他们。"

"不对，你认识的，傻瓜。克莱姆和西西·巴克斯特。她出嫁前叫西西·达文波特。他们住在苏格兰路。巴克斯特正在休假。我今天上午在街上看见他的，所以我知道。"

"好，你想请他们，就请吧。"

"还请谁？"

"请个和我谈得来的。梅多斯夫妇怎样？"

"但是他早已认识哈里了。"

"他不认识多萝西。她很健谈。"

"好吧，"埃伦说，"我想稍微带点儿地方色彩也不妨，哈里就不错，他确实对这儿的情况无所不知。"

"我想的倒不是什么地方色彩，"布罗迪厉声说道，"他们是我们的朋友。"

"我知道，我没有别的意思。"

"如果你要地方色彩，你只要躺在床上朝我看看就得啦。"

"我懂了。我表示过歉意嘛。"

"请个姑娘如何?"布罗迪说,"我认为你应当想法给胡珀找个年轻漂亮的姑娘。"

埃伦顿了一下才说道:"如果你认为有必要的话。"

"其实我倒无所谓。我只是想如果他有个年龄和他相当的人谈谈,也许会更高兴。"

"他年轻不到哪里去,马丁。我们也老不到哪里去。不过,好吧。我试试看是不是想得起对他胃口的人。"

"回头见。"布罗迪说完便挂上电话。他心情沮丧,预感到这次晚宴是个不祥之兆。他并不十分肯定,但他相信——而且越想越相信——埃伦又要发动一次攻势,想再次回到他把她拉出来的那个圈子里去。这一次她找到了一块跳板跳回去。这块跳板就是胡珀。

第二天傍晚五点稍过,布罗迪回到家里。埃伦正在餐室里摆餐具。布罗迪在她的面颊上吻了一下说:"好家伙,我好久没有看见这套银餐具了。"这还是埃伦结婚时用的银餐具,是她父母送的。

"是呀,我擦了好几个钟头才擦亮的。"

"你看这个,"布罗迪顺手拿起一只郁金香式样的酒杯,"这些酒杯是哪里弄来的?"

"我在卢尔店里买来的。"

"多少钱?"布罗迪将酒杯放到桌上。

"不贵。"埃伦说罢将一块餐巾叠好,整整齐齐地放在晚餐叉子和冷食叉子下面。

"多少钱?"

"二十元。不过这是一打的价钱。"

"你请一次客倒是一点儿都不含糊嘛。"

"我们没有什么像样的酒杯,"她申辩说,"几个月以前,肖恩把我们剩下的那只旧酒杯从餐具柜上打翻在地,摔碎了。"

111

布罗迪数了数摆好的座位。"只有六个人?"他问道,"怎么啦?"

"巴克斯特夫妇不来了。西西打电话来说克莱姆有事要进城,她想陪他去。他们要在城里过夜。"她的声调颇为轻快,装出一副漫不经心的样子。

"哦,"布罗迪说,"太可惜了。"他暗自高兴,但不敢表现出来,"你给胡珀找到什么人了?是个年轻漂亮的姑娘吧?"

"戴西·威克尔。她在吉比开的首饰店里工作,是个好姑娘。"

"客人什么时候来?"

"梅多斯夫妇和戴西七点半来。我叫马修七点来。"

"我还以为他的名字叫马特呢。"

"哦,那只不过是从前叫着玩儿的,显然是他小时候,我叫他马修。这事儿还是他提醒我才想起来的。我约他早一点儿来,是为了让孩子们认识他。我想他们会喜欢他的。"

布罗迪看了看手表。"要是客人七点半才来,那么,我们要到八点半或九点才吃得上饭,我恐怕要饿死了。我看还是先找块三明治吃吃。"他向厨房走去。

"你别吃得太多了,"埃伦说,"要知道,我可是准备了一顿美餐哪。"

厨房里香气扑鼻,布罗迪吸了吸鼻子,瞟了一眼大锅小罐、大包小包说:"你烧了什么好菜呀?"

"蝴蝶羊肉,"她说,"我笨手笨脚的,但愿没有烧坏才好。"

"味道倒挺香,"布罗迪说,"水槽旁边那玩意儿是什么?我把它扔了,把锅洗干净好吗?"

埃伦在起居室里问道:"什么什么玩意儿?"

"锅里的玩意儿。"

"什么——哦,我的天!"她说着赶快来到厨房,"你竟敢扔

112

掉?!"她看见布罗迪面带坏笑。"噢,你这个讨厌鬼。"她拍了一下他的屁股,"这是汤,叫西班牙冷汤。"

"你肯定这汤没有坏吗?"他开玩笑地说,"样子黏黏糊糊的。"

"就要这个样子,你这个呆子。"

布罗迪摇摇头。"胡珀老弟要懊悔他没有在艾贝拉德吃饭喽。"

"你真讨厌,"她说,"等你尝尝味道,就要改变调门了。"

"也许,如果我还有命的话。"他笑着走到电冰箱前,在里面翻腾了半天,找到一些大红肠和干酪做三明治。他打开一听啤酒,朝起居室走去。"我想看一会儿新闻再去洗澡、换衣服。"他说。

"你的干净衣服我已经拿出来放在床上了。你也可以刮刮脸嘛,那副胡子拉碴的样子真够呛。"

"啊呀,谁要来吃晚饭——菲利普亲王(即爱丁堡公爵,英国伊利莎白女王二世的丈夫)和杰基·奥纳瑟斯(全名叫杰奎琳·李·布维尔·奥纳瑟斯,美国已故总统约翰·肯尼迪之妻)吗?"

"我只想要你好看一点儿。"

七点五分时门铃响了,布罗迪去开门。他身穿天蓝色马德拉斯狭条布衬衫,一体的蓝色便裤,足登黑色科尔多瓦皮鞋,颇为干净利索,埃伦刚才还说他很帅。但他一替胡珀打开门,便感到自己的衣着与对方的一比,纵使不算寒酸,至少也大为逊色。胡珀身着莱科斯特红衬衫,胸前缝着一条鳄鱼纹章标记,天蓝色喇叭裤,脚穿平底轻便鞋,没有穿袜子。完全是阿米蒂度假的年轻阔少的典型打扮。

"嘿,"布罗迪说,"请进。"

"嘿。"胡珀说着伸出手来,布罗迪握了一下。

埃伦从厨房里出来。她穿着天蓝色绸衬衣、蜡染印花布长裙,足登凉鞋,戴着一串人工养殖的珍珠,这是布罗迪送给她的结婚礼物。"马修,"她说,"我真高兴你能来。"

113

"感谢你邀请我,"胡珀回答说,和埃伦握了握手,"对不起,我的打扮不大体面,我除了工作服之外没有带什么衣服来,我只能说这一身衣服还算整洁。"

"别说傻话了,"埃伦说,"你的样子真神气。红颜色正配你微黑的肤色和头发的颜色。"

胡珀爽朗地一笑,转身对布罗迪说:"我给埃伦一件东西,您不在意吧?"

"您是什么意思?"布罗迪问道。他心里暗自思忖:给她什么?一吻?一盒巧克力?真想在他鼻子上揍上一拳。

"一件礼物,其实是小意思,我弄到的一个小玩意儿。"

"没关系,请便。"布罗迪说,对他问这个问题仍感到纳闷。

胡珀把手伸进裤子口袋里,掏出一个小薄纸包,递给埃伦。"送给女主人,"他说,"以弥补我这副邋遢相。"

埃伦扑哧一笑,小心翼翼地打开包装纸,一个像是小饰物又像项链坠子的玩意儿露了出来,只有一英寸大小。"真可爱。"她说,"这是什么?"

"鲨鱼牙,"胡珀说,"说得具体点儿,是一颗虎鲨牙,镶的是银边。"

"哪里买的?"

"澳门。几年前我搞一个科研项目,路过那里。在一条偏僻的小巷子里,有一家小店铺,是个小个子中国人开的。他一辈子都在琢磨鲨鱼牙,镶上银边。我见了爱不释手。"

"澳门,"埃伦说,"恐怕我在地图上还找不到这个地方呢。一定是个引人入胜的地方吧。"

布罗迪说:"就靠着香港。"

"对,"胡珀说,"不管怎样,据说这种玩意儿有个迷信的传说:

你若戴着它,鲨鱼就不会咬你。我想这时送人正合适。"

"完全合适,"埃伦说,"你有一颗吗?"

"有一颗,"胡珀说,"不过我不知道该怎样戴。我不喜欢在脖子上戴东西。如果放在裤子口袋里,就像把打开的小刀放在口袋里一样,我觉得要冒两个险:第一是会把腿戳破,第二是会把裤子划破。所以对我来说,讲求实际胜过迷信,起码在陆地上是这样。"

埃伦莞尔一笑,对布罗迪说:"马丁,帮个忙好吗?请你上楼去把我首饰盒里的那串细银链拿来好吗?我现在就要戴马修送的鲨鱼牙。"她转身对胡珀说:"也许吃晚饭时会碰到鲨鱼,谁知道呢。"

布罗迪正要上楼,埃伦又说:"哦,还有,马丁,叫孩子们下来。"

布罗迪爬上楼梯正要拐弯时,听见埃伦说:"再次见到你真让人高兴。"

布罗迪走进卧室,在床沿坐下,深深地吸了一口气,攥紧右拳又松开。他在与愤怒和困惑搏斗,正在败阵。他觉得受到了威胁,仿佛有人闯进了他家,握着他无法对付的、微妙的无形武器:年轻英俊,老于世故,尤其是与埃伦有着她希望永不结束的共同志趣交流。原来布罗迪只是觉得埃伦想借助胡珀打动来度夏的人,现在他感到埃伦自己在千方百计地打动胡珀。布罗迪不知道她为什么要这样做。也许他想错了。埃伦和胡珀毕竟是多年的老相识。他们只不过是两个朋友想再次互相了解而已,他未免看得太严重了。朋友?天哪,胡珀总该比埃伦小十来岁吧。他们算什么的朋友?仅仅是相识而已。那么,埃伦干吗要使出她那套交际手腕?这只能降低她自己的身份,布罗迪想。她竟然想以卖弄风骚来否定她与布罗迪的共同生活,这也是对布罗迪的贬低。

"他妈的!"他大声说着,站起身来,打开梳妆台抽屉,翻了一阵，才找到埃伦的首饰盒。他拿出那串银项链，关上抽屉，来到走廊，将头伸进孩子们的卧室说："小伙子们，走吧。"然后他就下楼了。

埃伦和胡珀正坐在一张长沙发的两头。布罗迪走进起居室时，听见埃伦说："你不喜欢我叫你马修吗？"

胡珀笑着说："无所谓。这当然会勾起一些回忆。虽然我那天说了那番话，可那么说没有什么错。"

那天？布罗迪想。在五金店？一定谈了好一会儿。"喏。"他把项链递给埃伦说。

"谢谢。"她说着解开那串珍珠。信手扔到茶几上。"嘿，马修，告诉我怎样戴。"布罗迪从茶几上捡起那串珍珠，放进口袋里。

孩子们穿着整洁的运动衫和便裤，鱼贯走下楼来。埃伦喀嚓一下将那串银项链戴在脖子上，对胡珀嫣然一笑，接着说："过来，孩子们，来见见胡珀先生。这个叫比利·布罗迪，十四岁。"比利与胡珀握手。"这个是小马丁，十二岁。这一个是肖恩，九岁……快满九岁了。胡珀先生是位海洋学家。"

"其实是鱼类学家。"胡珀说。

"鱼类学家是干什么的？"小马丁问道。

"专门研究鱼的生活的动物学家。"

"动物学家是干什么的？"肖恩问。

"我知道，"比利说，"是研究动物的人。"

"对了，"胡珀说，"讲得好。"

"你要逮鲨鱼吗？"小马丁问道。

"我想找到它，"胡珀说，"不过我不知道能不能找到。它说不定早就走了。"

"你逮到过鲨鱼吗？"

"逮到过，但没有这条大。"

肖恩又问："鲨鱼会下蛋吗？"

"小伙子，"胡珀说，"这个问题提得好。这是个复杂的问题。鲨鱼不像鸡那样下蛋。不过，有的鲨鱼的确会下蛋。"

埃伦说："让胡珀先生歇一会儿，孩子们。"她转身对布罗迪说："马丁，给我们点儿什么喝喝，好吗？"

"当然可以，"布罗迪说，"喝什么？"

"给我一杯杜松子酒加点儿强身剂。"胡珀说。

"你呢，埃伦？"

"让我想想。我想我要一杯苦艾酒泡小方冰。"

"嘿，妈，"比利说，"你脖子上戴的是什么？"

"鲨鱼牙，乖乖。胡珀先生送给我的。"

"嘿，真棒！给我看看好吗？"

布罗迪走进厨房。酒放在水槽上方的小柜里，柜门关得太紧，他用力一拉，将金属把手拉下来了。他不假思索便把它扔进了垃圾桶，从抽屉里取出一把螺丝刀把柜门撬开。该死的苦艾酒，瓶子是什么颜色？谁也没有喝过苦艾酒泡小方冰。埃伦很少喝酒，偶尔只喝一点儿黑麦威士忌加姜汁酒。绿颜色，在那儿，稍靠后。布罗迪一把抓住酒瓶，拧开瓶盖，闻了闻，味道像酒鬼喝的六十九美分一品脱的廉价果味酒。

布罗迪调了两杯，自己又调了一杯黑麦威士忌加姜汁酒。起初他习惯地用小酒杯量黑麦威士忌，但后来改变主意，直接往大酒杯里倒，一直倒了大半杯，再加满姜汁酒，放进几块小方冰，然后伸手去拿另外两杯。一手拿两杯，唯一方便的办法就是用大拇指和后三个指头夹住一杯，将食指伸进另一杯撑着第一杯。他尝了一口自己那杯酒，便回到起居室。

比利和小马丁挤在埃伦和胡珀那张长沙发上，肖恩坐在地板上，布罗迪听见胡珀说什么猪的事，小马丁喊了一声："哇！"

"喏。"布罗迪说。将前面一杯——手指伸进去的那一杯——递给埃伦。

"没有小费，伙计，"她说，"幸亏你决定不当侍者。"

布罗迪白了她一眼，心里想好了一串粗话，但最后却说道："原谅我，贵夫人。"他将另一杯递给胡珀说："我想这大概是您想喝的。"

"好极了，谢谢。"

"马特刚才给我们讲他逮到的一条鲨鱼，"埃伦说，"那条鱼几乎吞下了整整一头猪。"

"我不信。"布罗迪坐在长沙发对面的一把椅子上说。

"还有，爸，还有一卷焦油纸。"

"还有一根人骨头。"肖恩说。

"我是说像一根人骨头，"胡珀说，"那时没法弄清。也可能是一根牛肋骨。"

布罗迪说："我还以为你们科学家当场就能分清这些玩意儿呢。"

"不可能，"胡珀说，"特别是只有一根像肋骨的骨头。"

布罗迪喝了一大口酒说："哦。"

"嘿，爸，"比利说，"你知道鼠海豚怎样杀鲨鱼吗？"

"用枪呗。"

"不对，伙计。鼠海豚将鲨鱼撞死。胡珀先生是这么说的。"

"妙极了，"布罗迪喝干杯里的酒说，"我要再喝一杯。谁还要？"

"在工作日晚上？"埃伦说，"老天。"

"为什么不可以？我们又不是每天晚上都举行他妈的盛大晚宴。"

布罗迪正要去厨房，门铃响了。他打开门，看见多萝西·梅多斯。她个子矮小，身材瘦弱，像往常一样穿着一条深蓝色连衣裙，戴着一串珍珠项链。她身后是一位姑娘，布罗迪猜想大概是戴西·威克尔——她是个苗条的高个子姑娘，蓄着一头又长又直的头发，穿的是便裤、凉鞋，一脸素颜。她的后面自然是高大肥胖的梅多斯。

"你们好！"布罗迪说，"请进。"

"晚上好，马丁，"多萝西·梅多斯说，"我们开进车道时，碰到了威克尔小姐。"

"我是走来的，"戴西·威克尔说，"走走挺好。"

"好，好，请进来。我叫马丁·布罗迪。"

"我知道。我看见过您驾着车子巡视。您的工作一定很有意思。"

布罗迪笑了一声："我可以给您讲讲我的工作，不过，可能会让您打瞌睡。"

布罗迪领他们到起居室，将他们交给埃伦去介绍给胡珀，自己准备给客人上酒——哈里要烈性威士忌泡小方冰，多萝西要普通汽水加一点儿柠檬，戴西·威克尔要一杯杜松子酒加强身剂。但他先给自己调了一杯，然后一边调他们的酒，一边品自己的酒。待他准备回起居室时，已半杯下肚了。于是，他又毫不吝啬地倒了许多黑麦威士忌，又加了一些姜汁酒。

他先送上多萝西和戴西的酒，再回厨房去取梅多斯和他自己的酒。布罗迪在回到客人中间去之前，正在喝最后一口酒的时候，埃伦走进厨房。

"你不认为应该慢点儿喝吗？"她问道。

"我很好，"他说，"别担心。"

"你今晚不太有礼貌哟。"

"我没有礼貌？我还以为在让客人开心呢。"

"根本谈不上。"

布罗迪对埃伦微微一笑说："胡说。"说这话时，他觉得她说得

119

对：他最好还是慢点儿喝。于是，他便走进起居室。

孩子们都已上楼去了。多萝西和胡珀正坐在长沙发上闲聊，谈着胡珀在伍兹霍尔的工作。梅多斯坐在对面一把椅子上，一声不吭，听他们谈话。戴西·威克尔正独自站在起居室另一头的壁炉旁边东张西望，脸上浮着淡淡的微笑。布罗迪将梅多斯的酒递给他，信步走到戴西身旁。

"您在笑。"他说。

"是吗？我还没有意识到呢。"

"在想什么好笑的事吧？"

"没有。我只是觉得很有意思。我还从来没有到过警察家里呢。"

"您以为会看到什么？窗上装着铁条，门口站着警卫？"

"没有，不是啦！我只不过有点儿好奇而已。"

"那么，您看出什么呢？这只不过是个普通人的家，对不？"

"多少有点儿这样的感觉。"

"这是什么意思？"

"没有什么。"

"噢。"

她呷了一口酒说："您喜欢当警察吗？"

布罗迪弄不清她的问题里是否有些敌意。"喜欢，"他说，"这工作很好，有明确的目的。"

"什么目的？"

"您说呢？"他有点儿恼火地说，"执法呗。"

"您不觉得生分吗？"

"见鬼，我为什么会有这种感觉？跟谁生分？"

"跟老百姓呀。我是说您工作的唯一内容就是告诉人们别干什么。这难道不使您感到别扭吗？"

一时之间，布罗迪还以为她在开他玩笑呢，但戴西却目不转睛地盯着他，既没有真笑也没有偷笑，眼睛盯着他一副一本正经的样子。"不，我并没感到有什么好别扭的，"他说，"我不明白我为什么应该比您在那个叫什么店里的工作感到更别扭。"

"小件古玩店。"

"对。你们店究竟卖什么？"

"我们将人们的过去卖给他们，使他们得到慰藉。"

"他们的过去，您是什么意思？"

"古董呗。买古董的人厌恶现实，需要过去的安全感。即使不买他们自己的过去，也要买别人的过去。一买到手就是他们的了。我敢断定，这对您也很重要。"

"什么？过去吗？"

"不，安全感。当警察最重要的一条难道不就是给人安全吗？"

布罗迪朝起居室另一头看了一眼，发现梅多斯的酒杯空了。"对不起，"他说，"我得去招待别的客人了。"

"请便。很高兴和您交谈。"

布罗迪拿着梅多斯和他自己的酒杯来到厨房。埃伦正在往碗里装小块玉米饼。

"那个姑娘是你从什么鬼地方弄来的？"他问道，"从石头底下挖出来的吧？"

"谁？戴西？我对你说过她在古玩店工作。"

"你和她谈过话吗？"

"谈过一点儿。她好像蛮聪明可爱的。"

"她是个怪人，就像我们抓过的有些年轻人，到了警察局还自作聪明地教训我们呢。"他为梅多斯调好饮料，接着又给自己倒了一杯。他抬起头来，看见埃伦正瞅着他。

"你怎么啦?"她问道。

"我想我是不喜欢陌生人到家里来侮辱我的。"

"说实在的,马丁。我相信她不是有意侮辱你。也许她只是有话直说。你知道现在时兴说实话嘛。"

"哼,我告诉你,她要是对我再讲几句实话,我就要叫她滚出去。"他拿起那两杯酒,朝厨房门走去。

埃伦说:"马丁……"他便站住了,"请……看在我的面子上。"

"别担心,一切都会如意的。正像电视广告里说的:冷静点儿。"

布罗迪斟满胡珀和戴西的酒杯,却没有斟满自己的,然后坐下来,慢慢地呷酒,听着梅多斯对戴西讲一个很长的故事。他感觉还不错——事实上挺好——他明白如果他晚饭前不再喝酒,他就没问题了。

八点半埃伦从厨房里拿出汤碗,在桌上摆好。"马丁,"她说,"我招呼大家坐下,你给我打开酒瓶好吗?"

"酒瓶?"

"厨房里有三瓶酒。冰箱里有瓶白葡萄酒,厨房案子上有两瓶红葡萄酒。你最好都打开。红酒要先接触下空气才能散发出完整的香味儿。"

"当然喽。"布罗迪说着站起身来,"谁说不呢?"

"哦,tire-bouchin[①] 在案子上的红酒旁边。"

"什么?"

戴西·威克尔说:"是 tire bouchon,就是开塞钻。"

布罗迪看见埃伦脸红了,感到出了口气,很高兴。这样他自己就不感到难堪了(因为刚才他没听懂那个法语词)。他找到开塞钻,便

[①] 法语 tire bouchon 之误。

去开两瓶红酒。头一瓶干净利索地打开了,但他拔第二瓶的瓶塞时,把瓶塞弄碎了,碎屑掉到了瓶里。他从冰箱里拿出白葡萄酒,一边开瓶塞,一边卷起舌头想读出酒名:Montrachet①。他最后总算将酒名读了出来,自认为发音勉强过得去,便用一块洗碗巾将酒瓶擦干,拿着酒回到餐室。

埃伦坐在餐桌靠厨房的一头。胡珀坐在她的左首,梅多斯在她的右首。梅多斯旁边是戴西·威克尔。在桌子那一头给布罗迪留了个位子。戴西的对面是多萝西·梅多斯。

布罗迪将左手背在身后,站在埃伦右边,从她的右肩上方替她斟了一杯酒。"一杯芒特拉奇特,"他说,"一九七〇年份的酒,我记得清清楚楚,很好的年份酒。"

"够啦,"埃伦说着将酒瓶口朝上一推,"别一个劲地倒。"

"对不起。"布罗迪说。接着他替梅多斯斟满酒。

布罗迪斟完酒便坐了下来。他看了一眼面前的汤,又偷偷地瞟了大家一眼,看见别人都在喝。看样子不像闹着玩。于是,他吃了一汤匙,冰凉的,味道不错,但一点儿也不像汤。

"我喜欢喝西班牙冷汤,"戴西说,"但是做起来太麻烦,所以我不常做。"

"嗯。"布罗迪说着又喝了一口汤。

"你们常喝吗?"

"不,"他说,"不常喝。"

"您尝过麻冷汤吗?"

"没有喝过。"

"您该尝尝。当然喽,您也许不会喜欢喝,因为这是犯法的。"

---

① 一种法国布尔戈尼白葡萄酒的名字。

"您是说喝这玩意儿是犯法的？怎样犯法？这是什么玩意儿？"

"大麻加西班牙冷汤呀。不是抽大麻，而是将大麻粉洒在汤上面，抽一口烟，喝一口汤，再抽一口烟，再喝一口汤，真是其乐无穷。"

布罗迪过了好一会儿才听懂她说的是什么。他虽然懂了，但没有立即回答，他捧起汤碗将剩下的一点汤喝个精光，一口喝干杯里的酒，用餐巾擦擦嘴。他看了戴西一眼，见她正妩媚地朝自己微笑。他又看了埃伦一眼，她正微笑着听胡珀说着什么。

"是真的。"戴西说。

布罗迪决定克制自己——尽管他大为恼火，却摆出一副长辈的样子，克制住自己，免得埃伦不高兴。"您知道，"他说，"我觉得不……"

"我敢断定马特吃过。"

"他也许吃过。我不懂那又怎么……"

戴西抬高嗓门说道："对不起，马特。"餐桌那一头的谈话停了下来。"请问您喝过麻冷汤吗？嘿，布罗迪太太，这汤味道真不错。"

"哪里，哪里。"埃伦说，"麻冷汤是什么？"

"我尝过一次。"胡珀说，"不过我没有喝上瘾。"

"你一定得告诉我，"埃伦说，"是什么玩意儿？"

"马特会告诉你的。"戴西说。布罗迪转身想对戴西说几句话，她却凑近梅多斯说："再给我多说点儿潜水面的事儿吧。"

布罗迪起身收拾汤碗。他走进厨房时，微微感到一阵恶心和头晕，额上冒出虚汗。直到他将汤碗放进水槽时，才感到好受了一点儿。

埃伦跟着他走进厨房，系上围裙。"帮我切一下。"她说。

"好。"布罗迪说着在抽屉里找菜刀和叉子。

"你认为那玩意儿怎样？"

"什么玩意儿？"

124

"那麻冷汤的事。胡珀告诉你那是什么玩意儿了吗？"

"讲了。很好玩，对吗？我觉得听他说起来倒挺好喝的呢。"

"你怎么会知道？"

"你根本不知道我们这些妇女在医院里聚在一块干些什么。喏，切吧。"她用一把两齿叉将羊肉叉到砧板上，"尽量切成两厘米厚的片子，像切牛排那样。"

威克尔这只母狗有一样倒说对了，布罗迪一边切肉，一边想，现在我真他妈的感到有点儿生分。一大片肉切下来了。布罗迪说："嘿，我记得你说这是羊肉。"

"是呀。"

"瞧这一块，根本没有烧熟。"他拿起切下来的那片肉，还带粉红色，靠中间甚至是血红色。

"就应该这样。"

"羊肉不是这样。这不是羊肉。羊肉应该烧透、烧熟。"

"马丁，听我的话。蝴蝶羊肉要烧得不老不嫩，我告诉你。"

布罗迪抬高嗓门说："我不吃生羊肉。"

"嘘，嘘！老天爷，你不能小声点儿吗？"

布罗迪压低声音，粗声粗气地说道："那就把这该死的玩意儿拿回去烧熟。"

"烧熟了！"埃伦说，"你如果不想吃，就别吃。不过，我就这样端出去了。"

"那你就自己切吧。"布罗迪将刀叉往砧板上一扔，拿起那两瓶红酒便走出厨房。

"还得稍等片刻，"他一边说一边走向餐桌，"大师傅把晚饭弄糟了。她想将生的端出来，那东西却咬了她的腿。"他将酒瓶举到一只干净酒杯的上方说，"我不懂为什么不能用装白葡萄酒的酒杯盛红酒。"

"各是各的味道。"梅多斯说。

"你是说,这样肠胃容易胀气?"布罗迪斟满六杯酒便坐了下来,呷了一口酒说,"妙。"于是呷了一口又一口。然后又斟满一杯。

埃伦拿着砧板从厨房走进来,将砧板放在餐具柜上一叠盘子的旁边。她又去厨房端来了两盘蔬菜。"我希望味道还可以,"她说,"我以前没有烧过这个菜。"

"什么菜?"多萝西问道,"闻起来很香。"

"蝴蝶羊肉,腌泡的。"

"真的吗?腌泡汁里放了些什么?"

"生姜,酱油,好些佐料。"她在每个盘子里装上一大片羊肉、一些芦笋和笋瓜,一盘盘递给梅多斯,梅多斯再递给其他人。

等每个人都拿到一盘,埃伦才落了座。胡珀举杯说:"为大师傅干杯。"

大家都举起酒杯,布罗迪说:"祝大家交好运。"

梅多斯咬了一口肉,嚼嚼,品品,然后说道:"好吃极了,像最嫩的牛腰肉一样,比牛腰肉还要好吃,味道真鲜美。"

"哈里,从你嘴里说出恭维话,"埃伦说,"可是非同寻常哟。"

"很好吃,"多萝西说,"你能教我烧吗?如果我每周不烧一次给哈里吃,他一定不会答应的。"

"他还是喜欢抢银行啦。"布罗迪说。

"不过,这个菜倒很好吃,马丁,你说呢?"

布罗迪没有回答。他开始嚼一块肉,又感到一阵恶心,额上沁出冷汗。他感到飘飘然,仿佛身体已不由自主,就像汽车失去控制一样。他感到惊慌、恐惧,叉子拿在手里也嫌重。霎时间,他害怕叉子会从他手里掉下来,当的一声落到餐桌上。他用拳头捏紧它。他相信他如果说话，舌头一定不听使唤。这都是喝的酒在作祟，只能是酒的缘故。他瞅准酒杯，费了九牛二虎之力伸手去推。为了不致打翻酒杯，他将手指紧贴桌布滑动。然后，他向椅背一靠，深深地吸了一口气，视线模糊了。他竭力将视线集中在埃伦头上方的一幅画上，但却无意中注意到埃伦和胡珀谈话的样子。她一说话就碰一碰胡珀的胳膊——虽然很轻，布罗迪想，但却很亲热，仿佛他们俩在倾吐什么隐衷。其他人说的话，他什么也没听见。他记得听到的最后一句话是："你不这样想吗？"这句话是多久以前说的？谁说的？他都不清楚。他看了看梅多斯，他正在和戴西说话。然后，他又看了多萝西一眼。咕哝道："对。"

"你说什么，马丁？"多萝西抬头看了他一眼，"你说什么来着？"

布罗迪说不出话来。他想站起来，走到厨房里去，但他怕两腿支撑不住。他不扶着什么就走不到厨房。"就坐着不动吧，"他对自己说，"过一会儿就会好的。"

真的好了。他的头脑开始清醒了。埃伦又在碰胡珀，说说、碰碰，边说边碰。"好家伙，真热。"他说着站起身来，小心翼翼地慢慢走到窗前，将窗推开，靠在窗台上，脸贴着窗帷。"夜色真美。"他直了直身子说，"我想去拿杯水。"他走进厨房，摇晃着脑袋。他打开冷水龙头，用凉水擦擦额头，盛满一杯水，一口喝光，再盛一杯，又喝光。他深深地吸了几口气，回到餐室，坐在自己的位子上。然后他看了看盘里的羊肉，好容易抑制住反胃，然后对着多萝西笑了笑。

"谁还要吃？"埃伦问道，"这里还多着呢。"

"我要。"梅多斯说，"不过你最好先给别人，要让我自己来的话，我要整个儿都给你吃光。"

"你知道你明天会说什么。"布罗迪说。

"什么？"

127

布罗迪压低嗓门，煞有介事地说："我不相信我竟然整个儿吃光了！"

梅多斯和多萝西都哈哈大笑起来，胡珀用假嗓子大声说道："不对，拉尔夫，被我吃了。"于是，连埃伦也笑了。一切都会顺利的。

最后一道甜点心送上来了，是可可香草甜酒泡咖啡冰淇淋。布罗迪感到好受多了。他吃了两客冰淇淋，和多萝西有说有笑。戴西和他谈去年感恩节在火鸡填料中加大麻的故事。他听罢不由得笑了。

"我唯一担心的，"戴西说，"是我那没有结婚的姑妈在感恩节上午打电话来问她可不可以来吃晚饭，因为火鸡已经做好，填好料。"

"后来又怎样呢？"布罗迪问道。

"我想暗地里给她一点儿不放填料的火鸡，但她偏要填料，我只好豁出去，给了她一大瓢。"

"后来呢？"

"到快吃完晚饭时，她像小姑娘般格格地笑个不停，甚至还想跟着嬉皮士音乐跳舞呢。"

"幸亏我不在那儿，"布罗迪说，"否则，我就要把你抓起来，因为你腐蚀未婚姑娘的品行。"

饭后，大家都在起居室里喝咖啡。布罗迪提议喝酒，但只有梅多斯表示同意说："如果有白兰地，就喝一点儿。"

布罗迪看看埃伦，仿佛在问：有吗？"我想在食橱里。"她说。

布罗迪替梅多斯斟了酒，也想倒一杯自己喝，但他克制住了，对自己说：别跟自己过不去啦。

十点稍过，梅多斯打了个哈欠说："多萝西，我想咱们该告辞了。我想如果待得太晚就要辜负民众的信任了。"

"我也该走了，"戴西说，"我明早八点就得上班。这倒不是因为我们现在生意好。"

"又不是你一个人这样，亲爱的。"梅多斯说。

"我知道。但是，你如果受雇于人，就会有同感了。"

"哦，希望最倒霉的时期过去吧。照咱们这位专家说的，这条鲨鱼说不定已经游走了呢。"梅多斯说着站了起来。

"有这种可能，"胡珀说，"希望如此。"他起身要走，"我也该走了。"

"啊，别走！"埃伦对胡珀说。这句话脱口而出，比她原来打算用的音调高得多，听起来与其说是挽留，还不如说是哀求。她感到难为情，立即又说："我是说一点儿都不算晚，才十点钟嘛。"

"我知道，"胡珀说，"不过如果明天天气好，我想早点儿起来到海边去。再说，我有汽车，可以顺路送戴西回去。"

戴西说："这倒也不错。"她的语气像往常一样平淡，不带感情色彩，听不出有什么特别的意思。

"梅多斯夫妇可以送她。"埃伦说。

"这倒也是。"胡珀说，"不过，我真得走了。我怕明天早上起不来。谢谢你的好意。"

他们在前门告别——应酬的恭维话，再三再四的道谢。胡珀最后一个离开。他向埃伦伸出手去，埃伦用双手握住他的手说："非常感谢你送我的鲨鱼牙。"

"别客气，我很高兴你喜欢它。"

"谢谢你对孩子们这么好，他们非常高兴认识你。"

"我也一样高兴。我觉得有点儿不可思议。我从前认识你的时候，一定只有肖恩那样大。你根本没有多大变化。"

"噢，你倒真的变了。"

"希望如此。我可不愿意一辈子九岁。"

"你走以前我们还能再见面吗？"

"一定能。"

"太好了。"她松开他的手。他匆匆向布罗迪告了别,朝他的汽车走去。

埃伦站在门口,等汽车全都开出车道,才关上门口的电灯。然后她一声不吭,开始收拾碗盏和起居室里的烟灰缸。

布罗迪端着一叠冷食盘子走进厨房,把它们放在水槽边上说:"晚宴还不错吧?"他讲这话只是想得到老一套的表示赞同的回答,别无他意。

"你的表现可不怎么样。"埃伦说。

"什么?"

"你够呛。"

"我吗?"他对她这气势汹汹的攻击感到大吃一惊,"我晓得我有一会儿感到有点儿恶心,但我没有想到——"

"今晚从头到尾你都够呛。"

"简直是胡说八道。"

"你要把孩子们吵醒了。"

"我才不在乎呢。不许你无事生非,指手画脚地教训我。"

埃伦苦笑一下:"瞧,又来了。"

"什么又来了?你说的是什么事?"

"我不想谈。"

"你就是这样。你不想谈。瞧……好哇,他妈的羊肉的事,就算我不对,我不该发火。对不起,好吧……"

"我说了我不想谈这事!"

布罗迪本想干一仗,但他清醒地意识到他的武器无非是旁敲侧击,或者恶语伤人,而这时埃伦的眼泪快要淌下来了。她只要流泪,不论是由于极度兴奋,还是由于勃然大怒,都使他心烦意乱。所以他打消刚才的念头，只说了一句："哦，对不起。"他走出厨房，上楼去了。

他在卧室里脱衣服时，想到了这一切不愉快的缘由。这些乌七八糟的事，只是由于一条鱼：一头他从未见过的、没有头脑的畜生。这个荒唐的想法使他觉得好笑。

他钻进被子，头一着枕就进入了睡乡，连梦也没有做。

在兰迪贝尔酒店酒吧间长长的红木柜台的一头，坐着一位青年和他的女朋友。青年十八岁，是阿米蒂药房药师的儿子。

"你迟早得告诉他。"姑娘说。

"我知道。他会大发雷霆的。"

"这又不是你的过错。"

"你知道他会说什么？一定是我的错儿。我一定做错了事，要不，他们就会把我留下而解雇别人。"

"但是他们解雇了好些年轻人。"

"他们也留了好些。"

"他们怎样决定留谁？"

"他们没有说，只说顾客不多，不需要这么多职工，所以他们就叫我们一些人走路。唉，我家老头儿要暴跳如雷了。"

"他不能给他们打个电话吗？他总会认识个把人吧。我是说，如果他对你老板说你确实等着钱上大学……"

"这等于乞求别人，他才不干呢。"青年喝光啤酒，"我只有一条路可走：贩毒。"

"啊，迈克尔，别这样。太危险了。你会坐牢的。"

"那样倒不错，对吗？"青年辛酸地说，"不上大学就蹲牢房。"

"你准备对你爸爸怎样说呢？"

"不知道。也许我会对他说我在卖皮带。"

八

布罗迪猛然惊醒,一种出了事的预感使他忐忑不安。他伸手去摸睡在身边的埃伦,她不在。布罗迪坐起身来,看见她坐在窗前一把椅子上。雨拍打着玻璃窗。他听见风从树丛中呼啸而过的声音。

"鬼天气,嘿!"他说。她没有回答,仍旧目不转睛地盯着沿着玻璃窗淌下来的雨滴。"你怎么起得这么早?"

"我睡不着。"

布罗迪打了个哈欠。"我睡得很好。"

"我才不奇怪呢。"

"好家伙,我们又要干起来了吗?"

埃伦摇摇头。"对不起,我并无恶意。"她看上去无精打采,闷闷不乐。

"怎么啦?"

"没有什么。"

"随你去吧。"布罗迪从床上爬起来,走进浴室去了。

他刮完脸,穿好衣服,便下楼到厨房去。孩子们快吃完早饭了。埃伦正在给他煎鸡蛋。"孩子们,这种鬼天气你们干什么呢?"他问道。

"擦洗割草机。"比利说。这个夏天他要帮当地一个花匠干活。

"咳,我真讨厌下雨天。"

"你们俩呢?"布罗迪问马丁和肖恩。

"马丁要到少年俱乐部去,"埃伦说,"肖恩要到桑托斯家去玩一天。"

"那你呢?"

"我得在医院里忙一天。对,我想起来了,我不回来吃午饭了。你能在街上买点儿东西吃吗?"

"当然可以。我还不知道你星期三要干一整天呢。"

"平时不是这样。今天有个护士生病了,我说我替她干。"

"哦。"

"我到吃晚饭时回来。"

"好。"

"你上班时让肖恩和马丁坐你的车去好吗?我想去医院时顺路买点儿东西。"

"没问题。"

"我回家时顺便把他们接回来。"

布罗迪和两个小的孩子先走了。接着,比利从头到脚全副雨装,骑着自行车干活去了。

埃伦看了看厨房墙上的挂钟。差几分八点。太早了吧?或许是的。但最好趁现在他还没有出去就找到他,要不,就要错过机会了。她将右手向前伸出,想稳住手指,但她的手却颤抖着,无法控制。她不禁对自己这般紧张感到好笑,便喃喃自语道:"你还想做个风流人物呢。"她上楼走进卧室,在床沿坐下,拿起绿色封面的电话簿,查到艾贝拉德·阿姆斯旅馆,把手放到电话机上,犹豫了片刻,然后拿起话筒,拨电话号码。

"艾贝拉德·阿姆斯。"

"请接胡珀先生的房间。马特·胡珀。"

"请等一会儿。胡珀,找到了,四〇五房间。我替您转。"

埃伦听见电话铃响了一阵,接着又响了一阵。她听得见自己的心在扑通扑通地跳。她看见自己右腕上的筋也在跳个不停。挂上电话,

133

她对自己说,挂了吧,现在挂电话还来得及。

"喂?"胡珀的声音说。

"啊。"埃伦心里想,老天爷,万一戴西·威克尔在他房间里呢?

"喂?"

埃伦咽下一口唾沫说:"嘿,是我……我是说,是埃伦。"

"哦,喂!"

"我想我没有把你吵醒吧。"

"没有。我正准备下楼去吃早饭。"

"那好。今天天气很不好,对吗?"

"对,不过我倒不在乎。我难得睡这样的懒觉呢。"

"你能不能……你今天这种天气还能上班吗?"

"不晓得。我刚才正在琢磨。我肯定不能上船去干什么事了。"

"哦。"她停住了,竭力克制住那种莫名的不知所措的感觉。说吧,她对自己说。把那个问题提出来吧。"我不知道……"不行,当心点,得慢慢来,"我想谢谢你送给我那个漂亮的小玩意儿。"

"别客气,我很高兴你喜欢它。我倒应该感谢你呢。昨天我过得真愉快。"

"我也一样……我们都很开心。我很高兴你昨晚能来。"

"是的。"

"就像回到了从前。"

"没错。"

行了,她对自己说,说吧。于是,话从她的嘴里滑了出来:"我在想,不知你今天是否还得上班。我想你如果不能上船去工作,我在想是否……你是否愿意……你是否有空一起吃午饭。"

"吃午饭?"

"对。你知道,如果你没有别的事干,我想或许我们可以一起吃

134

顿午饭。"

"我们？你是说你、局长和我吗？"

"不是。只是你和我。马丁通常都在办公室吃午饭。我不想打乱你的计划。我的意思是，如果你有许多工作要做……"

"没有，没有。很好。嗯，为什么不行？当然可以。你有什么打算？"

"塞格港有个很好的地方，班纳饭店。你去过那个地方吗？"她希望他没有去过，她自己也没有去过。这就是说那里谁也不认识她。但她听说那个地方既舒适安静又非常隐蔽。

"没有，我从来没有去过那里。"胡珀说，"不过，去塞格港吃午饭未免太远了吧。"

"没有关系，真的，只有二十分钟的路程。我可以在那里等你，你高兴什么时候来都行。"

"我什么时候都行。"

"那么，十二点半前后好吗？"

"好，就十二点半吧。到时候见。"

埃伦挂断电话，手还在颤抖，但是心里却是又得意又兴奋。全身的感官好像都有了生气，变得令人难以置信地敏感起来。每一次呼吸一口气进去，她都能感觉到周围的香味儿。她的耳朵里响起房间里各种窸窸窣窣的混响——床的吱嘎声、摩挲声、啪啪啪的声音一起传来。多年来她从没有像今天一样感觉自己是一个女人，一种热乎乎、湿答答的感觉让她感觉到既舒服又不安。

她走进浴室洗了个淋浴，然后剃光了腿上和腋下的汗毛。她想到要是买了那种广告上的女性卫生香味剂就好了。不过既然没有那种东西，她只好扑扑香粉了，然后在身体各处涂点儿古龙香水。耳根背面啦，胳膊肘内侧啦，膝盖后面啦，都涂了香水，两个乳头，甚至阴部也不例外。

卧室里有一个等身的穿衣镜,她站在镜子前,仔细端详着自己。这身体够诱人吗?送上门人家会要吗?她可是一直坚持保持体形、一直坚持年轻肉体的光滑和曲线美的,她接受不了被拒绝的设想。

看来看去,她心里断定:我这身体够资本!脖子上的皱纹很少,也基本上看不出来。面孔平滑光洁,没有下垂,没有松弛,也没有眼袋。她挺直身体,欣赏着自己胸部的曲线。腰部纤细,腹部平坦——拜每次产后无休止的锻炼所赐。从她自己对自己的身体特别挑剔的眼光来看,唯一的问题可能出在臀部。谁都不会把那儿想象成姑娘的屁股,明明白白就是当了妈的人的屁股。布罗迪说过,那是产过仔的女人屁股。想到这里,她内心一阵懊悔,不过很快就被兴奋驱散了。不管怎样,她的屁股的肉垫子下面的双腿可是又长又纤细的。而且,自己的脚踝精美,脚趾精心地修剪过,令她的双脚完美到让恋足癖都挑不出毛病的地步。

她穿上在医院穿的工作服,然后从柜子里面拿出一个塑料购物袋,把一条比基尼内裤、一个乳罩、一件叠得很仔细的紫色夏装、一双低跟的轻便鞋、一盒体香喷剂、一个装有爽身粉的塑料瓶、一支牙刷和一管牙膏装进去。她提着这个装满东西的袋子来到车库,把袋子扔到大众牌的甲壳虫汽车的后座上,然后倒车出了自家的车道,向着南安普顿医院驶去。

乏味的开车加剧了她前几个小时感到的疲劳。她整晚没有睡着觉,先是躺在床上,然后坐在窗前,感情和良心、欲望和悔恨、期待与反责,在她的内心互相挣扎纠缠在一起。她记不清到底什么时候做出了这个显然是轻率而危险的计划。从她第一次在本地邂逅胡珀开始,她就这么计划着,同时也在抗拒着这样的计划。她权衡过这样做的奉献,多少也合计过值不值得冒这样的风险,尽管她并不全然肯定自己能在这样的冒险中得到些什么。她知道自己需要换换口味，几乎任何样子的变换都行。她作为女人的吸引力需要别人肯定、再肯定——不仅仅是来自丈夫的肯定，因为她早就志得意满地得到了，而是来自于她真正看得上的、把自己归入同类的男人的肯定。她觉得，如果不做一点儿补救的话，她内心珍视的那一部分自我就会死去。也许，往日永不会重现，但是身体上和情感上都可以唤起回忆也未可知。她需要一次好比输血一样地把过去的美好注射进她的身体，而唯一可能的供血者就是胡珀。她脑海中没闪现过爱情的念头，也没有想要或者期待两人的关系多么亲密、多么持久。她所求的只是修复和重回往日的美好。

到了医院，给她分派的工作需要专注地与人交谈，这反而让她感到挺感激的，因为这样她就不能去想她计划中的事了。她和另一位志愿者的工作是给年老的病人换寝具。对这些老人来说，医院既是他们的全权代理人，又是他们最后寿终正寝的地方。所以，她必须记住这些老人远在外地城市的孩子们的名字，还要编织些孩子不写信给老人的理由。她只能模仿看过的电视节目中的情节，推测某某角色为什么会为了一个明显的女骗子而抛弃自己的妻子。

到十一点四十五分的时候，她告诉主管志愿者的人说自己身体不舒服。她说自己的甲状腺炎复发了，外加正好来例假。她说她想到工作人员休息室躺一会儿，如果午睡一会儿还不行的话，可能就要回家了。实际上，要是她下午一点半还不回来工作，主管就会认为她已经回家了。这种解释含含糊糊，可以让人不再认真地找她了。

进了休息室，她数到二十，然后把门打开一条小缝儿，查看下走廊里是否有人。走廊里确实没人，工作人员或者已经到了大楼另一端的食堂，或者正在去的路上。她悄悄地走到走廊，随手轻轻地关上休息室的门，快速地转过走廊的拐角，匆匆忙忙地从医院通往职工停车场的侧门出来。

她开车一直行驶到快到塞格港的地方,然后在一家加油站停下。加满油箱付完油钱之后,她要求用一下女卫生间。服务员把钥匙给她,她把车停在女卫生间旁边的加油站一侧。她打开厕所门没有进去,而是先把钥匙还给了服务员。然后从车里的后座上拿了塑料袋,走进卫生间,按下门上的锁扣,反锁上卫生间。

她把身上的衣服全部脱掉,光脚站在冷冷的地板上,看着洗手池上面的镜子中自己的映像,内心感到一阵冒险的激动。她往自己的腋下和脚上喷了些体香剂。她从塑料袋中拿出干净的内裤,伸腿穿上。她往乳罩的两个罩杯里都喷了些香粉,然后才带上。她把那套衣服从袋子里取出,打开后检查了一遍是否有褶皱,然后才从头上套了进去。她往两只鞋子里撒了香粉,用纸巾擦了两只脚的脚底,然后才穿上鞋子。接下来她刷牙、梳头,然后把在医院穿的衣服塞进塑料袋里,这才打开卫生间的门。伸头看了一下,没发现有人注意,她这才走出女卫生间,把塑料袋扔进车里,最后上了车。

开车驶出加油站的时候,她在座位上缩起身子,这样就算那个服务员恰巧看到她的话也不会看清她已经换了衣服。

她十二点一刻到达班纳饭店。这是塞格港的一家专门供应牛排和海鲜的水上饭店。停车场在后边,对此她感到庆幸。万一有她认识的人驱车经过塞格港街道,她也不愿意把她的车停在一个一眼就看得到地方。

她之所以选中班纳饭店,是因为这是乘快艇和来避暑的游客夜间喜欢光顾的饭店。也就是说大概没有多少人来这里进午餐。再说这家饭店价格昂贵,因此,差不多可以肯定这儿没有常年的住客,本地商人也不愿来这里进午餐。埃伦点了点钞票,差不多有五十元——这是她和布罗迪存在家里以备应急用的现款。她心里牢记住这些钱的面值：一张二十元的，两张十元的，一张五元的，还有五张一元的钞票。这笔钱是她从厨房碗橱里的咖啡罐中取出来的，她打算将来用一样面值、一样数量的钞票替换回去。

停车场上另外还有两辆汽车，一辆雪佛兰·维加及一辆稍大的棕黄色汽车。她记得胡珀的汽车是绿色的，取名于一种什么动物。她下了汽车，走进饭店，将手举到头上，挡住蒙蒙细雨，以免头发淋湿。

饭店里光线朦胧，但由于是雨天，不一会儿她的眼睛就习惯了。饭店只有一间餐厅，中间有二十来张餐桌，右边有个酒吧柜台，她正是从右边进来的。左边靠墙并排有八个隔开的单间，四壁是深色木板，墙上挂着斗牛和电影招贴画。

一男一女正坐在靠窗的一张桌旁对饮，埃伦估计他们俩二十八九岁。酒吧侍者是个年轻人，蓄着八字胡，身穿翻领衬衫，正坐在现金收入记录机旁看纽约《每日新闻》。餐厅里就这几个人。埃伦看了看表，快十二点半了。

侍者抬起头来问道："嘿，您要吃点儿什么吗？"

埃伦向酒吧柜台走去。"对……对。等一会儿。但我想先……您能告诉我女洗手间在哪里吗？"

"酒吧尽头，向右拐，左边第一间。"

"谢谢。"埃伦匆匆走到酒吧柜台尽头，向右拐，走进女洗手间。

她站在镜前，伸出右手。她的右手在颤抖。她攥成拳头。"镇静，"她对自己说，"你得镇静，否则将一事无成，那就完了。"她感到自己在出汗，但她将手伸进连衣裙去摸胳肢窝，倒还是干的。她梳了梳头，仔细查看牙齿。她记得过去的一个男朋友曾说过：我最感到恶心的莫过于看见女朋友牙缝里有脏东西了。她看看表：十二点三十五分。

她回到餐厅，向四周扫了一眼。仍然只有那一对男女、酒吧侍者，还有一个女侍者正站在酒吧柜台旁叠餐巾。

女侍者绕过吧台，走到埃伦面前问道："您好，要点儿什么吗？"

"是的。请给我找个座儿，吃午餐。"

"一个人吃吗？"

"不，两个。"

"好。"女侍者说着放下餐巾，拿起一本簿子，带领埃伦走到餐厅中间的一张餐桌旁，"这儿行吗？"

"不。我是说，可以是可以。但如果您不介意，我倒想要角落那个单间里的座儿。"

"当然可以。"女侍者说，"随您挑哪个座儿都行。我们的座儿空得很。"她把埃伦带到那张桌子旁。埃伦匆匆走进去，背朝门坐下。如果胡珀来，他会看得见她的。"给您来杯酒好吗？"

"好的。请来一杯金汤力。"女侍者走开时，埃伦笑了。她结婚以来，这还是头一回在白天喝酒呢。

女侍者送上酒，埃伦立即喝了半杯，急于借酒激发轻松温暖之感。每过几秒钟她就回头看看门，然后又看看表。将近十二点四十五分了。她想他不会来了。他是个胆小鬼，害怕马丁，或许害怕我。他如果不来我怎么办？我想我吃顿午饭就回去上班。他一定得来！他不会对我失信的。

"你好！"

埃伦吓得差点儿从座位上跳了起来，叫道："啊！"

胡珀在她的对面坐下说："我并不想吓唬你。对不起，我来晚了。我不得不停车加油！加油站挤得很。路上车子真多。好了，不谈我的理由了，我本该多留点儿时间的。对不起。"他看着她的眼睛笑了。

她低头看着酒杯。"你用不着道歉，我自己也来晚了。"

女侍者走过来。"我给您拿点儿酒来好吗？"她对胡珀说。

他看了看埃伦的酒杯，说道："哦，当然好。谢谢。我要一杯金汤力。"

"我再要一杯。"埃伦说,"这杯快喝完了。"

女侍者走后,胡珀说:"我吃午饭时通常不喝酒的。"

"我也不喝的。"

"我的酒量不大,三杯喝下肚我就要说胡话。"

埃伦点了点头。"我体会得到这种感觉。我常常……"

"冲动吗?我也一样。"

"真的?我无法想象你会冲动。我还以为科学家从来不会冲动呢。"

胡珀笑了笑,煞有介事地说:"夫人,别人可能认为我们只知道摆弄试管。殊不知在冰冷的外表下面却跳动着世界上最狂热、最充满贪欲的心。"

埃伦哑然失笑。女侍者送上酒,并将两份菜单放在桌边上。他们谈呀谈——窃窃私语——谈昔日,谈他们认识的人,这些人现在在干什么,谈胡珀的鱼类学志向。他们绝口不提鲨鱼,也不提布罗迪和埃伦的孩子。这是一种无拘无束的、漫无边际的谈话,很对埃伦的胃口。她第二杯酒下肚便感到轻松了。她感到兴高采烈,泰然自若。

她要胡珀再喝一杯,她知道他大概不会主动提出再来一杯的。她拿起一份菜单,希望侍者会注意到她的动作,接着便说:"让我看看。有什么好吃的?"

胡珀拿起另一份菜单,开始看起来,过了一会儿,女侍者才慢慢腾腾地走到他们桌边问:"您点好菜了吗?"

"还没有,"埃伦说,"菜单上的菜好像都不错。马修,你点好了吗?"

"还没有。"胡珀说。

"咱们干吗不一边点菜一边再来一杯?"

"两人都要吗?"女侍者问。

胡珀似乎思索了片刻,然后点点头说:"当然可以。特殊情况嘛。"

他们坐着,默不作声,都在看菜单。埃伦想弄清自己当时的感觉。三杯对她未免太多了。她要确保自己不至于晕头转向,笨嘴拙舌。俗话怎么说的?酒浆添欲念,贪杯本领减?但这只是对男人而言,她想,幸好我不必为此担忧。但是他怎么样呢?要是他不能……我有什么办法吗?别傻了。喝两杯不会那样的。要喝五杯、六杯或七杯才会。男人如果不害怕,就不会失去能力的。他看样子害怕吗?她从菜单上方偷看胡珀,他看上去并不紧张,倒好像有点儿困惑不解。

"怎么啦?"她问道。

他抬起头来。"你是什么意思?"

"你紧皱眉头,好像有点儿慌乱。"

"哦,没有的事。我刚才在看扇贝肉,或者他们所说的扇贝肉,很可能是比目鱼,是用切甜饼的小刀切的。"

女侍者送上酒,问道:"点好了吗?"

"好了,"埃伦说,"我要基围虾和鸡。"

"您的沙拉要什么佐料?我们有法国式、罗奎福特式、千岛式,还有香油和醋。"

"要罗奎福特式的吧。"

胡珀问道:"真是港湾扇贝吗?"

"我想是的,"女侍者说,"如果菜单上是这样写的话。"

"好吧。我要扇贝肉。沙拉要法式佐料。"

"先要吃点儿什么吗?"

"不用了,"胡珀说着举起酒杯说,"够了。"

过了几分钟,女侍者送来埃伦要的基围虾。女侍者走后,埃伦说:"你知道我想要什么吗?要点儿酒。"

"这倒挺有意思,"胡珀看着她说,"但你可得记住我说过我会冲动的。我可不负责任啊。"

"没有关系。"埃伦说话时,感到双颊升起了红晕。

"好,不过我先得看看有多少钞票。"他将手伸进后面的裤袋里摸钱夹。

"哦,不用了,我请客。"

"别傻了。"

"真的不用。是我约你来吃午饭的。"她着急了。她从来没有想到他会执意要付钱。她不想让他付一大笔钱,惹恼他。但是她又不愿显出一副居高临下的样子,触犯他的男性尊严。

"我知道,"他说,"但是我倒想请你吃顿午饭。"

这难道是开场白吗?她说不准。如果是这样,她不想拒绝,但如果他只是客套一番呢……"你想得真周到,"她说,"但是……"

"我是说正经的,求你了!"

她低头摆弄盘子里剩下的一只虾。"嗯……"

"我知道你很会体贴人,"胡珀说,"不过别这样。戴维对你说过我祖父的事吗?"

"我不记得了。你祖父怎么样?"

"老马特被人称为土匪——这不是什么亲热的称呼。如果他今天还活着,我或许要带头造他的反。但他不在世了,所以我要考虑是留着他遗赠我的那些钱呢,还是把这些钱都送掉。这在道德观念上说倒没有什么难办。我想我可以花掉这些钱,想给谁便给谁。"

"戴维也很有钱吗?"

"是的。我对这件事总是困惑不解。他很有钱,一辈子养得活他自己,也养得活随便多少个妻子。他干吗老守着那个呆头呆脑的第二个老婆呢？我不知道是否因为她比他有钱。也许有钱人只有和有钱人结婚才感到舒服吧。"

"你的祖父是干什么的？"

"经营铁路和采矿，从技术上讲是这样。从根本上说，他是个强盗式资本家。丹佛市的绝大部分土地一度归他所有。他是红灯区的大地主。"

"那一定很赚钱喽。"

"倒不一定赚你想象的那么多钱。"胡珀笑着说，"就我所知他喜欢收租。"

这大概是开场白了，埃伦心里想。她应该说什么呢？"那大概是每个年轻女学生的幻想吧。"她开玩笑地试探说。

"什么幻想？"

"做一个……你知道，娼妓，和各种各样的男人睡觉。"

"这也是你的幻想吗？"

埃伦扑哧一笑，想掩盖她的窘态。"我记不清是不是了，"她说，"但是我想我们都有这样或那样的幻想。"

胡珀微笑着向椅子背一靠。他叫女侍者过来，说道："请给我们一瓶冰镇法国白葡萄酒好吗？"

有苗头了，埃伦心里想。她不清楚他是否已经觉察到——像野兽一样嗅到——她发出的诱惑了。不管有没有吧，反正他现在采取主动了。她要做的就是不要让他气馁。

菜送来了，片刻之后酒也送来了。胡珀要的扇贝肉每块有海绵糖那么大。"是比目鱼，"他等女侍者走后说，"我早该料到的。"

"你怎么看得出呢？"埃伦问道。话一出口，她就后悔了，因为她不想让他们的话题岔开去。

"首先它们太大，再者边缘太整齐，显然是切下来的。"

"我想你可以把它们退回去。"她心里却希望他不要去退,因为和女侍者吵嘴会破坏他们的情绪。

"在别的场合,"胡珀咧嘴对埃伦笑着说,"我是会退的。"他替埃伦斟了一杯酒,又自己倒了一杯,举杯祝酒,"为幻想干杯。"随后他说,"给我谈谈你的幻想吧。"他双目炯炯有神,清澈碧蓝,双唇咧开微笑着。

埃伦格格地笑了。"啊,我的幻想没有什么意思,太平淡无奇了。"

"不可能的事,"胡珀说,"对我说吧。"他是在请求而不是在要求,但埃伦感到这个把戏既然是她开的头,就应当由她回答。

"啊,你知道,"她说,"就是那些最平常的事情,譬如强奸。"

"怎么发生的呢?"

她思索片刻,想起独自一人时,她想入非非地沉浸于色情画面的情形。通常是在床上,身边丈夫酣睡着,有时候这么想着想着就会不自觉地用手去抚弄自己的私处。

"以不同的方式吧。"她回答道。

"具体说一种吧。"

"有时上午大家都走了,我独自一人在厨房里,一个工人从隔壁屋子走到我家后门口。他要用电话,或者要喝水。"她不往下说了。

"后来呢?"

"我让他进来了。他就威胁说如果我不答应他的要求,他就要杀死我。"

"他伤害你了吗?"

"那倒没有。我是说他并没有用刀子捅我或什么的。"

"他揍你了吗?"

"没有。他只是……把我强奸了。"

145

"你觉得爽吗？"

"刚开始不，太吓人了。不过后来，过了一会儿，当他……"

"当他把你全身都……唤起的时候。"

埃伦的眼光对上了胡珀的，想从他的眼神里看看他这句话里含有什么意味：幽默？讽刺？还是赤裸裸的残忍？她什么都没看出来。胡珀的舌头舔着嘴唇，探身过来，差一点儿就凑到她脸上了。

埃伦想：现在大门已经打开了，必须做的就是走进去。然后她说："对。"

"然后就爽了，是吗？"

"是的。"她在座位上挪动了一下身子，因为想起这些让她起了生理反应。

"你来过高潮吗？"

"有时候吧，"她说，"不是每次都来。"

"他是大尺寸吗？"

"你是说高？不算太……"

本来两人说话声音就很轻声，这时候胡珀把声音压得更低了，像是在咬耳朵一样："我不是问他个子高不高，我说的是他的那个……你知道的……大不大？"

"一般说来，"埃伦说着，自己莞尔一笑，"很巨大的。"

"是黑人吗？"

"不是。我倒是听说有些女人幻想被黑人强奸，但我从没这么想过。"

"再给我说一个。"

"哎呀，没有了。"她笑着说，"现在该你说了。"

他们听到脚步声，掉转头去看见女侍者向他们走过来。"一切都好吧？"她问道。

"不错，"胡珀粗率地说，"一切都好。"女侍者转身走开。

埃伦低声问道："你觉得她听见了吗？"

胡珀探身向前。"不会的。喏，再给我讲一个。"

埃伦心里想：这事儿要成了。她突然感到紧张起来。她想告诉他自己为什么这样干，向他说明她并不总是这样的。他也许会认为我是个荡妇。心中又一转念：别那样想，婆婆妈妈的了，否则这事儿就黄了。"没有了，"她微微一笑说，"该你讲了。"

"我的幻想都是多人狂欢，"他说，"至少三人行。"

"什么是三人行？"

"就是三人一起玩啊，我，再加两个女的。"

"好贪心哦！那你们怎么玩呢？"

"各种不同方式，能想象得出来的所有方式都行啊。"

"你的……大吗？"

"会变得越来越大。你的呢？"

"我不知道啊，和什么相比呢？"

"和别的女人的那个相比呀，有些女人那里真很紧呢。"

埃伦咯咯笑出声来："怎么听着你像个货比三家的顾客似的呢？"

"我只是一个办事认真的顾客嘛。"

"我真不知道我的怎样呢，"她说，"我没有什么可比较的。"她低头看看吃了一半的鸡块，然后自己笑了起来。

"什么好笑的事情啊？"他问道。

"我刚才在想，"她说着又笑了起来，"我刚才在想是不是——哎呀，上帝呀，我笑得肚子都要疼了——是不是鸡也有那个啊？"

"当然有啊！"胡珀说，"但还是先小而紧的那个吧！"

他们俩一齐笑了，埃伦等笑声渐停以后，冲动地说："咱们一起来幻想一下吧。"

"好哇。你想怎样开头?"

"如果我们去……你懂我的意思,你会把我怎么办?"

"这个问题很有意思,"他略带嘲弄、一本正经地说,"但是,考虑干什么之前,我们先得考虑在哪里。我想总该在我的房间里吧。"

"太危险了,艾贝拉德旅馆里人人都认识我。在阿米蒂到处都有危险。"

"在你家里怎么样?"

"老天爷,不行。如果哪个孩子回家来怎么办?此外……"

"我懂,不能玷污了夫妻的床单。那好,还有别的什么地方吗?"

"从这儿到蒙托克途中一定有汽车旅馆。要是从这儿到奥连特海岬途中有一个就更好了。"

"汽车旅馆挺好的,"胡珀说,"就算没有,不是还有车里嘛。"

"大白天的在车里?你的幻想可真是疯狂呢。"

"在幻想中,什么事都是可能的嘛。"

"好吧,这个就不争了。那么,你打算做什么呢?"

"我想我们应该按时间顺序进行。首先,我们要离开这儿,乘一辆车离开。也许应该用我的车,因为很少有人认得我的车。事后再回来取你的车。"

"好吧。"

"然后我们就边开车边……不,应该在上车离开这儿之前,我把你送到女盥洗室,叫你脱下裤子。"

"为什么啊?"

"这样我就可以……可以探索你了嘛。只要保证车子不停就行了。"

"是这样啊,明白了。"她努力装出一副镇定自若的样子说道。她感到自己全身发热,面红耳赤,感觉自己灵魂出窍似的飘在半空,感

148

觉她自己都不是自己了，好像自己正看着别人在跟他交谈似的。她竭力控制住自己不要在人造革的长凳上面动来动去。她内心却是渴望自己的身体可以前后扭动，自己的大腿可以上下耸动。但是她害怕在座位上留下秽迹。

胡珀接着说："接下来，我开车时，你可以坐在我的右手边，这样我可以给你按摩。我可能会把裤子拉链拉开。当然也可能不会这么做，因为一旦你有什么想法的话，肯定会让我控制不住自己，而那将可能引起成一场大事故，让我们两人都死翘翘了。"

埃伦又开始咯咯地笑起来，脑海中想象着这么一幅画面：胡珀死在路边，直挺挺躺着，像根旗杆，而她自己则躺在胡珀的旁边，衣服团成一团，掀开到腰部以上，她的私处大开，仍然湿漉漉的，闪着亮儿，任世人一览无余。

"我们要找一家这样的汽车旅馆，最好独立的套间，至少也别两间隔墙紧挨着。"胡珀说道。

"为什么？"

"有声响呀。墙壁通常都是黏合纤维板做的。如果老是得担心隔壁的鞋商正在兴致勃勃地把耳朵贴在墙上偷听我们，你我会感到没劲的。"

"假如找不到那样的汽车旅馆呢？"

"我们就那个什么嘛，像我刚才说的，幻想中什么事儿都可能的呢。"胡珀说。

他干吗老说这话？埃伦心里想。他绝不会玩文字游戏，编造出他不打算实现的幻想。她绞尽脑汁想找个题目把话头接下去。"你给我们俩登记什么名字呢？"

"啊，对啦，我倒忘了。现在我想谁也不会应付不了这种事的。但是你说得对：我们应当有个名字，以防碰到古板的旅馆老板。艾尔·金西先生和太太怎么样？我们可以说我们正在进行长途野外科研考察。"

"我们可以告诉他，我们将寄给他一份亲笔签名的研究报告。"

"我们将把报告题献给他。"

他们俩都哈哈大笑起来，然后埃伦说："我们登记以后怎么办？"

"我们就把车开到我们的房间外面，侦查一下隔壁是否有人住——除非我们自己有一套独立的房间——然后再进去。"

"然后呢？"

"那到时我们可做的事情就多了去了。也许我会欲火中烧，抓住你，然后把事儿办了——或者在床上，或者不上床也行。这第一次是我的来主导的时间，等我完了你再来主导好了。"

"你这话是什么意思呢？"

"第一次嘛。肯定是难以控制的，就是那种上来就啪啪啪—砰砰砰—你真好—宝贝儿之类的做法。完事以后，我有些自控了，就可以来第二次，好好给你做前戏预热。"

"你会怎么做呢？"

"使用妙不可言的技巧。"

看见女侍者正向他们的桌子走来，他们就向后一靠，不说话了。

"还要点儿什么吗？"

"不要了，"胡珀说，"算账吧。"

埃伦以为女侍者会回酒吧柜台去算账，但她却站在桌旁，草草地算好了账。埃伦挪到座位边上，站起身来说："对不起，我想先去补一下妆再走。"

"知道了。"胡珀微笑着说。

"你知道什么？"女侍者等埃伦从她身边走过时说，"好家伙，结过婚的人才能知道呢。我倒希望谁也不会那么了解我。"

将近四点半,埃伦回到家里。她上楼走进浴室,拧开浴缸的水龙头,将衣服脱光,塞进装脏衣服的筐里,和原来的脏衣服掺在一起。然后,她对着镜子,仔细检查脸和脖子,没有什么痕迹。

她洗罢澡,搽上香粉,刷了牙,漱了口,便走进卧室,换上一条干净内裤,穿上睡衣,拉开被子,爬上床,合上眼,希望能立即入睡。

但是,胡珀的形象却不断掠过她的脑海,让她难以入眠。快来高潮时,胡珀两眼睁大,直瞪瞪地盯着墙壁——但却什么也没有看见。一对眼珠子似乎不断鼓起,埃伦真害怕它们会从眼眶里爆出来。他牙关紧咬,像人们睡着时那样把牙磨得吱吱响,喉咙里发出一阵阵咕隆咕隆的嚎叫声。即便是他明显而强烈的高潮过后,胡珀的脸还是保持原状,牙关仍然紧咬着,眼睛仍死死地盯住墙壁,身体继续发狂般地耸动。他忘记了身下的人。当他高潮后整整的一分钟过去身体仍没有松弛下来的时候,埃伦开始有了一种莫名的害怕,到底害怕什么,她不确定,但是从他行为的暴烈程度上来看,埃伦感到他似乎只不过把她当作一种追求某种快感的工具而已。过了一会儿,她轻拍了一下他的背,轻轻地说:"喂,我在这儿呢。"顿时,他的眼皮合上,头耷拉下来,靠到她的肩头。之后,他们再次交欢之时,胡珀表现得温柔多了,也更加专心、更加能控制自己。但是第一次交合带给她的怒火,仍郁积在胸,使她久久不能平静。

终于,疲惫占了上风,埃伦睡着了。

她似乎立即就被一个声音吵醒了。那声音说:"嘿,你没有不舒服吧?"埃伦睁开眼睛,看见布罗迪坐在床那头。

她打了个哈欠。"什么时候了?"

"快六点了。"

151

"啊——啊。我还得去接肖恩。菲莉斯·桑托斯一定要大为恼火了。"

"我已把他接回来了,"布罗迪说,"我打电话找不到你,我就想最好还是把他接回来。"

"你打电话找我?"

"打了好几次呢。大约两点我打电话到医院,他们说你回家了。"

"对,我是回家了。我觉得很不舒服,我的甲状腺药丸又不管用。我就回家来了。"

"后来,我又打电话到家里。"

"啊呀,一定有什么要紧事情吧?"

"不,没啥要紧事。你若想知道的话,我是打电话向你道歉,因为我昨晚惹恼了你。"

埃伦心里感到一丝羞愧,但随即就消失了。

"你真好。不必担心,我早就把这事忘了。"

"哦。"布罗迪说。他等了一会儿,看她是否还要说点儿什么。她显然没有什么要说了。他只好问:"那么,你在哪儿?"

"我告诉你了,在这儿。"这句话说得很凶,她原意并非如此。"我回到家就睡了。你就是在这儿找到我的呀。"

"那么,你没有听见电话响?电话就在这儿。"布罗迪指了指对面的床头柜。

"没有,我……"她正想说她把电话插头拔掉了,但随即想起这个电话拔不掉,"我吃了一颗药,吃了药后,这该死的电话声音是吵不醒我的。"

布罗迪摇摇头。"我真的要把这些该死的东西丢到厕所里去。你要成瘾君子了。"他站起身来,向浴室走去。

埃伦听见他将抽水马桶坐板掀起,开始小便。她微微一笑。

"你有胡珀的消息吗？"布罗迪在浴室里高声问道。

埃伦思索了片刻，考虑该如何回答，然后说："他今天上午打电话来道谢的，怎么啦？"

"我今天也想找他的。中午和下午我找了他几次。旅馆的人说他们不知道他在哪里。他什么时候打电话来的？"

"你刚去上班。"

"他说了要干什么吗？"

"他说……他好像说了要上船去工作。我真的记不得了。"

"哦，那就有意思了。"

"怎么有意思？"

"我回家时，在码头停了一会，港务长说他今天一整天没有看见胡珀。"

"也许他后来改变了主意。"

"也许他在旅馆的什么房间里和戴西·威克尔乱搞吧。"

埃伦听见布罗迪抽水冲马桶的声音。

九

星期四上午布罗迪接到电话，叫他中午到沃恩办公室去参加市行政管理委员会会议。他知道会议的议题：为庆祝七月四日国庆节，后天开放海滨浴场。他将所能想到的论据归纳起来，仔细考虑了一遍，才离开办公室去市政厅。

布罗迪知道，由于直觉、审慎和长期咬噬他内心的负罪感，他提出的论据都是主观的、消极的，但他坚信他是正确的。开放海滨浴场既不是一种解决办法，也不是个结局，而只是一场阿米蒂——还有布罗迪——不可能真正赢的赌博。他们根本不能肯定鲨鱼是否走了。他们将过一天算一天，不断地希望取得平局，而布罗迪相信，总有一天他们会输的。

市政厅屹立在梅因大街的尽头。梅因大街与沃特大街在此相交成丁字形。市政厅大楼恰在两条街的交叉点上。这是一座雄伟的仿佐治亚式的建筑物——红砖衬托着白门窗，大门口矗立着两根白色圆柱。市政厅前的草坪上停放着一台第二次世界大战时期的榴弹炮。这是纪念参加过第二次世界大战的阿米蒂士兵的。

这幢大楼是一位投资银行家在二十年代末期馈赠给阿米蒂市的。不知怎的，这位银行家确信阿米蒂有一天会成为长岛东部的商业中心。他认为市政府官员们应当在一幢与他们的身份相称的大楼里办公——而不像从前那样，在一家叫做米尔的酒店楼上一套狭小、闷热的房间里处理市政公务（这位既不善于预卜自己的未来，也不长于推算阿米蒂的命运的银行家后来神经错乱了。一九三〇年二月他曾企图索回这幢大楼，声称他本来只是打算借给市里用的）。

市政厅里的房间像大楼的外表一样富丽堂皇，这些房间宽敞、高大，每个房间都装有精美的吊灯。历届阿米蒂市政府都不愿花钱将这些大房间隔成小间，而只是在每个房间里安排更多的人。只有市长可以继续单独享受一个豪华的房间以履行他兼任的职务。

沃恩的办公室在二楼东南角，俯瞰全市，远眺大西洋。

沃恩的秘书是一位健美的女子，名叫珍妮特·萨默。她正坐在市长办公室外间的办公桌前。布罗迪虽不常看见她，却像慈父般地喜欢她。使布罗迪困惑不解的是：她虽已二十六七岁了，却仍未结婚。他通常总要问问她个人感情生活怎样了，然后才走进沃恩的办公室。今天他却只问了一句："他们都在里面吗？"

"该来的人都在里面。"布罗迪正要进办公室，珍妮特却说，"您不想知道我现在跟谁交往吗？"

他站住了,微微一笑说:"对不起,我当然想知道。我今天心乱如麻。那么,跟谁呢?"

"谁也不跟。我今天暂告隐退。但我有件事告诉你。"她压低嗓门,侧身向前道,"我倒不介意和那位胡珀先生玩玩呢。"

"他在里边吗?"

珍妮特点点头。

"我倒想知道他什么时候当选为市政委员的。"

"我不知道,"她说,"不过,他倒长得很帅。"

"对不起,珍妮特,他已有所爱了。"

"和谁?"

"戴西·威克尔。"

珍妮特哈哈大笑。

"有什么好笑的?我伤了你的心吧。"

"您不了解戴西·威克尔吗?"

"我想我并不了解她。"

珍妮特又压低声音说:"她是个怪人。她有个女情人和她有关系,她搞的显然不是异性恋而是同性恋。"

"活见鬼,"布罗迪说,"你的工作的确有意思,珍妮特。"他走进办公室时自言自语道:"那么,昨天胡珀在什么鬼地方呢?"

布罗迪一踏进市长办公室,就明白他将孤军奋战了。出席会议的委员不是沃恩的老朋友,就是他的老伙伴:托尼·卡佐利斯,一个样子像救火水龙头的建筑家;内德·撒切尔,一个瘦老头,他一家三代都经营艾贝拉德·阿姆斯旅馆;保罗·康诺弗,阿米蒂酒业老板;雷夫·罗佩兹,一个肤色黝黑的葡萄牙人,他是本市黑人选进市管理委员会的,也是他们的代言人。

这四位委员在这间大办公室的一头,围坐在咖啡茶几四周。沃恩

155

在另一头,坐在他的办公桌前。胡珀站在南面窗前,凝视着大海。

"艾伯特·莫里斯在哪里?"布罗迪随便和在座的人打了个招呼后问沃恩。

"他不能来了,"沃恩说,"我想他是不大舒服吧。"

"那么,弗雷德·波特呢?"

"也是一样。一定有病毒在流行。"沃恩说着站起身来,"喏,我想都到齐了。来,把椅子移到咖啡茶几边吧。"

布罗迪看着沃恩将一把直背椅拖到办公室这头来时,心里想:天哪!他的神色不对头嘛。沃恩两眼深陷,眼圈发黑,脸色蜡黄。布罗迪猜想他要么喝醉了酒,要么是个把月没有睡觉了。

沃恩等大家都坐定后说:"诸位都很清楚咱们为什么来这儿开会。我们应该怎么办?我想我有把握说,对于这个问题我们当中只有一个人有不同意见。"

"你说的是我。"布罗迪说。

沃恩点点头。"接受我们的观点吧,马丁。这个城市要完蛋了。人们都失业了,应该开的店也没法开。房子没有人租,更没有人买。海滨浴场多关闭一天,我们就为自己的坟墓多掘一铲土。我们正式宣布:本市不安全,别来这里。大家都听我们的。"

"拉里,如果我们真的为了庆祝七月四日而开放海滨浴场,"布罗迪说,"有人遇害怎么办呢?"

"这可能是冒险,但我觉得——我们觉得——这个险值得冒。"

"为什么?"

沃恩说:"胡珀先生?"

"有几条理由,"胡珀说,"首先,这一周内谁也没有看见那条鱼。"

"也没有人下水呀。"

"这倒是。但是我每天都在船上寻找它——除了一天以外。"

"我正想问问你，昨天你在哪儿？"

"昨天下雨了，"胡珀说，"记得吗？"

"那么，你在干什么呢？"

"我只不过……"胡珀稍停片刻，然后接着说，"我在研究水样，看书。"

"在哪里？在你旅馆的房间里吗？"

"对，有一段时间。你到底是什么意思？"

"我打电话到你的旅馆，他们说你一下午都不在。"

"我是出去了。"胡珀怒气冲冲地说，"我没有必要每隔五分钟就向你报告一次，对吗？"

"对，但你是到这里来工作，而不是到乡村俱乐部来寻欢作乐的，尽管你过去是这些俱乐部的常客。"

"听着，先生，我不是你雇来的，我高兴干他妈的什么，我就能干什么。"

沃恩打断了他的话。"得啦，这样争吵无济于事。"

"总之，"胡珀说，"我连那条鱼的影子也没有看见。再说海水越来越暖了。现在已将近华氏七十度。按照常规——我知道，常规也会被打破的——大白鲨更喜欢凉一些的海水。"

"这么说你认为它已北上了？"

"或许到更深更凉的外海去了。它甚至也可能南下了。这种东西要干什么，谁也无法预测。"

"这正是我的观点，"布罗迪说，"正因为你无法预测，你现在才在猜测。"

沃恩说："马丁，你不能要求别人担保呀。"

"这话去对克莉丝汀·沃特金斯或金特纳的母亲说吧。"

157

"我晓得，我晓得。"沃恩不耐烦地说，"但我们总得采取行动，总不能坐等上天显灵呀。老天爷是不会在天空书写'鲨鱼已走'几个字的。我们得权衡一下各种证据，做出决断才是。"

布罗迪点点头。"我也是这样想的。那么我们这位年轻的天才还能献出什么雄才大略呢？"

"你怎么啦？"胡珀说，"大家要我谈我才谈的。"

"当然，"布罗迪说，"好得很，还有什么高见？"

"从我们这一段时期所了解的情况看，没有理由认为这条鱼还在这一带。我没有看见它，海岸警卫队没有看见它。海底也没有出现什么情况，也没有驳船向水里倾倒垃圾，这一带没有发现鱼类生活反常的现象。没有任何理由说这条鱼还在这一带。"

"但从来也没有理由，对吗？然而这条鱼却来过这一带。"

"这是事实，我无法解释，我不清楚是否有人能解释。"

"那么，这是上帝安排的喽？"

"而对于上帝的安排是无法保险的，对吗？拉里？"

"我不懂你究竟是什么意思，马丁。"沃恩说，"不过我们总得做出决定呀。就我而论，只有一条路可走。"

"决定已经做出了。"布罗迪说。

"对，你可以这样说。"

"要是再有人遇害，这一回谁负责？谁去对死者的丈夫或母亲或妻子说'我们是在押宝，但我们输了'呢？"

"不要这样消极嘛，马丁。到时候——如果真到那时，而我断定这是不可能的——我们到那时再想办法嘛。"

"啊，该死！我再也不愿为你的错误承担责任了。"

"且慢，马丁。"

"我不是开玩笑。你如果要开放海滨浴场的权力，那么，你也得承担责任。"

"你在说些什么呀?"

"我是说只要我还是本市警察局长,只要我还得对大家的安全负责,海滨浴场就不能开放。"

"我告诉你,马丁,"沃恩说,"如果海滨浴场这个周末仍不开放,你局长也就干不长了。我不是在吓唬你,我只是告诫你。今年夏天的光景还是会好起来的,不过我们得对人们说到这儿来是安全的。本市居民听说你不肯开放浴场,要不了二十分钟,他们就要弹劾你,或者把你赶走。诸位先生,你们同意吗?"

"他妈的妙极了,"卡佐利斯说,"我亲自去找棍子。"

"我的伙计们没有活干了,"罗佩兹说,"你不让他们干活,你也休想干活。"

布罗迪断然说道:"你什么时候要摘我警察局长的帽子,就什么时候拿去好了。"

沃恩办公桌上的电话铃响了。他怒气冲冲地站起来,走过去,拿起电话厉声说道:"我告诉过你,我们不喜欢别人来打扰!"片刻沉寂之后,他对布罗迪说:"是你的电话,珍妮特说有急事。你可以在这儿接,也可以出去接。"

"我出去接。"布罗迪说,不知有什么急事要从市政管理委员会的会议上把他叫出去。鲨鱼又吃人了吗?他走出办公室,随手关上门。珍妮特将她办公桌上的电话递给布罗迪。但他不等她按铃接通电话就问道:"告诉我:拉里今天上午打电话给艾伯特·莫里斯和弗雷德·波特了吗?"

珍妮特避开他的目光。"市长不许我说。"

"告诉我,珍妮特,我需要知道。"

"那您回头可得在那个美男子面前替我说好话啊。"

"一言为定。"

"我只打电话通知了里边那四个人。"

"按铃吧。"珍妮特按了一下铃,布罗迪说,"我是布罗迪。"

沃恩在办公室里看见指示灯不闪了,便将手指轻轻地从话筒架上松开,用手捂着话筒。他环顾一下,看看每个人的脸上有无表示异议之色。谁也没有回看他一眼——连胡珀也没有,因为他断定阿米蒂的纠葛他越少掺和越好。

"马丁,我是哈里,"梅多斯说,"我知道你在开会。我也知道你还要回去开会。听我说,我讲简单一点儿。拉里·沃恩已负债累累了。"

"我不相信。"

"听着,我说他负债倒没有什么了不起,问题是他欠谁的债。很久以前,也许是二十五年前,那时拉里还没有钱,他的妻子生病了,我不记得她生的什么病,但她病得很重,医药费很贵。具体情况我有点儿记不清。但我记得他后来提到过有个朋友帮了他的忙,借钱给他,帮他渡过了难关。很可能有几千美元。拉里向我提到过那个人的名字,当时我毫不在意。拉里说那人愿意帮别人渡过难关。我那时还年轻,又没有钱,所以我记下了那人的名字,放进了我的卷宗。此后,我从来也没有想起再去查那个名字,直到你要我打听。那人名叫泰诺·拉索。"

"扼要一点儿,哈里。"

"好的。就谈现在的情况吧。几个月前,那时还没有鲨鱼的事,一个叫卡斯卡塔的地产公司成立了,它是个控股公司。起初这个公司并没有资产,它做的头一笔生意就是买下了苏格兰路北面的那一大片土豆地。今年夏季看来景况不佳,卡斯卡塔公司又买进了一些财产,全都是合法的。这家公司显然拥有大量现钞——存在什么地方——它利用市价下跌的机会,低价收购财产。后来——报上关于鲨鱼的报道登出后——卡斯卡塔公司开始大量收购财产。他们买得越多，地产价格跌得越厉害。这一切都是不声不响地进行的。现在市价低得几乎跟战争年代一样了，而这家公司还在收购。它拿出来的现钞很少，用的都是短期期票，是拉里·沃恩签发的，他是卡斯卡塔公司的董事长，执行副董事长是泰诺·拉索。《时报》多年来一直将此人列为纽约五大黑手党家族之一的二线头目。"

布罗迪从牙缝里嘘了一声。"而这个畜生还一直抱怨没有人买他的东西呢。我还是不懂他们为什么要逼他开放海滨浴场！"

"我不清楚，我甚至也不知道是否有人还在逼他。他也许是由于自己绝望才这样做的。我想他网撒得太开了。不管市价降到多低，他也不能再买了。要想不破产，他唯一的脱身办法就是市场情况好转，价格回升。这样他就可以把买的东西卖掉牟利，也许拉索得利。不管怎么说，这笔买卖就是这样做的。如果价格继续下跌——换句话说，如果官方仍然宣布这个城市不安全——他的期票就要到期。他付不出现款，他现在也许有五十多万元现钞要支付，他的现钞都得花光。否则，这些财产就将物归原主。如果拉索能筹足这笔现款，那么，他就可以把这些财产弄去。我想拉索大概不想冒这个险。价格可能继续下跌，他可能仍旧与沃恩携手同干，我想他仍然希望牟取暴利，而唯一的办法就是让沃恩强令开放海滨浴场。如果不出事——如果鲨鱼不再伤人——不久，价格就会回升。沃恩就可以抛售了，拉索就可以分到一份红利——一半净利或别的什么——然后，卡斯卡塔公司就将解散。沃恩将分到剩余部分，也许恰好够维持他免于破产。如果鲨鱼又伤了人，那么，倒霉的是沃恩。就我所知，拉索没有在这家公司投进一个铜板。完全是——"

"你他妈的撒弥天大谎，梅多斯！"沃恩对着电话尖叫起来，"你敢把这些话写下来，我就要和你打官司，绝不善罢甘休。"沃恩砰的一声挂上了电话。

"现任官员的美德就谈到这里吧。"梅多斯说。

"你怎么办呢,哈里?你能写点儿什么吗?"

"不,至少眼下还不能。我没有搜集到足够的证据。你和我一样清楚,这伙人在长岛越陷越深——建筑业,旅游业,无孔不入。不过,真正要证实他们在进行违法活动倒他妈的不容易呢。从沃恩的情况来看,严格说来,我还不敢肯定是不是有什么非法活动。等我再调查几天,就可以写成一篇东西,证明沃恩一直和一个臭名昭著的歹徒有来往了。我说的是一篇站得住脚的东西,如果沃恩真想打官司的话。"

"照我听起来好像你的材料已经足够了。"布罗迪说。

"我掌握了情况,但还没有证据。我没有文件,也没有文件的抄件。我看到过这些文件,仅此而已。"

"你认为市政管理委员中有人和这个勾当有牵连吗?拉里开的这个会是冲着我来的。"

"没有。你是说卡佐利斯和康诺弗吧。他们只不过是得过拉里一点儿好处的老家伙罢了。虽然撒切尔来开会,但他太老,胆子太小,不敢和拉里唱反调。罗佩兹是个直爽人,他是真为他的伙计们担心哪。"

"胡珀知道什么情况吗?他倒是为开放海滨浴场提出了站得住脚的理由呢。"

"不,我肯定他不知道。我自己也只是几分钟以前才得出结论的,还有些线索没有弄清呢。"

"照你看,我该怎么办?我或许早该辞职不干了。我出来接你的电话之前,已将我的职位交还给他们了。"

"老天爷,别辞职啊。首先,我们都需要你。如果你不干了,拉索就会勾结沃恩,亲自挑选接替你的人。你可能认为你的部下是老实人。但我断定拉索总找得到个把人愿意拿个人的人格去换取几块美元的——哪怕只是当几天警察局长。"

"那我该如何是好呢？"

"假如我是你，我就开放海滨浴场。"

"我的老天爷，哈里，这正是他们求之不得的呀！我倒不如投靠他们呢。"

"你自己说过，开放海滨浴场的理由很充足。我认为胡珀说得对。如果这条鱼从此销声匿迹，你迟早总还得开放海滨浴场吧。你还不如现在就这么办。"

"然后，让那帮人发了财再逃之夭夭？"

"你还能有什么法子呢？你若拒不开放海滨浴场，沃恩总会有办法摆脱你，他自己还是要开放的。到那时，你无论对谁都没有啥用了。照现在的情况，如果你开放海滨浴场而又不出事，这个城市就还有一线生机。或许以后，我们会有办法抓住沃恩的把柄。我还不知道什么把柄，但也许会有把柄的。"

"废话。"布罗迪说，"好吧，哈里，我还得考虑考虑。不过，要我开放海滨浴场，就得让我采取些保护措施。谢谢你打电话来。"他挂上电话便走进沃恩的办公室。

沃恩正背对着门站在南面窗前。他听到布罗迪进来便说道："散会。"

"散会，你是什么意思？"卡佐利斯说，"我们他妈的什么也没决定呀。"

沃恩猛然转过身来说："散会，托尼，别给我找麻烦吧。事情会照我们的要求办的。让我和局长谈谈，好吗？现在大家都出去吧。"

胡珀和那四位委员走出了办公室。布罗迪看着沃恩送他们出门，觉得自己应当可怜沃恩，然而却无法压抑涌上心头的轻蔑感。沃恩关上门,走向长沙发,沉重地坐了下去。他把手肘支在膝上,用手指尖揉着太阳穴。"我们过去是朋友,马丁。"他说,"我希望我们仍然能做朋友。"

"梅多斯说的有多少是实情?"

"我不会告诉你,也不能告诉你。有个人过去帮过我的忙,现在他要我帮他个忙。说这些就够了。"

"换句话说,这全都是实情喽。"

沃恩抬起头来,布罗迪看见他两眼湿湿的,红红的。"我向你发誓,马丁,我过去要是知道事情会发展到这种地步,我怎么也不会陷进去的。"

"你欠他多少钱?"

"原数为一万美元。很久以前我曾两次想还掉,但我总没法说服他们拿我的支票去取钱。他们总是说这是送我的,不必在意。但是,他们总也不将我的借条还给我。几个月前,他们来找我,我给他们十万美元——现钞。他们说不够。他们不要这笔钱,要我投资点儿钱,说谁都会赚钱的。"

"你投资了多少钱呢?"

"天晓得,我的全部家底都投进去了,还不止呢。可能将近一百万美元。"沃恩深深地叹了一口气,"你能帮我个忙吗,马丁?"

"我只能替你去和地方检察官说说。如果需要你出庭作证,你可以控告这帮放高利贷的家伙。"

"那我还来不及从检察官办公室回家就没命了。我将没有分文留给埃莉诺。我要的不是这种帮助。"

"我知道。"布罗迪低头看着沃恩,后者仿佛是一只瘫了的受伤的野兽。布罗迪真的怜悯他了。他开始怀疑自己反对开放海滨浴场是否做得对。有多少是由于前几次事故感到内疚的余虑,有多少是由于害

164

怕鲨鱼再次伤人？有多少是自己求稳怕担风险，又有多少是深思熟虑为本市安全着想？"我告诉你怎么办吧，拉里。我同意开放海滨浴场，不是为了帮你的忙，而是因为我相信，如果我不开放，你会想办法踢开我，你自己也会开放的。我同意开放浴场，是因为我没有把握我是否做得对。"

"谢谢，马丁，我领情了。"

"我还没有说完。正如我刚才说的，我同意开放海滨浴场，但是，我要派人在那里值勤，我要胡珀乘船沿海巡逻。我要让来的人都知道有危险。"

"你绝不能这样干，"沃恩说，"你还不如仍旧让这该死的海滨浴场关闭算了。"

"我能这样干。拉里，我一定要这样干。"

"你怎样干？张贴标语警告人们说这儿有吃人的鲨鱼吗？在报纸上登广告说'海滨浴场开放——切勿走近'吗？要是海滩上到处都有警察巡逻，谁也不会到那里去了。"

"我还没想好怎样干。不过我总要采取一些措施的。我不会让人们以为什么事也没有发生过。"

"得啦，马丁。"沃恩站起身来，"你没有给我留什么余地。如果我撤掉你，你也许会到海滩上去，以普通老百姓的身份，跑来跑去，高声喊道：'有鲨鱼！'那么，好吧。当心点儿——即使不是为了我的缘故，也要看在本市居民的分上啊。"

布罗迪走出办公室。他下楼时，看了看表，刚过一点。他饿了，便沿着沃特大街向阿米蒂的独家熟食店莱夫勒走去。这家店是布罗迪的中学同学保罗·莱夫勒开的。

布罗迪拉开玻璃窗门时，听见莱夫勒说："……简直像个该死的独裁者，如果你要我说的话。我不知道他犯了什么病。"莱夫勒看见布罗迪时,脸红了。莱夫勒高中时期是个骨瘦如柴的少年。但自从接替他父亲做生意以后,经不起每天十二个小时从四面八方向他袭来的香味的巨大诱惑,现在,他胖得大腹便便了。

布罗迪笑了笑说:"你们刚才说的不是我吧,波利?"

"你怎么会这样想呢?"莱夫勒说这话时脸红得更厉害了。

"没有关系。给我弄点儿火腿和芥菜干酪黑面包卷。我要告诉你一件让你开心的事。"

"那我倒要听听。"莱夫勒开始为布罗迪准备三明治。

"为了庆祝七月四日,我要开放海滨浴场了。"

"这倒真使我高兴。"

"生意不好吗?"

"很糟。"

"你的生意总是不好。"

"没有这么糟过。如果情况不赶快好转,我担心要引起种族暴乱了。"

"什么意思?"

"我本来答应今年夏季要雇用两个送货工,一个是白人,一个是黑人。但是现在我雇不起两个。再说,照现在的境况我也没有两个工人的活儿。这样,我只能雇一个。"

"你雇哪一个?"

"雇黑人。我估计他更急需钱用。谢天谢地,那个白人不是犹太人。"

布罗迪五点十分到家。他把车开进车道时,屋子的后门开了。埃伦向他跑来,她刚才哭过,仍然看得出伤心的样子。

"出什么事了?"他问道。

"谢天谢地,你回来了。我打电话到你办公室找你,但你已经离开了。过来,快点儿。"她一把拉住他的手,领他走出后门,来到放垃圾箱的小棚。"在里面,"她指着垃圾箱说,"瞧吧。"

布罗迪揭开垃圾箱盖子,肖恩的猫被扭死了,扔在一袋垃圾上面。这是一只又大又结实的雄猫,名叫弗里斯基,猫头完全被扭了个转儿,那双黄眼睛看着背。

"他妈的怎么回事?"布罗迪问道,"汽车碾的?"

"不,是人。"埃伦又抽泣起来,"人弄死的。出事的时候,肖恩刚好在场。那人在路边下车,抓住猫就拧它的头,直到把颈子拧断。肖恩说还听到喀嚓一声。然后,那人把猫扔在草坪上,钻进车子就离开了。"

"他说了什么吗?"

"我不知道。肖恩在屋里。他气极了,这不怪他。马丁,这是怎么回事呀?"

布罗迪砰的一声将垃圾箱盖上。"该死的畜生。"他骂道。他感到喉头发紧,牙咬得格格响,气得腮帮子鼓鼓的。"咱们进屋去吧。"

五分钟后,布罗迪从后门噔噔地走出来,将垃圾箱盖子扯下来,扔在旁边。他伸手进去,将死猫拖出来,提着死猫向车子走去,把猫扔进开着的车窗,便钻进汽车。他将车倒出车道,嘎的一声将车开走。开出大路一百码时,他怒气冲冲地按起了喇叭。

用不了几分钟布罗迪就来到沃恩的住所。这是一幢高大的都铎式石砌宅第,坐落在离苏格兰路不远的斯普雷恩车道上。他跳下车,提着死猫的一条后腿,登上前门台阶,按了按门铃,希望来开门的不是埃莉诺。

门开了,沃恩说:"你好,马丁,我……"

布罗迪提起死猫,凑到沃恩面前:"这是怎么回事,你这个

167

混蛋？"

沃恩睁大眼睛说："你是什么意思？我不知道你在说些什么。"

"你的人干的好事。他们就在我家前院，当着我儿子的面，把我的猫弄死了，是你叫他们干的吗？"

"别生气，马丁。"沃恩仿佛真的愣住了，"我绝不会做这种事的，永远也不会。"

布罗迪把死猫放低说道："我走后，你给你那帮人打电话了吗？"

"哦……是的。但我只是说明天要开放海滨浴场了。"

"你只说了这些？"

"是呀。怎么？"

"你撒谎。"布罗迪把死猫砸向沃恩的胸口，猫便掉到了地上。"你知道那家伙掐死我的猫以后说了什么吗？你知道他对我那八岁的儿子说了什么吗？"

"不，我当然不知道。我怎么会知道？"

"他说的话跟你刚才说的一样。他说：'叫你老子当心点儿。'"

布罗迪转身走下台阶，沃恩独自一人站在那儿，看着那被扭成一堆骨头和毛的死猫。

十

星期五是阴天，不时地下点儿阵雨。清晨，布罗迪派来的人来到海滩时，只有一对年轻人泡了一小会儿海水。胡珀巡逻了六个小时，什么也没有看见。当天晚上，布罗迪打电话向海岸警卫队询问天气情况。他不清楚自己希望听到什么情况。他明白，他应当希望三天周末假连续晴天，这样人们就会来阿米蒂。如果不出事，如果不发现什么情况，那么，到星期二他就可以相信那条鲨鱼已经走了。当然前提是如果不出事的话。他暗地里倒希望刮三天大风，海滨浴场周末就会清清静静。不管怎样，他祈求神明保佑不要出事。

他想要胡珀回伍兹霍尔去。这还不仅因为胡珀老是在这里以内行的口吻反对布罗迪办事谨小慎微。布罗迪意识到胡珀到他家去过了。他知道那次晚宴后埃伦和胡珀谈过话：小马丁说起胡珀可能带他们到海滩上去野餐找贝壳玩，还有星期三那件事。埃伦说她病了，布罗迪回家时，她的样子的确显得憔悴。但是那天胡珀在哪里呢？布罗迪问他时，他为什么要那样支支吾吾呢？布罗迪结婚以来第一次心起狐疑。这种疑虑使他心里充满不安和矛盾——由于盘问埃伦而自责，又害怕真有什么值得猜疑。

天气预报说晴朗无云，西南风，风速五到十海里。好吧，布罗迪心想，也许这是最理想的天气。我可以相信，如果周末太平无事，没有人遇险，那么，胡珀肯定要滚蛋了。

布罗迪答应和海岸警卫队通话之后便给胡珀打电话。晚饭后，他站在厨房的电话机旁，埃伦在洗碗。布罗迪明知胡珀住在艾贝拉德·阿姆斯旅馆。他看见电话簿放在厨房的案子上，压在一堆账单、记事簿和连环画下面。他正要伸手去拿，却又停住了。"我要给胡珀打电话，"他说，"你知道电话簿在哪里吗？"

"六五四三。"埃伦说。

"什么？"

"艾贝拉德。电话号码是六五四三。"

"你怎么知道的？"

"电话号码我总是记得特别牢，这你是知道的。我总是记得牢的。"

布罗迪确实知道。他怪自己弄巧成拙，于是便拨电话号码。

"艾贝拉德·阿姆斯。"一个年轻男子的声音说。这是值夜班的服务员。

"请接马特·胡珀的房间。"

"您不知道房间号码,先生?"

"不知道。"布罗迪用手罩住话筒,对埃伦说:"你不知道房间号吧,对吗?"

她看了他一眼,暂时没有回答。过了一会儿她才摇摇头。

服务员说:"找到了,四〇五。"

电话铃响了两次后,胡珀才来接电话。

"我是布罗迪。"

"嗯,你好。"

布罗迪面对着墙,心中猜想着胡珀的房间里是怎么个样子。他想象那是一间矮小、昏暗的阁楼,床上乱七八糟,床单上还有印迹,发出阵阵淫气。霎时间,他觉得自己心不在焉了。"我想我们明天要干了。"他说,"天气预报说天气很好。"

"好,知道了。"

"那么,我们在码头见。"

"几点钟?"

"我想九点半吧。九点半以前不会有人去游泳的。"

"好,九点半。"

"好。哦,对了,"布罗迪说,"你和戴西·威克尔进行得怎样了?"

"什么?"

布罗迪懊悔他问了这个问题。"没有什么。我只是顺便问问,你们俩是不是合得来。"

"哦……是呀,既然你提起这事。难道检查别人的私生活也属于你的职责范围吗?"

"算了,就当我没有提过这事。"他把电话挂上,心想,这个骗子。这里面有他妈的什么文章？他转身对埃伦说："我原想问你来着，马特说什么去海滩野餐，什么时候去？"

"没有约定时间，"她说，"只是有这个想法。"

"噢，"他看看她，但她却连一眼也不看他，"我想你该去睡觉了。"

"干吗这样说？"

"你不大舒服。那只杯子你洗两遍了。"他从冰箱里拿出一听啤酒，使劲拔金属拉环，拉环断在他手里。"他妈的！"他边骂边将整听啤酒都扔进了垃圾筐，噔噔地走了出去。

星期六中午，布罗迪站在俯瞰苏格兰路海滩的沙丘上，感到自己既像个特务又像个傻瓜。他穿着马球衬衫和游泳裤：这是为了执行这个任务特地买的。他对自己那两条白净的腿感到很懊恼。由于多年穿长裤，他的腿上几乎连汗毛也没有。他原想埃伦要是和他一起来，他就不这样显眼了。但她却不愿来，理由是布罗迪不回家过周末，她可以利用这几天将家务事赶着做完。布罗迪腰间挎着游泳包，里面有一副望远镜、一个步话机、两听啤酒以及一块用玻璃纸包着的三明治。"弗利卡"号在离海岸四分之一英里到半英里的海面上徐徐向东行驶。布罗迪看着船暗想：至少我知道他今天的行踪。

海岸卫队说得对：天气非常好——风和日丽，万里无云。海滩上，人渐渐多起来。十来个少年乘坐的节日小艇星散在海面上。几对男女躺在沙滩上，昏昏欲睡——像死人一样，一动不动，仿佛些微的动作都会破坏宇宙的节律，影响日光浴。有一家人在沙滩上生起木炭火，全家围火而坐，一阵阵烤汉堡包的香味飘进布罗迪的鼻孔。

还没有人游泳。有两次几位家长把孩子们领到水边，让他们在拍岸的海浪中水，但过了几分钟——不知是由于玩腻了还是害怕——又叫孩子们回到了海滩上。

布罗迪听见身后沙滩上有脚步声,在野草中沙沙作响,便转过身去,只见一男一女——大约四十七八岁,两人显然都长得过度肥胖——正拖着两个怨声不绝的孩子,费劲地往沙丘上爬。男的身着T恤衫、卡其裤,足穿蓝色轻便运动球鞋。女的穿着印花布连衣裙,裙子卷缩在她那布满皱纹的大腿上,手里提着一双凉鞋。布罗迪朝他们身后望去,只见苏格兰路上停放着一辆温尼贝戈牌野营用的小汽车。

"有什么事?"布罗迪等那两人爬上沙丘时问。

"这就是那个海滩吗?"女的问。

"你们找哪个海滩?公用海滩在……"

"就是这个,没错儿。"男的说着从衣袋里掏出一张地图。他说话时带着浓重的纽约昆斯区口音。"我们从第二十七号公路转弯,沿着这条路来到这里。就是这儿,没错儿。"

"那么,鲨鱼在哪里?"那个大约十二三岁的胖男孩问道,"我记得您说过要带我们来看鲨鱼的。"

"住嘴。"父亲说。他问布罗迪:"这条引起轰动的大鲨鱼在哪儿?"

"什么鲨鱼?"

"那条吃掉几个人的鲨鱼呀。我在电视上看到的——从三个不同的频道。有条吃人的鲨鱼,就在这儿。"

"这里原来是有一条鲨鱼,"布罗迪说,"但它现在不在这里了。要是运气好的话,它是不会回来了。"

那人盯着布罗迪看了一会儿,便咆哮起来:"照你说我们老远驾车到这里来看鲨鱼,它却走了?电视上可不是这么说的呀。"

"那我可没办法。"布罗迪说,"我不知道谁对你们说能够看到那条鲨鱼的。你们知道鲨鱼是不会游到海滩上来和人握手的。"

"别开玩笑了,老兄。"

布罗迪站起来。"听我说,先生。"他说着从游泳裤皮带上抽出钱夹,打开让那人看他的证件,"我是本市警察局长。我不知道你是什么人,也不知道你认为你是什么人。但是,不许你大摇大摆地到阿米蒂的私人海滩来大耍无赖。有事就说,没事你就滚开。"

那人不再装腔作势了。"对不起。"他说,"这都是因为一路上该死的车子太多,再加上孩子们老在我的耳边叫唤。我还以为我们至少可以看鲨鱼一眼,我们就是为了这个才从大老远到这里来的。"

"你们驾车两个半钟头来看一条鲨鱼?为什么?"

"换个花样呗。上个周末我们到丛林中去了。这个周末我们原打算到泽西城海岸去。但后来我们听说这儿出了条鲨鱼。孩子们还从来没有见过鲨鱼呢。"

"哼,我倒希望他们今天也见不到。"

"真扫兴。"那人说。

"您说过我们会看见鲨鱼的!"一个男孩嘀咕道。

"住嘴,本尼!"那人掉转脸对着布罗迪说:"我们可以在这儿吃午餐吗?"

布罗迪知道他有权命令这几个人下去,到公用海滩去。但是他们没有当地居民的停车许可证就得将车子停在远离海滩一英里开外的地方。于是他说:"我看可以吧。如果有人提意见,你们就得挪开。不过我想今天不会有人提意见的。去吃吧,不过,可别在海滩上乱扔东西——不许扔一张包装纸或一根火柴。否则我就要因你们乱丢垃圾而给你一张罚款单。"

"好。"那人对妻子说,"你带冰瓶来了吗?"

"留在汽车里了,"她说,"我不知道咱们会待在这儿。"

"废话。"那人蹒跚地、气喘吁吁地走下沙丘。那个女人和两个孩子走过去二三十码,坐在沙丘上。

布罗迪看了看表：十二点过一刻。他将手伸进游泳包取出步话机，揿下按钮说："是你值勤吗，伦纳德？"然后，他松开按钮。

过了一会，扬声器中响起粗声粗气的回答："我接到你的呼号了，局长，完毕。"亨德里克斯是自愿周末在公用海滩上值勤的，他是三角形观察哨的第三个观察点。（布罗迪得知亨德里克斯自愿值勤时对他说："你要成为经常在海滩上游荡的人了。"亨德里克斯笑了笑说："没错，局长。如果您要住在这种地方，您说不定也会成为社会名流呢。"）

"你那儿怎么样？"布罗迪问道，"有情况吗？"

"没有什么解决不了的事，但有个小小的问题。人们不停地到我这里来，要给我票。完毕。"

"什么票？"

"到海滩来的票。他们说在城里买了专用票，凭票才能来阿米蒂海滩，您应该看看这些鬼玩意儿。我这里就有一张。票上写着：'鲨鱼海滩，每券一人，两元五十分。'我估计大概是个什么骗子在卖这些根本用不着的票，乘机大发横财。完毕。"

"你不接受他们的票，他们反应如何？"

"起初，我对他们说他们上当了，我说到海滩来不收费，他们都气极了。后来，我又对他们说不管有票无票，没有停车许可证，一样不得在停车场停车，他们更是怒不可遏。完毕。"

"他们有人告诉你谁在卖这种票吗？"

"他们说就是有个家伙呗。他们在梅因大街上碰到这个人。这人告诉他们没有票不得到海滩来。完毕。"

"伦纳德，我想弄清楚他妈的是谁在卖这种票。这种勾当应当马上制止。你到停车场电话亭去，打电话到局里，告诉接电话的人，我命令派一个人到梅因大街去把那个狗杂种抓起来。这人如果是外地来的，就把他赶走。如果是本地的，就把他扣起来。"

"以什么罪名？完毕。"

"我不管。想个罪名得啦，傻瓜，把他赶出城就行。"

"是，局长。"

"还有别的问题吗？"

"没有了。这里还有几个电视记者，他们是跟着一个流动摄影队来的，不过他们除了采访之外，并没有干什么事。完毕。"

"采访什么？"

"还不是问一般的问题。您是知道的：你害怕游泳吗？你认为那条鲨鱼怎样？全是这一类废话。完毕。"

"他们来多久了？"

"大半上午了。我不知道他们还要在这儿鬼混多久。完毕。"

"只要他们不闹事就算了。"

"不会的。完毕。"

"得啦，伦纳德。你用不着老是说'完毕'。你讲完了，我自然会听得出来的。"

"我只是照章办事，局长，把事情说清楚。完毕，通话结束。"

布罗迪等了片刻，然后又揿按钮说："胡珀吗？我是布罗迪。你那里有什么情况吗？"没有回答。"布罗迪在呼唤胡珀。你听到我的声音吗？"他正要呼唤第三次时，听到胡珀的声音了。

"对不起，我到外面船尾去了。我刚才以为我看见了什么。"

"你看见什么了？"

"什么也没有看见。我现在相信什么也不是。是我看花了眼。"

"你刚才以为看见什么了？"

"我真的说不清。或许只是个影子。没别的。太阳会照花眼的啊。"

175

"你没有看见别的东西吗？"

"一上午什么也没有看见。"

"好，就这样吧。我等一会再和你联系。"

"好，过一两分钟我就要到公用海滩前面了。"

布罗迪将步话机放回包里，拿出三明治。这块面包刚才靠着装啤酒的充冰塑料袋放着，所以又凉又硬。

到两点半钟，海滩已几乎空无一人。人们都去打网球、乘船游览，或者去理发了。只有五六个少年和昆斯来的那一家人仍然留在海滩上。

布罗迪的腿开始晒黑了——他的大腿上和脚背上都开始出现淡淡的红斑——于是，他用毛巾盖上，从包里拿出步话机，呼唤亨德里克斯："有什么情况吗，伦纳德？"

"什么也没有，局长。完毕。"

"有人去游泳吗？"

"没有。有人蹚水，只是蹚水。完毕。"

"这儿的情况也一样。关于卖票的那个人你还听说了什么情况吗？"

"没有，不过没有人再给我票了，所以，我想有人把他赶走了。完毕。"

"那些电视记者呢？"

"走了。他们是几分钟前离开的。他们打听您在哪儿。完毕。"

"干什么？"

"说不上来。完毕。"

"你对他们说了吗？"

"当然，我不懂为什么不能说。完毕。"

"好，我等一会儿再和你谈。"布罗迪决定散一会步。他将手指压在大腿上的一个粉红色的斑上,立即变成全白色。他将手指挪开时又为暗红色。他站起来,将毛巾围在腰间,免得太阳晒着腿。然后,他拿起步话机,信步向海滩走去。

他听见汽车发动机的声音,便转身走到沙丘顶上。一辆白色小型运货汽车停在苏格兰路上,车身上写着几个黑字:"华盛顿全国广播公司——电视新闻"。驾驶室的门开了,走出一个人来。他蹒跚地沿着沙滩向布罗迪走来。

这人走近时,布罗迪觉得有些面熟。这人年轻,蓄着拳曲的长发和两撇八字胡。

"您是布罗迪局长吗?"他走到离布罗迪只有几步时问道。

"对。"

"他们告诉我您在这儿。我叫鲍勃·米德尔顿,负责第四频道电视新闻。"

"您就是那位记者吗?"

"对,伙计们都在汽车上。"

"我们像在哪里见过。有什么事吗?"

"我想采访您。"

"采访什么?"

"关于鲨鱼的全部情况以及您是怎样决定开放海滨浴场的。"

布罗迪思索了片刻,然后对自己说,他妈的,至少从今天看来,出事的可能性不大,公开一点儿情况看来对本市无关紧要。"好吧,"他说,"在哪里采访?"

"下面海滩上。我去叫伙计们。架机子要几分钟,您如果有事,就请便吧。我们准备好了,会喊您的。"米德尔顿匆匆向汽车走去。

布罗迪并没有什么特别的事要做。但他想既然已经开始散步,去走走又何妨,于是,他向海边走去。

当他从那一群少年身旁走过时,听见一个男孩说:"怎么样?谁是有种的?十块钱就十块钱。"

一个女孩说:"喂,林博,别打赌了。"

布罗迪走到离他们约十五英尺的地方停下来,假装看岸边的东西。

"为什么?"那个男孩说,"这笔钱不算少。我想谁也没有这个胆量。五分钟以前,你们都在对我说没法证明那条鲨鱼还在这一带。"

另一个男孩说:"你有种,为什么不下水去?"

"是我出钱打赌的,"第一个男孩说,"我下水去又没有人给我十块钱。得啦,你们看怎么样?"

大家都沉默了片刻。后来另一男孩问道:"十块钱?现钱?"

"钱就在这儿。"第一个男孩说着晃出一张十元钞票。

"下去游多远?"

"让我想想。一百码,挺远的,行吗?"

"我怎么知道一百码有多远?"

"猜呀。游一会儿再停下来。我看你游出去差不多一百码,就招手叫你回来。"

"就这么定了,别反悔啊。"那男孩说着站了起来。

女孩说:"你疯了,吉姆。你干吗要下水去?你又不缺十块钱。"

"你以为我是胆小鬼吗?"

"谁也没有说什么胆小鬼不胆小鬼,"女孩说,"就是没有必要嘛。"

"十块钱绝不是不必要的,"那男孩说,"特别是因为你在阿姨结婚时抽了一点儿大麻,你老子卡掉了你的零用钱的时候。"

那男孩转过身,开始慢慢地向水边走去。布罗迪叫了声:"喂!"那男孩站住了。

"什么？"

布罗迪向那男孩走去。"你要干什么？"

"去游泳。你是什么人？"

布罗迪掏出钱夹，向那男孩晃了晃证件，问道："你想去游泳吗？"他看见那男孩看了看身后的那些伙伴。

"当然喽。为什么不能游呢？又不犯法，对不？"

布罗迪点点头。他不知道别的人是否听得见他说话，所以压低嗓门说："你想要我下命令叫你不要游吗？"

那男孩看了他一眼，犹豫片刻，然后摇摇头。"不，伙计。我要用那十块钱。"

"别在水里待得太久。"布罗迪说。

"我不会的。"那男孩快步跑进水里，向一小股浪花扑过去，开始游了起来。

布罗迪听见身后有奔跑的脚步声。鲍勃·米德尔顿冲了过来，向那男孩喊道："嘿！回来！"他挥动双臂，又高声叫喊起来。

那男孩就站住不游了。"出了什么事？"

"没事儿，我只是想将你下水的镜头拍下来，行吗？"

"当然可以。"那男孩说罢回身开始着水向岸边走来。

米德尔顿转身对布罗迪说："我很高兴他还没有游远我就把他叫住了。今天我们总算找到在这儿游泳的人了。"

两个男人走上前来，站在布罗迪身旁。一个身穿劳动裤、卡其衬衫，外面罩着皮背心，足蹬战靴，手里提着十六毫米摄影机和三脚架。另一个年纪稍长，身材矮胖，穿着一身皱巴巴的灰衣服，脖子上挂着一副耳机，手里提着一个长方形箱子，上面尽是刻度盘和旋钮。

"就在那儿很好，沃尔特。"米德尔顿说，"准备好了告诉我。"他从衣袋里拿出一个笔记本，向那男孩提问。

179

那个年纪稍大的人向米德尔顿走去，递给他一个话筒，退回到摄影师旁边，松开手中的一卷电线。

"随便什么时候都可以开拍。"摄影师说。

"我得和这孩子并排站着。"那个挂着耳机的人说。

"讲点儿什么吧。"米德尔顿对那个男孩说，并将话筒举到那男孩嘴边。

"你要我说什么？"

"很好。"戴耳机的人说。

"好。"米德尔顿说，"咱们马上开始，沃尔特，然后拍个双人特写镜头好吗？你准备好了就开始拍。"

摄影师从目镜中望去，举起一个手指，指着米德尔顿："开拍。"

米德尔顿看着摄影机说："今天大清早我们就来到这儿——阿米蒂海滨浴场。就我们所知，还没有人敢于冒险下水。连鲨鱼的影子也没有，但危险并未消除。我现在正和吉姆·普雷斯科特站在一起。他是个年轻人，刚刚决定去游一会儿泳。告诉我，吉姆，你担心下海游泳会遇到什么吗？"

"不。"男孩说，"我认为海里什么也没有。"

"这么说你不害怕喽？"

"对。"

"你游泳游得好吗？"

"挺好。"

米德尔顿伸出手来。"祝你顺利，吉姆。谢谢你接受我们的采访。"

那男孩握握米德尔顿的手。"好。"他说，"你现在要我做什么？"

"停！"米德尔顿说，"等一会儿，沃尔特，咱们从头拍。"他转身对男孩说："别问了，吉姆，好吗？我向你道了谢，你就掉转身向水里跑去吧。"

"好。"那男孩回答时正在簌簌发抖。于是他搓了搓胳膊。

"嘿,鲍勃。"摄影师说,"这孩子应该把身上的水擦干。如果要他看起来像还没有下过水的样子,他身上就不该湿漉漉的。"

"说得对,"米德尔顿说,"你能把身上擦干吗,吉姆?"

"当然可以。"那男孩奔向他的同伴们,拿块毛巾把身上擦干。

布罗迪身旁一个声音问道:"这儿在干什么?"说话的是昆斯来的那个人。

"拍电视,"布罗迪说,"他们要拍有人游泳的电视片。"

"哦,是吗?我真该把游泳衣带来呢。"

采访又重复了一遍。那男孩等米德尔顿谢过他以后便跑进水中,游了起来。

米德尔顿回到摄影师身边说:"继续拍,沃尔特。欧弗,你可以把声音关掉了。我们也许可以把这些拍下来备用。"

"你要我拍多少?"摄影师在拍摄那男孩游泳的镜头时问道。

"约莫一百英尺,"米德尔顿说,"咱们在这儿等他从水里出来。做好准备,以防万一。"

布罗迪对远处"弗利卡"号发动机发出的隐约可辨的嗡嗡声已经习以为常了。他对这声音已不在意,仿佛它已和海上的波浪声融为一体了。突然发动机的声音从模糊不清的嘤嘤声变成急切的噪叫声。布罗迪的目光越过正在游泳的男孩,发现那条船正在急转弯——全然不像原来胡珀正常巡逻时那种缓慢悠闲的游弋。于是,布罗迪把步话机凑到嘴边问道:"你看见什么东西了吗,胡珀?"他看见小艇速度放慢,后来干脆停止了。

米德尔顿听到布罗迪说话,便说道:"替我录音,欧弗。把这个也拍下来,沃尔特。"他走到布罗迪身边问道:"有情况了吗,局长?"

181

"不知道。"布罗迪说,"我也正想弄清楚呢。"

他对着步话机说:"是胡珀吗?"

"是的!"传来胡珀的声音,"但我还不知道是什么东西。还是那个影子。我现在又看不见了。我的眼睛大概是看累了。"

"你录下来了吗,欧弗?"米德尔顿问道。录音师摇摇头说没有。

"那边有个孩子正在水里游泳。"布罗迪说。

"在哪里?"胡珀问道。

米德尔顿将话筒凑到布罗迪面前,放在他的嘴和步话机的送话器中间。布罗迪将它推开,但米德尔顿又赶快将话筒凑到布罗迪嘴边。

"离海岸大概三四十码。我想最好叫他回来。"布罗迪说罢把步话机塞进腰间的毛巾里,将两手窝在嘴边喊道:"喂,孩子,游回来!"

"天哪!"录音师说,"你他妈的差点儿把我的耳朵震聋了。"

那男孩并没有听见他的喊声,仍旧向前游去,离开海滩更远了。

出十块钱的那个男孩听到布罗迪的喊声,便走到水边问道:"有什么问题吗?"

"没事儿。"布罗迪说,"我只是想他最好游回来。"

"你是什么人?"

米德尔顿站在布罗迪和那男孩中间,把话筒在两人之间来回晃动。

"我是警察局长,孩子。"布罗迪说,"现在把你那傻伙伴叫回来吧。"他又转身对米德尔顿说:"把你那该死的话筒拿开点儿,好吗?"

"不要紧,欧弗。"米德尔顿说,"我们剪辑时可以把这句话洗掉。"

布罗迪对着步话机说:"胡珀,他听不见我叫他,你把船开过去,鸣笛叫他游回来,好吗?"

"当然可以。"胡珀说,"我一会儿就到。"

那条鱼已突然潜入海底,现在正在"弗利卡"号下方八十英尺海底上方几英尺徐徐迂回遨游。它的感觉器官已察觉到上方古怪的声音,几小时以来,它曾两次浮游到离水面一两码处,用它的视觉、嗅觉和神经系统辨别从它头顶上轰隆驶过的庞然大物。它这样试探了两次,既不袭击也不逃遁。

布罗迪看见巡逻艇原来一直向西,现在突然转向海岸,前进时船头掀起一阵浪花。

"把船拍下来,沃尔特。"米德尔顿说。

那鱼在下面感觉到响声有变化,先是越来越响,后来由于船驶开,响声渐渐逝去。于是,它掉转头来,像飞机一样轻快地倾斜游着,紧紧尾随远去的船声。

那男孩不游了。他踩着水,抬起头来向岸上看了看。布罗迪挥动双臂,高喊道:"回来!"那孩子挥手作答,接着向岸边游去。他游得很好,将头翻向左边吸气,胳膊划水,脚有节奏地蹬水。布罗迪估计他离岸大约六十码,再要分把钟就游到海滩了。

"有什么情况?"布罗迪身旁一个声音问道,这是那个昆斯来的人,他的两个儿子站在他身后,热切地微笑着。

"没事儿。"布罗迪说,"我只是不想让那男孩游得太远。"

"是那条鲨鱼吗?"那两个男孩的父亲问道。

"嘿,妙极了。"另一个男孩说。

"没什么!"布罗迪说,"回到海滩上去。"

"得啦,局长,"那人说,"我们是老远驾车到这里来的。"

"走开!"布罗迪说。

胡珀的巡逻艇以每小时十五海里的速度,只用了三十秒钟就驶完几百码的距离,靠近了那个男孩,在离他几码以外的水面停下来,将发动机拨到空挡停着不动,不敢再靠近了,怕男孩被海浪卷进去。

那男孩听到发动机声，抬起头来，问道："怎么啦？"

"没事儿，"胡珀说，"继续游吧！"

那男孩便埋头游起来。一股浪潮向他袭来，使他前进得更快了，他划了几下后站了起来，水深齐肩。他开始艰难地向岸上走来。

"快！"布罗迪说。

"好，"男孩回答，"到底有什么问题呀？"

米德尔顿手里拿着话筒，站在布罗迪身后几码开外。"你拍了什么，沃尔特？"他问道。

"那孩子，"摄影师说，"和警察，两人，一个双人镜头。"

"好啊。你在录音吗，欧弗？"

录音师点了点头。

米德尔顿对着话筒说："先生们，女士们，有情况了。不过我们还不清楚究竟是什么情况。我们只知道吉姆·普雷斯科特去游泳，后来，突然，那边船上有个人看见了什么东西。现在警察局长布罗迪正设法让那男孩尽快回到岸上。可能是那条鲨鱼。不过我们还不清楚。"

胡珀将船掉过头来，避开海浪的冲击。他从船尾望去，看见一条银带在淡蓝色的海水中游动，看起来仿佛是滚动的海浪，但却又不随海浪流动。他一时还不明白看见了什么。甚至在他意识到是什么的时候，他也没有看清那条鱼。他喊道："当心！"

"是什么？"布罗迪叫道。

"那条鱼！把孩子弄上岸去！快！"

那男孩听到胡珀的话，想跑，但在齐胸的深水中，他的行动又慢又费劲。一股浪潮将他推向旁边，他踉跄了一下，然后又站立起来，身子朝前倾。

布罗迪跑到水里，伸出手来。一股浪花打到他的膝上，将他推了回去。

米德尔顿对着话筒说:"船上那人刚才说什么鱼来着。我不知他说的是不是鲨鱼。"

"是鲨鱼吗?"昆斯来的那个人站在米德尔顿身边问道,"我没有看见。"

米德尔顿说:"你是谁?"

"我是莱斯特·克拉斯洛。您想采访我吗?"

"走开!"

那男孩用胸口和胳膊拨水,奋力前进,走得快一点儿了。他并没有看见鱼鳍在他身后浮起,像一把锋利的淡褐色尖刀在水中时起时伏。

"就在那儿!"克拉斯洛说,"看见了吗,本尼·戴维?就在那儿。"

"我什么也没有看见。"他的一个儿子说。

"就在那儿,沃尔特!"米德尔顿说,"看见了吗?"

"我正在对准目标,"摄影师说,"好,拍到了。"

"快!"布罗迪说着将手伸向那男孩。那男孩惊恐万状,两眼睁大,口吐水泡,鼻孔扑噜地冒气。布罗迪的手够着了那男孩的手便用力拉。他将男孩拦胸抱起,两人便跌跌撞撞地走上岸去。

那鱼鳍隐没在水下,鱼顺着洋底的斜坡游向大海深处。

布罗迪用一只胳膊搂住那男孩站在沙滩上。"你没事吧?"

"我要回家。"那男孩吓得直哆嗦。

"我看也是。"布罗迪正要把那男孩送到他的同伴们站的地方去,但米德尔顿截住了他们。

"给我再重复一遍好吗?"米德尔顿说。

"重复什么?"

"您刚才对这男孩说的话。再来一遍好吗?"

"给我让开!"布罗迪愤愤地说。他将那个男孩交给他的同伴们,

185

并对那个出钱打赌的孩子说:"给他十块钱,送他回家去。"那男孩点了点头,吓得面无人色。

布罗迪看见步话机在海浪中翻滚,便去捡了回来,将水擦干,按了一下"通话"钮说:"伦纳德,你听得见我的声音吗?"

"听见了,局长。完毕。"

"那条鱼来过了。你那儿如果有人在水里,叫他们马上上来。你待在那儿等我派人来接替你,谁也不许走近海边。海滩正式关闭。"

"是,局长。伤了人吗?完毕。"

"谢天谢地,没有。差一点儿。"

"是,局长。完毕。通话完毕。"

布罗迪走回放游泳包的地方时,米德尔顿向他喊道:"嘿,局长,我们现在采访您好吗?"

布罗迪站住,心想叫他滚开,但却说道:"你要采访什么?这一切你和我一样亲眼看见了。"

"只问几个问题。"

布罗迪叹了一口气,又回到米德尔顿和他的摄影伙伴们站的地方。"好,"他说,"问吧!"

"还剩多少胶卷,沃尔特?"米德尔顿问道。

"大约五十英尺,简短一点儿吧。"

"好的。开始拍。"

"开拍。"

"喏,布罗迪局长。"米德尔顿说,"刚才真算运气好,您说对吗?"

"是好运气,那个男孩差点儿死了。"

"您说这就是那条吃人的鲨鱼吗?"

"我不知道,"布罗迪说,"想必是吧。"

"那么,您下一步怎么办?"

"海滨浴场关闭了。眼下,这就是我所能办到的。"

"我想您不得不承认到阿米蒂这儿来游泳还不安全吧。"

"是这样,我不得不这样说。"

"这对阿米蒂意味着什么?"

"困难呗,米德尔顿先生,我们的处境很困难。"

"回想起来,局长,您对今天开放海滨浴场有何感想?"

"我有何感想?这是什么问题?无非是气愤、苦恼、困惑呗。谢天谢地没有伤人,这难道还不够吗?"

"说得不错,局长。"米德尔顿微笑着说,"谢谢您,布罗迪局长。"他停了一下又说:"行了,沃尔特,就这样结束吧。咱们回去再剪辑今天拍的这些乱七八糟的镜头吧。"

"拍个结束的场面怎么样?"摄影师说,"还剩大约二十五英尺胶片呢。"

"好,"米德尔顿说,"等我想点儿什么精彩的话。"

布罗迪收拾起毛巾和游泳包,翻过沙丘,向他的汽车走去。走到苏格兰路时,他看见昆斯来的那一家子站在他们那辆旅行汽车旁边。

"这就是那条吃人的鲨鱼吗?"父亲问。

"谁知道?"布罗迪说,"有什么区别呢?"

"我只看见一个鱼鳍,不大像鱼。孩子们都有些失望。"

"听着,你这个笨蛋,"布罗迪说,"刚才有个男孩差点儿被鱼吃掉了。你对他没有被吃掉感到失望,是吗?"

"别吓唬我,"那人说,"那家伙根本就没有靠近他。我敢断定这事儿从头到尾都是演给电视记者们看的。"

"先生,滚开,你和你那群狗杂种。领他们走开,快点儿!"

布罗迪等着那人将他一家大小和行头装进了旅行汽车。他走开时

187

听见那人对他老婆说:"我早就知道这儿的人都是下流坯,一点儿不假,连警察也不是好东西。"

六点钟,布罗迪和胡珀、梅多斯一起坐在他的办公室里。刚才拉里·沃恩来找他,他已将事情的经过对沃恩谈了。沃恩当时酩酊大醉,老泪纵横,怒火万丈,抱怨说他这一辈子全给毁了。布罗迪桌上的电话铃响了。他拿起电话。

"局长,有个叫比尔·惠特曼的人想见您,"比克斯比说,"说他是《纽约时报》的。"

"哦,为他妈的什么……好吧,叫他进来。"

门开了,惠特曼站在门口说:"打扰了!"

"没有关系,"布罗迪说,"进来吧。你还记得哈里·梅多斯吧。这位是马特·胡珀,伍兹霍尔来的。"

"我当然记得哈里·梅多斯。"惠特曼说,"就是由于他,我才被老板从第四十三街这头训到那头。"

"怎么回事?"布罗迪问道。

"梅多斯先生漫不经心,忘了告诉我鲨鱼吃克莉丝汀·沃特金斯的事,但他却没有忘记告诉他的读者。"

"我一定是疏忽了。"梅多斯说。

"有什么事吗?"布罗迪问道。

"我想知道,"惠特曼说,"你们是否肯定这就是吃掉另外几个人的那条鲨鱼。"

布罗迪朝胡珀打了个手势,胡珀说:"我也说不上来。我没有见过吃掉另外几个人的那条鱼。再说今天的这一条我也没有看清。我只看见一条银灰色的东西闪了一下。我知道这是什么,但没法和别的东西比。我只能说个大概,十有八九就是那条鱼。总之,我觉得——认为在长岛南面海里同时有两条吃人的鲨鱼未免太离谱了。"

惠特曼问布罗迪:"局长,您打算怎么办?我是说除了关闭海滨浴场之外,我猜想您已经这样做了。"

"我不知道。我们能做什么呢?天哪!我倒宁愿遭到台风袭击,甚至地震。这样,至少事过之后,一切都可以结束。看看灾情就知道已经发生的事和应当做的事。这些事都是有始有终,有办法处理的。现在这件事简直无法可想,就好像有个疯子跑了出来,什么时候高兴杀人就杀人。你知道他是谁,但你抓不到他,无法制止他。更糟的是,你不知道他为什么这样干。"

梅多斯说:"记得明妮·埃尔德里奇吧。"

"记得,"布罗迪说,"我在想她说不定有办法。"

"这人是谁?"惠特曼问道。

"不是谁,是个怪人。"

霎时间,大家都不吭声了。这是一种智穷才竭的沉默,仿佛需要说的都已说完了。后来,惠特曼问道:"怎么样?"

"什么怎么样?"布罗迪问道。

"总得采取行动,想个办法呀。"

"有什么建议我都很乐意听。我个人已觉得无法可想。过了今年夏天,这个城市要是还没完蛋就是万幸了。"

"这样说未免太过火了吧。"

"我认为并不过火。你说呢,哈里?"

"真的不过火。"梅多斯说,"我们这个城市全靠来度夏的人养活,惠特曼先生。您不妨管它叫寄生城市,不过事实确实如此。寄主每年夏季来到这里,阿米蒂急需靠他们养活,尽可能吸尽最后一滴油水,直到过了劳动节,寄主离开为止。将寄主剥夺了,我们就只好挨饿。我们就像狗身上的扁虱,没有狗就无法生存。我们就只好挨饿。至少——最起码来说——今年冬天将是本市有史以来境况最糟的。阿米蒂靠领取失业救济的人数将要大量增加,简直要像纽约市的贫民区哈莱姆一样了。"他不禁哑然失笑,"对,我们就是海滨哈莱姆了。"

"我倒他妈的想知道,"布罗迪说,"倒霉的干吗是我们?干吗是阿米蒂,而不是东汉普敦或南安普敦或科格?"

胡珀说:"那是我们永远无法知道的。"

"为什么?"惠特曼问道。

"我不想让你们觉得我好像在找借口为我对鲨鱼估计错误辩解,"胡珀说,"不过,自然和超自然之间并无泾渭分明的界线。自然现象的发生,绝大多数都有合乎逻辑的解释。但对许多现象就是没有合理的、令人满意的回答。比方说,两个人一起游泳,一前一后。一条鲨鱼从后面上来,从后面一人身旁游过,但却袭击了前面的人。为什么?也许两人的气味不一样,也许前面的人游泳的姿势更有挑逗性。比如说后面没有遭到袭击的那个人去营救被袭击的那个人,鲨鱼也许碰也不碰他一下——也许还避开他——但却不停地猛扑它袭击的那个人。根据一般的看法,白鲨喜欢较凉的海水。那么,为什么有一条鲨鱼出现在墨西哥沿海,被一个它没有能完全吞下去的人的尸体噎死了呢?鲨鱼有几分像龙卷风。龙卷风袭击这里而不袭击那里,把这幢屋子掀翻了,但却突然改变方向放过了隔壁一幢。住在被掀翻的那幢屋子里的人说:'为什么倒霉的是我?'住在幸免于难的那幢屋子的人则说:'谢天谢地。'"

"得啦,"惠特曼说,"但是我仍然不明白为什么捉不到这条鲨鱼。"

"也许捉得到,"胡珀说,"不过不是我们捉。至少靠我们现有的这点儿器材不行。我想我们不妨再用鱼饵钓钓看。"

"对。"布罗迪说,"本·加登纳可以给我们谈谈怎样用鱼饵来钓。"

"你们听说过有个叫昆特的人吗?"惠特曼问道。

"我听说过这个名字。"布罗迪说,"你了解过这个人的情况吗,哈里?"

"我看到的材料少得可怜。就我所知,他没有干过什么犯法的事。"

"这么说,"布罗迪说,"也许值得打个电话试试。"

"你在开玩笑,"胡珀说,"你真的要和这人打交道吗?"

"我老实对你说吧,胡珀。在这节骨眼上,如果有人到这儿来说他是超人,撒泡尿就能将鲨鱼冲跑,我也会说他呱呱叫,他撒尿时我甚至会帮他解裤子呢。"

"好吧,不过……"

布罗迪打断他的话。"你的意见怎样,哈里?你说电话簿里查得到他吗?"

"你真的当真的了?"胡珀说。

"你这龟孙子敢说你有更好的办法吗?"

"没有。只是……我说不上来。咱们怎么知道这家伙不是骗子、醉鬼或别的什么呢?"

"咱们不试试看就永远也不会知道。"布罗迪从办公桌最上面一个抽屉里拿出电话簿,翻到昆字。他的手指顺着名单往下移。"喏,在这儿:'昆特'。上面只写了这个姓,没有名。不过这一页只有这一个,一定是他。"他拨电话号码。

"我是昆特。"一个声音说道。

"昆特先生,我叫马丁·布罗迪。我是阿米蒂警察局长。我们遇到了一个难题。"

"我听说了。"

"这条鲨鱼今天又来了。"

"有人被乞（吃）掉了吗？"

"没有，但一个男孩差点儿。"

"那么大的鱼需要好多好多乞（吃）的。"昆特说。

"你看见这条鱼了吗？"

"没有。寻了它几次，但我没有那么多时间老去寻它。是我的顾客不愿花钱找我去寻，他们该采取点儿实际行动了。"

"你怎么知道它有多大？"

"我听人说的，照一般人的估计至少有七八英尺吧，是这儿少见的大鱼啊。"

"我知道，我在想你能不能帮我们个忙？"

"是呀，我也想您会打电话来的。"

"你帮得了忙吗？"

"要看情况。"

"看什么情况？"

"头一条看您肯出多少钱这个情况。"

"我们照一般工钱给，你干一天挣多少钱，我们就给你多少钱，一直到把这个家伙干掉。"

"不成。"昆特说，"我想这是高价活儿。"

"这是什么意思？"

"一般我干一天要两百元，但是这活儿特别，我想您得给双倍。"

"不行。"

"再见。"

"等一会儿！且慢，老兄。你为什么要敲我的竹杠？"

"您没有别的门路。"

"还有别的打鱼的。"

布罗迪听见昆特在哈哈大笑——一阵急促、嘲讽和不友好的干笑。"当然有。"昆特说,"您已经找到了一个。另找一个吧。再找五六个。到那时您再来找我,也许就得出三倍价钱。我等几天又不蚀本。"

"我又不是要你白干,"布罗迪说,"我知道你要谋生计,但是这条鱼在吃人。我想不让它吃人,我想挽救人命。我要你帮个忙。难道你就不能把我当做普通的主顾吗?"

"您真叫人伤心。"昆特说,"您有条鱼要人去杀。我去替您杀它。虽然没有保人,但是我还是要卖力干的。我卖力干一天值四百元哩。"

布罗迪叹了一口气。"我还不知道市政管理委员会肯不肯给我钱呢。"

"您总弄得到钱的。"

"您想要多久才能捉住这条鱼呢?"

"一天、一星期、一个月。谁知道?我们也许永远也找不到它,它也许游走了。"

"难道我不希望这样吗?"布罗迪说完停了停,"好吧。"他最后说道,"我想我们没有别的办法。"

"是呀,您没法子。"

"你明天可以开始吗?"

"不成。最早得星期一。明天我们要聚会。"

"聚会?你是什么意思?会餐吗?"

昆特又放声大笑,还是那种刺耳的狂吠。"订租船契约。"他说,"您没有打过鱼吧?"

布罗迪脸红了。"你说得对,没有。你不能取消这个聚会吗?我们花了这么多钱,我想总该得到点儿特殊照顾吧。"

"不成。他们都是老主顾。我不能那么办,要不,他们就不找我

193

做生意了。您只是一次性的买卖。"

"假设你明天就碰上这条大鱼,你会想办法捉住它吗?"

"这样您就可以省许多钱了,对吗?我们看不见您的鱼。我们朝正东方向走。正东正好打鱼哪。您什么时候应当来尝尝味道。"

"你已经盘算好了,对吗?"

"还有一件事儿,"昆特说,"我需要个帮手,我的伙计不见了。捉这么大的鱼,没有帮手我心里就不踏实。"

"你的伙计不见了?他怎么了,落水了?"

"不是,他不干了。他得了神经衰弱症。这活儿好多人干上一阵子就会这样。他们想得太多。"

"但你却不是这样。"

"对,我明白我比鱼高明。"

"光是高明一点儿就够了吗?"

"到现在为止是这样,我还活着。怎么样?您能给我找个帮手吗?"

"你找不到别的伙计吗?"

"没这么快,干这活儿不容易找。"

"你明天找谁干?"

"一个小伙子。不过,我不带他去捉大白鲨。"

"我明白了。"布罗迪说。他开始怀疑找昆特帮忙是不是有点儿失策。他又随口加了一句:"告诉你,我明天会去的。"说罢他不禁大吃一惊,对自己竟答应做这事感到恐惧。

"您?哈!"

昆特的嘲笑刺痛了布罗迪,说道:"我对付得了。"

"难说。我不了解您。不过,如果您不懂得捕鱼,您就对付不了大鱼。您会游泳吗?"

"当然会。问这个干什么？"

"有些人会落水，有时要他自己游一会儿才够得着他们。"

"别替我担心。"

"就算您说得不假吧。但我还是需要一个懂得捕鱼的人，起码得会开船。"

布罗迪看了办公桌对面的胡珀一眼。他最不乐意的就是成天和胡珀一块儿待在一条船上，特别是在这种情况下。胡珀即使权力不比他大，知识总比他广博。他可以派胡珀一人去，自己待在岸上。但他感到这样就等于甘拜下风，等于最终不可挽回地承认：自己没有能力面对也无力战胜向自己保护的城镇宣战的敌人。

再说，也许——在一条船上待一整天——胡珀可能说漏嘴，泄露他星期三下雨那天的活动。布罗迪一心一意想弄明白胡珀那天在什么地方，因为他在想各种可能性时，想到的总是他最害怕的那种可能性。他想知道胡珀是在看电影，或者在菲尔德俱乐部下十五子棋，或者和某个嬉皮士一起吸毒，或者在玩某个小妮子。不管他干了什么，只要能知道胡珀没有和埃伦在一起，布罗迪觉得都无所谓。要是他确实和她在一起呢？万一……这个念头太使人苦恼了，他不敢去想。

他用手捂住送话器问胡珀道："你想一起去吗？他需要一个伙计。"

"他连伙计都没有吗？这活儿干得可真不靠谱。"

"那没有关系。你想不想去？"

"想。"胡珀说，"我也许将来要后悔的。不过，好吧。我想看看这条鱼。我想这是我唯一的机会。"

布罗迪对昆特说："好啦，我找到你要的人了。"

"他会开船吗？"

"会。"

195

"星期一上午六点。带上吃的东西。你知道怎样来这儿吗？"

"乘去希望之乡的第二十七路车到岔道，对吗？"

"对，这条路叫格兰贝里·霍尔路，一直通到市中心。过了路尽头的几幢房子约一百码，向左走泥路。"

"有路标吗？"

"没有，但这是这一带唯一的一条路，一直通到我的码头。"

"那里只有你那一条船吗？"

"只有这一条，叫'奥卡'号。"

"好。星期一见。"

"还有一点，"昆特说，"给现钱，每天预付。"

"好吧。但是为什么呢？"

"这就是我做生意的方式。我不想让你带着我的钱落到水里去。"

"好吧。"布罗迪说，"你会拿到现钱的。"他挂上电话对胡珀说："星期一上午六点，行吗？"

"行。"

梅多斯说："马丁，听你的口气你也要去。对吗？"

布罗迪点点头。"这是我的工作。"

"我倒要说这有点儿多此一举吧。"

"不过，现在已经说定了。"

"他的船叫什么名字？"胡珀问道。

"我记得他说叫'奥卡'，"布罗迪说，"我不知道这是什么意思。"

"没有什么意思。这是一种鱼，学名叫逆戟鲸。"

梅多斯、胡珀和惠特曼起身要走。"祝你们顺利。"惠特曼说，"我真有点儿羡慕你们的捕鲨行动，一定会惊心动魄的。"

"我不需要什么惊心动魄，"布罗迪说，"我只想解决掉这该死的东西。"

在门口胡珀转过身来说道:"说起'奥卡',我倒想起一件事。你知道澳大利亚人管大白鲨叫什么吗?"

"不知道,"布罗迪不感兴趣地说,"叫什么?"

"白色死神。"

"你非得告诉我吗?"布罗迪说。等他们走出去,他便随手关上门。

他正要出去,值夜班的警察把他叫住,对他说:"局长,刚才您在里面时有您的电话。我想不应该打扰您。"

"谁打来的?"

"沃恩太太。"

"沃恩太太!?"布罗迪记得他这辈子从来没有和埃莉诺·沃恩通过电话。

"她说没有急事,不要打扰您。"

"我最好给她打个电话。她总是不好意思麻烦别人。如果她家房子着了火,她会给消防队打电话,为了打扰他们而表示歉意,再问下次他们到那一带来时能不能停一下。"布罗迪走回办公室时,想起沃恩对他说过的关于埃莉诺的话:她开支票取整数款子的时候,总不肯写"又00/100",生怕这样做会得罪别人,仿佛这是暗示付款的人有可能偷几分钱。

布罗迪拨沃恩家里的电话号码。第一遍电话铃声还没有响完,埃莉诺·沃恩就来接电话了。她是一直坐在电话机旁的,布罗迪心里想。"埃莉诺,我是马丁·布罗迪。是你刚才给我打电话的吧?"

"哦,是的。我不想打扰你,马丁。如果你肯——"

"没有关系。你有什么事?"

"是这样的……我给你打电话是因为我知道拉里早些时候和你谈过话。我想你也许知道是不是……是不是出什么事了。"

布罗迪想：她什么也不知道，一点儿也不知道。那么，我要是告诉她我就作孽了。"怎么啦？你是什么意思？"

"我不知道该怎样说，但是……喏，你知道，拉里是不大喝酒的，至少在家里很少喝。"

"嗯？"

"今晚他回到家里，什么也没有说，就径直到书房去了。而且——我想，起码——他差不多喝了整整一瓶威士忌。他现在在椅子上睡着了。"

"这倒不必担心，埃莉诺。他说不定有什么心事。人人都会时不时遇上件麻烦事的。"

"我知道。只是……出了什么事儿？我看得出，好几天了，他很反常。我想也许……你是他的朋友。你知道出了什么事吗？"

他的朋友，布罗迪想，沃恩也是这么说的，但鬼知道他心里是怎么想的。"我们过去是朋友。"沃恩说过。"不，埃莉诺，我不知道。"他撒谎说，"不过，如果你愿意，我可以和他谈谈。"

"真的吗，马丁？太谢谢你了。不过……请别告诉他我给你打过电话。他向来不要我管他的事儿的。"

"我不会说的，尽管放心好了。睡觉去吧。"

"他睡在椅子上没有关系吧？"

"没问题。给他脱掉鞋子，盖上一床毯子。他会好的。"

保罗·莱夫勒站在他那熟食店的柜台旁，看看表。"九点差一刻。"他对妻子说。他的妻子叫罗斯，是个丰满、漂亮的女人。她正在整理电冰箱里的一盒盒奶油。

"咱们骗骗顾客，提早一刻钟打烊，怎么样？"

"今天一天也卖得够本了，我同意。"罗斯说，"卖了十八磅大红肠！咱们有多久没有一天能卖十八磅大红肠了？"

"还有瑞士硬干酪，"莱夫勒说，"瑞士硬干酪咱们从前啥时候缺过货？但愿我还能多过过几天这样的好日子啊！什么烤牛肉啦、肝泥红肠啦，还有别的东西统统卖光。好像从布鲁克林高地到东汉普敦来的人都要在这儿歇脚，吃几个三明治似的。"

"不对，何止布鲁克林高地哟，还有宾夕法尼亚呢。有个人说他大老远从宾夕法尼亚赶来，为的就是要看一条鱼。宾夕法尼亚可没有鱼吗？"

"谁知道呢？"莱夫勒说，"这儿要像科尼岛一样热闹了。"

"公用海滩一定挤得乱七八糟喽。"

"这也值得。我们也该有一两天好日子呀。"

"我听说海滨浴场又关闭了。"罗斯说。

"是呀，正像我常说的，真是祸不单行啊。"

"你在说什么呀？"

"没什么，咱们打烊吧。"

第三部

十一

大海一平如镜,连一丝吹皱水面的微风也没有。海面上蒸腾而起的水雾,迎着太阳,闪烁着微光。时不时地,空中飞过的一只燕鸥,会一头扎进水里觅食,然后飞回天空,而它激起的圈圈涟漪,一波一波地往外荡漾开去。

那条船平稳地躺在水面上,丝毫觉察不出它在顺流漂荡。艉部支架上固定着两根钓鱼竿,后面拖着两条钢丝钓线,钓线淹没在船后向西方延展的一长条的油乎乎的鱼饵下。胡珀坐在船尾,身边放着一只二十加仑容量的垃圾桶。每隔几秒钟,他用勺子从桶里舀出些东西来,从船上泼下去汇入到海面上那一片鱼饵中。

十只木桶,都跟二十五磅啤酒桶一般大小,分列两排,高高地堆在艉部。每只桶都捆了好几层直径为四分之三英寸的麻绳,这些麻绳与桶旁边的一盘百英尺长度的绳索系在一起,而这些麻绳的另一端都绑着一个钢制的鱼叉头。

布罗迪坐在用螺栓固定在甲板上的转椅里,极力不让自己打瞌睡。他感觉很热,浑身黏糊糊的。他们坐等的头六个小时里,海面上连一丝微风都没有。他的颈背给太阳晒得火辣辣的,头部稍一转动,制服的领子就要擦痛那里的皮肤。他身上的汗臭味,夹杂着舀出来泼出船外的鱼内脏的恶臭和血腥味,迎面扑来,使他感到一阵阵的恶心。他觉得自己好比是一只在开水里煮着的荷包蛋。

布罗迪仰首凝视着驾驶台上的昆特:他身穿一件白色的汗衫和一条褪了色的蓝工装裤,脚上套了双白色尼龙袜和一双灰不溜秋的高帮胶底帆布鞋。布罗迪估猜昆特约莫五十岁的光景,虽说他曾经有过二十岁,而且有朝一日会是六十岁,但是压根儿就想象不出他在那两个年龄时会是啥模样,似乎他不管在什么年龄都是这副模样,而且生来就是如此。他身高六英尺四英寸,长得瘦骨嶙峋——也许只有一百八十或一百九十磅。他的头秃得光光的——可不是剃光的,而像是从来就没长过头发似的,因为头颅上根本没有一点儿黑色的发茬的痕迹,每当正如眼下这样烈日当空的时候,他头上总是戴了顶海军陆战队的工作帽。他那张脸,跟其他部位一样,既结实又瘦削,上面嵌着一个长长的、笔直的鼻子。当他从驾驶台上向下望时,他看上去像是在眯起他那双眼睛——一双布罗迪从未见过的乌黑的眼睛——目光掠过鼻子向前瞄准,好像那鼻子是根枪管似的。经风吹日晒、海盐的销蚀,他的皮肤变成了古铜色,总是显得皱巴巴的。他的目光越过船尾,两眼几乎一眨不眨地盯着拖在船尾下海面上的那一片鱼饵。

滴滴汗珠汇成涓流顺着布罗迪的胸膛淌下,让他很不自在。他转过头去,但颈部好似被什么蜇了一下,脸上愀然作色。他试图注视那水面上的动静,但是太阳照射在水面上的反光刺痛了他的眼睛,他连忙将目光移向别处。

"我弄不懂你怎么吃得消的,昆特。"他说,"你从来就不戴太阳眼镜的吗?"

昆特朝底下望了望,回答说:"从来不戴。"他说话的语气没有任何感情色彩,既不友好,也无敌意,反正激不起别人继续和他交谈的兴致。

可是,布罗迪感到百无聊赖,真想找个人说个话儿。"怎么这样呢?"

"没这个必要。看东西就看他的本来面目,这样更好。"

布罗迪瞧了一下手表,才两点刚过。这就是说,他们再待上两三个小时就该一无所获地收工回家了。"你是不是许多天都是像今天这样过的?"大清早出海时的兴奋和期待早已烟消云散了,布罗迪觉得今天他们肯定看不到那条鲨鱼了。

"像什么?"

"就像今天这种情况。坐了整整一天,可不见一点儿动静。"

"有时候是这样的。"

"而人们照付给你钱,尽管他们什么也得不到。"

"这可是规矩。"

"即使人们什么也得不到也这样吗?"

昆特颔首道:"那种情况不是经常发生的。在通常情况下,总会有鱼来上钩的。要不然,我们还可以用鱼叉叉点儿什么嘛。"

"用鱼叉叉?"

"是的。"昆特用手指了指船头的鱼叉。

胡珀说:"你都叉些什么样的鱼呢,昆特?"

"只要是从渔船边游过的,什么都刺。"

"真的吗?我不——"

昆特打断了他的话。"有鱼在咬诱饵了。"

布罗迪用手遮着眼睛,往船后钓线望去,只见水面平滑,毫无动静。

"在哪儿呀?"他问道。

"再等一会儿,"昆特说,"你就能看到了。"

随着一阵轻微的刺耳的咝咝声,右舷那根钓竿上的钓线渐渐向船外滑去,一条笔直的银白色的钓线直插水中。

"抓住钓竿。"昆特对布罗迪说,"我一喊,你就推动杠杆,向它砸去。"

"这会是大白鲨吗?"布罗迪说。一想到自己将有可能同那条鲨鱼——该死的畜生、恶魔、梦魇——搏斗,布罗迪的心就不由得怦怦直跳,感到口干舌燥。他在裤子上抹了抹手,从支架上取下钓竿,把它固定在两腿中间的旋转接头上。

昆特发出一阵短促而刺耳的笑声。"那个家伙?不。这不过是个小玩意儿。在你的那条鱼找到我们之前,先给你个机会练习练习。"他对着那钓线又瞅了几秒钟,然后大声喝道:"快动手!"

布罗迪向前推进绕线轮上的杠杆,随即俯下身子,用力拖拽钓线。钓竿的顶端弯成弧形。布罗迪的右手转动着曲柄,收绕钓线,但是绕线轮不听使唤,钓线还是急遽地往水里坠去。

"别白费劲啦。"昆特说。

一直坐在艉肋钣上的胡珀站了起来。他说:"嘿,我来转紧钓线。"

"你别动!"昆特说,"别碰那根钓竿。"

胡珀抬起头来,茫然不知所措,脸上露出不快的神色。

布罗迪看到胡珀面有愠色,便暗自思忖:你懂些什么呀?是时机未到嘛。

过了一会儿,昆特说:"拽得太紧的话,会把鱼钩从鱼嘴里拉出来的。"

"哦,是这样啊。"胡珀应了一声。

"我原先还以为你懂得一些捕鱼的常识哩。"

胡珀默然不语。他别过身子,一屁股坐在艉肋钣上。

布罗迪双手抓紧鱼竿。那条鱼潜入深水,悠悠地向两边摆动着,不过它不再扯钓线了。布罗迪绕着钓线——忽而,倾过身子,在收拾松垂的钓线的当儿,手里不停地转动曲柄;忽而,用尽肩膀和背部的气力拖拽着钓线。他的左腕隐隐作痛,右手手指因用力转动曲柄而痉挛起来。

"究竟是个啥家伙?"他嘟哝着。

"一条蓝鲨。"昆特说。

"足有半吨重。"

昆特笑着说:"兴许只有一百五十磅。"

布罗迪时而俯下身子,时而仰后拖拽钓线,忙个不停,直到听见昆特说"差不多了,别动啦"时,这才停止转动绕线轮。

昆特平稳地、不慌不忙地从驾驶台上爬下木踏板绳梯,手里提了支旧式的 M-1 型军用步枪。他立在左舷边,眼睛朝下望着。

"你想看那条鱼吗?"他说,"过来看吧。"

布罗迪站直身子,边走边摇绕线轮收起松弛的钓线。他来到渔船的一侧。在幽暗的海水中,那条鲨鱼通身深蓝。它细长的个儿,八英尺左右,胸鳍长长的。它缓缓地、忽左忽右地游动着,但不再作挣扎了。

"这条鱼还怪漂亮的哩,对不?"胡珀说道。

昆特轻轻地打开枪的保险,鲨鱼头部离水面只有几英寸时,他扣动扳机快速射出三颗子弹,在鲨鱼头上打出了三个洞,很干净,没有冒出血来。那条鲨鱼颤抖了一下,便不再动弹了。

"它死了。"布罗迪说。

"胡扯。"昆特说,"兴许是给打懵过去了,如此而已。"

昆特从臀部口袋里掏出一只手套,把它套在右手上,随即抓起钢丝钓线。他又从挂在皮带上的刀鞘里抽出刀子,身子倾过左舷,把鲨鱼头拎出水面。鲨鱼的嘴张开着,足有两三英寸宽。它的右眼里面,有一些白色的组织,目光呆滞地望着昆特。昆特把刀扎进鲨鱼的嘴里,试图把它的嘴撬得更大些,不料鲨鱼啪地合上嘴巴,刀子一下卡在角锥形牙齿里。昆特使劲地拔着、旋转着,好不容易才把它拔了出来。他把刀子插进刀鞘,从口袋里掏出一把钢丝钳。

"看你们付我的钱不少,损失个鱼钩和前面的一小段导线我还是能承担的。"他说。

昆特用钢丝钳夹住导杆,刚要下手剪的时候,他说:"等一会儿吧。"他把钳子放进口袋,重新拔出刀子,"仔细看好,这个场面总是叫人大感过瘾的。"他左手抓住导杆,把鲨鱼的大半个身子提出水面。他动作敏捷,一刀下去,就把鲨鱼从肛门附近的鳍到下巴之间的肚皮剖开了。鱼肉裂成两瓣,鲜血淋淋的内脏——白的、红的和蓝的——一股脑儿滚进海里,犹如从篮子里倒出来的花花绿绿的衣服。接着,昆特用钢丝钳剪断导杆,那条鲨鱼滑出船外。鲨鱼头部刚落入水中,它便在充满鲜血和内脏的海水中拍打着,咬住涌进嘴里的食物。在吞吃食物的时候,它的身体猛烈地抽搐着,一段段鱼肠子从肚子上的洞口漏出来,待会儿又涌进它的嘴里。

"注意看好。"昆特说,"要是我们运气好的话,要不了多久,别的鲨鱼就会游向这儿,和这条鲨鱼一块儿把自己吃掉。如果能引来好多鲨鱼,那我们就可以看到一个疯狂地抢吞食物的场面,那才壮观哩。人们就爱看这种场面。"

布罗迪着了迷似的注视着那条鲨鱼不停地吞食着漂在水上的内脏。不一会儿,他看到从深水中闪出一道蓝光。原来是一条小鲨鱼——不足四英尺长——恶狠狠地咬住那条剖开肚子的鲨鱼。它的牙齿咬住一块下垂的鱼肉。它的头猛烈地左右摇晃着，躯体颤动着，活脱脱地像一条蛇。一块肉被撕了下来，那条小鲨鱼把它一口吞下了肚。不久，又来了一条鲨鱼，接着，又是一条，水面顿时被搅得混浊不堪，鲜血和着水珠向四周飞溅着。

昆特从左舷下面取出一根挽钩。他向船外探出身子，手像举起斧子那样执着挽钩。他蓦地向前刺去，接着又猛然往后一拉。挽钩上戳着条小鲨鱼，它不住地扭曲着身子，噼啪作响。昆特从刀鞘里抽出刀子，深深地扎进它的肚子，然后又把它放回海里。

"这下你们可有好戏看了。"他说。

海水哗哗作响，布罗迪数不清那里面究竟有多少条鲨鱼。只见水面上鱼鳍纵横交错，鱼尾抽打着海水。在海水的飞溅声中，偶尔传来鲨鱼相撞而发出的闷闷的声音。布罗迪低头看了看自己的衬衣，只见上面血迹斑斑、水珠点点。

这种鲨鱼抢吞食物的狂暴场面持续了好几分钟，最后只剩下三条大鲨鱼，在水中来回游动。

他们三人默默地观赏着，直到那三条大鲨鱼也消失了为止。

"天哪。"胡珀叹了一声。

"你不喜欢？"昆特问道。

"对。我不喜欢从观看动物惨死中取乐。"昆特吞声闷气地笑了笑。胡珀接着问了一句："你喜欢看吗？"

"这可不是个喜欢不喜欢的问题，我就是吃这一碗饭的。"

昆特把手伸进冰箱，从中取出一个钓钩和一段导杆。早在他们驶离码头之前，这个钓钩上就装有鱼饵———条用串肉扦串起来的乌贼鱼，它被缚在钓钩柄和倒刺上。昆特用钳子把导杆接在钢丝钓线的顶端。他把乌贼鱼扔出船外，并放出三十码钓线，让它坠进那覆着鱼饵的水中。

胡珀重新操起勺子，从桶里舀出食物泼洒在海面上。布罗迪问了一声："谁要喝啤酒？"昆特和胡珀都点了点头。于是，他步入船舱，从冰箱里拿出三听啤酒。在离开船舱的当儿，布罗迪瞥见隔舱上用图钉钉着两张有点儿卷曲的破照片。其中一张照的是昆特站在一群齐腰高的很大的奇形怪状的鱼堆里；另一张照片上只有一条躺在沙滩上的死鲨鱼。因为没有别的东西衬托，所以布罗迪很难说出它有多大。

布罗迪走出船舱，把啤酒递给他们两位，然后坐进转椅里。"我在船舱里看到了你的照片，"他对昆特说，"在你站着的那张照片里，那些究竟是什么鱼呀？"

"大海鲢。"昆特回答说，"那还是好几年前的事情喽。那时候，我在佛罗里达捕鱼。我从未见过那样的鱼。一连四夜，我们抓到三四十条海鲢，而且，个儿还都挺大的哩。"

"你就把它们留下来了？"胡珀说，"照理你该把它们放回海里去的。"

"有人要买这种鱼，我想，是为了拍照吧。不管怎么说，把它们剁碎了，可以做成很好的鱼饵。"

"你的意思是说它们死了比活着还要有用？"

"那还用说。大多数鱼类都是这样。还有许多动物也是如此。我可是从来不吃活阉牛的肉的。"说罢，昆特哈哈笑了起来。

"另外一张照片上是什么呢？"布罗迪问道，"仅仅是条鲨鱼吗？"

"嗯，不仅仅是条鲨鱼。那是条大白鲨——有十四五英尺长，重三千多磅哩。"

"怎么抓到的呢？"

"用鱼叉攮的。不过，我得告诉你，"昆特抿嘴笑了笑，"在一段时间里，还有个谁抓到谁的问题。"

"这是什么意思？"

"那个鬼东西袭击我们的船。无缘无故的,没有一点儿理由。我们正坐在船上忙我们的事儿,嘿,突然砰的一阵碰击声!我们像是给一列货车撞了一下似的,把我那位游客撞得一屁股摔倒在甲板上,他扯开嗓门惊呼救命。接着,那个鬼东西又撞了我们一下。我朝它身上扔了支鱼叉,在后面跟踪追击——天哪,为了追它,我们简直横渡了半个大西洋。"

"你们怎么能追上它的呢?"布罗迪问道,"它为什么不潜进深水呢?"

"不能啊。它身上缚了个木桶,根本无法潜进深水里去。木桶总是浮在水面上的。有一会儿,那条鱼把木桶往下拽了拽,但没多久,木桶的浮力起了作用,把鱼给拉了上来。我们跟着木桶,穷追不舍。两个小时以后,我们又在它身上攮了两支鱼叉,最后它躺在水面上,纹丝不动。这时,我们甩出一根绳子,套住了它的尾巴,把它拖到海边。在那段时间里,那位游客吓得屁滚尿流的,以为我们一定会沉入海底,再也起不来了。

"你可知道还有比这更有趣的事儿呢!我们把那条鱼拖了回去,我们非但没有沉入海底,而且一个个还平安无事。这时候,那个混账游客走到我的面前,说什么只要我说这条鱼是他用鱼钩和钓线捉住的,他就可以给我五百美元。鱼身上明明满是鱼叉刺下的窟窿,可他却偏要我说是他用鱼钩和钓线捉住的!接着,他又不着边际地胡诌什么我应该少收他一半费用,因为我没有让他有机会用鱼钩和钓线抓住那条鱼。我对他说,要是我让他那么干的话,为了一条鱼,我得白白搭上一个鱼钩、三百码钢丝钓线,兴许还要赔上个线轮和一根钓竿。他又说什么,正由于他出钱而进行的这次航行,我才能名扬四海。我告诉他,我只要他的钱,名可以留给他自己用,他尽可以为他自己和他的老婆去大吹特吹。"

"我对那种鱼钩和钓线的说法有点儿疑惑。"布罗迪说。

"你的话是什么意思?"

"指你刚才说的话。你不是要用鱼钩和钓线来捕捉我们眼下要抓的这条鱼吧?"

"当然不是。从我听到的情况来看,同一直使你大伤脑筋的这条鱼比较起来,我们抓到的那条不过是个小玩意儿。"

"那怎么又放出钓线呢?"

"有两个原因。首先,一条大白鲨有可能会吞吃乌贼鱼钓饵。它很快就会把钓线一咬两断,不过我们起码可以知道它就在附近。这起了很好的警报作用。其次,覆盖着鱼饵的水面究竟会引来什么样的鱼儿,你永远不得而知。即使你想捕捉的鱼不露面,我们还是可以碰上其他来上钩的鱼儿的。"

"像什么样的鱼呢?"

"天晓得。说不定还是条能派大用场的鱼儿哩。曾经有一条箭鱼来扯漂流着的乌贼鱼钓饵。可是联邦当局满口喷粪,说什么水银中毒。因此,眼下再没人出于做生意的目的去捕捉这种鱼了。在蒙托克,你出两个半美元就可买到一磅宽嘴箭鱼。要不兴许是条马科鲨鱼,叫你手痒痒的,非抓住它不可。虽说你只付四百美元,但也该让你有番乐趣。"

"假定那条大白鲨真的出现在附近海面上,"布罗迪说,"你首先采取什么措施呢?"

"想方设法吊足它的胃口,使它钉住我们,直到把它抓住。这要看它怎么发现我们了。要是它跟上面讲到的鱼一样,也孤注一掷地袭击我们的渔船,我们就尽快地往它身上投鱼叉,然后躲开,让它去消耗自己的体力。如果它咬住钓线,那时它要溜,我们也无计可施。不过我将把它的注意力转向我们——就是冒钓线绷断的危险也要拽紧它。说不定它一下就咬弯了鱼钩，那不打紧，我们可以逼近它，趁势向它投鱼叉。一旦给了它一鱼叉，要抓住它只是个时间问题了。

"它完全可能笔直地游向那片表面覆盖着鱼饵的水域，不是浮在水面上，就是藏身水下，那就给我们带来个小小的麻烦。乌贼鱼做的钓饵不足以勾起它的浓厚兴趣。那么大的鲨鱼，吞下条把乌贼鱼，根本不觉得。因此，我们得给它下些它不会拒绝的特殊钓饵，里面包上个大钓钩，牢牢地钩住它，直到我们攮它一两根鱼叉为止。"

"钩子太露了，"布罗迪说，"它会不会根本就不来上钩呢？"

"不会。这些东西脑筋笨得连狗都不如。它们什么都吃。它们在吃东西时，你就是扔给它们一个光秃秃的钓钩，只要看见，它们也照吃不误。我的一位朋友曾经遇上一条鲨鱼，它企图吞他那艘小艇的舷外发动机。但终因无法吞下肚去，到底还是吐了出来。"

从船尾传来胡珀的说话声。他还在那儿往海里泼洒食物。"是啥特殊钓饵哇，昆特？"

"你是说它不会拒绝的特殊饵儿吗？"昆特莞尔一笑，并用手指了指那个立在渔船中部一角的绿色塑料桶。"你自己去看吧。钓饵就在那只桶里。这是我为我们眼下正在追捕的这条大白鲨准备的。用在别的鱼儿身上，还太浪费了呢。"

胡珀走到那只塑料桶跟前，扳开桶边的金属扣子，掀掉桶盖。他为眼前的东西所震惊，连气都透不过来。一只小小的长着酒糟鼻的海豚，不足两英尺长，在盛满海水的桶内上下颤动着，它那毫无生气的头部随着摇晃的船只而微微抖动着。下巴下侧的窟窿里露出一把大鲨鱼钩的眼儿，有倒刺的弯钩在肚子上戳出了一个洞。胡珀双手抓住桶边。他说："小海豚！"

"还要小哩，"昆特咧嘴笑着说，"根本就没有生出来。"

胡珀朝桶内又盯视了几秒钟，然后砰然关上桶盖。他说："你从哪儿搞来的？"

"哦，我想在正东方向，离这儿大约五英里。你问这个干吗？"

"我是问你如何搞到的？"

"你觉得是从哪弄来的？从它妈妈那儿弄来的呀。"

"你把母海豚宰了？"

"没有。"昆特扑哧笑了起来，"它跃进我的船舱，并吞服了一大包安眠药。"他停顿了一下，期待着笑声，见无人发笑，又接下去说："你正正当当去买是买不到的，这一点你是知道的。"

胡珀瞪视着昆特，怒容满面，义愤填膺，但只是淡淡地说："你知道它们是受到保护的。"

"小子，我打鱼时爱打什么鱼就打什么鱼。"

"可是你把法律置于何地？别——"

"你是干什么的，胡珀？"

"我是鱼类学家，专门研究鱼类。那就是我为什么要上这儿来的缘故。难道你还不清楚吗？"

"人们来租用我的渔船，我向来不打听人家是干什么的。不过，你靠研究鱼类谋生，这很好嘛。如果你不得不靠干活儿维持生活——我指的是那种挣钱多少完全取决于流汗多少的工作——你就一定会晓得法律究竟意味着什么。那些海豚受到保护这不假。但是，法律上也没有明文规定不准昆特打一两条用做鱼饵呀。制定法律的目的是阻止大规模地捕捞海豚，是禁止那些疯子打海豚取乐。因此，胡珀，我得告诉你，你爱怎么发牢骚都可以。不过，可不要对昆特说他不能打几条鱼来换碗饭吃吃。"

"注意，昆特，问题是这些海豚有灭绝的危险。而你的这种做法，恰恰加速了这一过程。"

"别在我面前放那个臭屁！去告诉那些金枪鱼捕捞船别再张网捕

捉海豚了。去叫那些日本的远洋轮停止用钓钩抓海豚吧！他们会告诉你这全是他妈的异想天开。他们长了嘴，就要吃。嗯，我同样如此。我也有一张嘴呀！"

"我懂得你的意思，"胡珀说，"你能抓就抓吧。等到过了一段时间抓得一条不剩的时候，嘿，那我们就开始抓别的什么吧。真是愚蠢至极！"

"别把话说过头了，小子！"昆特说。他语调平板，声音沉闷，两眼直勾勾地瞪着胡珀。

"什么？"

"别骂我愚蠢至极。"

胡珀原本无意冒犯昆特。当发现昆特为自己所激怒时，他感到不胜惊讶。"我绝不是那个意思，看在老天爷的分上！我只是想说……"

坐在他们两人中间的布罗迪心想此时他该出来息事宁人了。"别争啦，胡珀，好吗？"他说，"我们来这儿不是为了辩论生态保护什么的。"

"关于生态保护，你知道些什么，布罗迪？"胡珀说，"我敢断定，对你来说，生态学莫过于别人告诫你不要在后院焚烧树叶罢了。"

"你听着，我不要听你那套一文不值的！"

"对啊，对啊！'有钱人家孩子的高谈阔论'。有钱人家孩子的高谈阔论让你坐不住了，不是吗？"

"竖起耳朵听着，混账东西！我们到这儿来是阻止一条鱼继续吃人的。要是一条海豚能够帮助我们拯救天晓得多少条人命，在我看来，那还真划算呢！"

胡珀冷笑了一声，对布罗迪说："这么说，你这下成了一位救人性命的专家喽，对不？依我看，要是你早早封闭海滨，不知道可以救出多少人的生命来呢……"

布罗迪身不由己地离开了转椅,一步步迈向胡珀。"闭上你的鸟嘴!"他喝道。他下意识地把右手往下伸向自己的屁股方向,没摸到手枪皮套,便突然顿住了。猛然间,他意识到要是身边有枪,他准会掏出来射击。想到这儿,他的心头不觉一阵惊悸。他面对胡珀,站着不动。而胡珀也恶狠狠地瞪视着他。

昆特发出一阵短促、尖利的笑声,一下打破了剑拔弩张的气氛。"真是一对蠢驴,"他说,"早晨上船那会儿,我就看出来了。"

十二

第二天去捕杀鲨鱼的情况,和第一天一样波澜不惊。清晨六点,他们从码头出发。那会儿,迎面拂来一阵微弱的西南风,令人感到这天有转凉的希望。蒙托克海岬处,波浪滔滔。但是,到了十点钟,风停了,那条渔船悄无声息地浮在平静无波的海面上,宛如漂在水坑里的一只纸剪的杯子。天空中,万里无云,浓雾蔽日,光晕弥漫。在驱车驶往码头的路上,布罗迪从收音机里听到纽约城的污染现象已濒临危机的边缘——可能会出现气候反常现象。人们纷纷害病,而他们中间一些原来身患疾病的或者上了年纪的人,现在处于奄奄一息之中。

今天,布罗迪穿衣格外小心。他身着短袖高领白衬衫和轻便棉布长裤,脚上套了双白袜子和胶底帆布鞋,为了消磨时间,他还随身带着从亨德里克斯那儿借来的书,一本叫做《致命处女》的色情推理小说。

布罗迪不想借闲聊来打发时光,因为聊天很可能会导致重演昨天同胡珀吵架的场面。他思忖着,那场面使得他很尴尬——对胡珀来说,何尝不是如此呢。今天,他们俩很少搭腔说话,各自有话都对昆特去说。布罗迪自己没办法同胡珀虚与委蛇一番。

布罗迪觉察到,上午的时候昆特都很安静,沉默寡言,好不容易才能从他嘴里抠出几句话来。但是,随着时间的推移,他渐渐打开话匣子,变得越来越健谈。那天早晨他们驶离码头时,布罗迪曾问起昆特怎么知道选择在什么地点等候那条鲨鱼。

"不晓得。"昆特淡淡地答道。

"你不晓得?"

昆特把头从左边摇到右边,从右边摇到左边。

"那么你怎样选择地点呢?"

"随便选一处就是了。"

"你找什么呢?"

"什么也不找。"

"你不顺流行船吗?"

"嗯,是的。"

"水深水浅都没关系吗?"

"有点儿关系。"

"怎么会呢?"

一时间,布罗迪以为昆特会拒绝作答。他两眼直直地凝视着前方,盯着天边望着。然后,昆特开腔说话了,仿佛费了好大的劲儿才挤出来似的。"像那么大的鲨鱼恐怕不会游进太浅的水区去的。不过,谁也休想说得清楚。"

布罗迪感到他该到此为止,别再打扰昆特了。无奈他谈兴正浓,禁不住又问:"要是我们找到了那条鱼,或是它找到了我们,那可就走运了,是不?"

"可以这么说吧。"

"像在海底捞针。"

"也不能这么说。"

"为什么呢?"

"潮水好的话,我们可以赶在收工之前,撒上十几英里的鱼饵。"

"我们今晚就待在这儿,这样不更好吗?"

"为了什么?"

"接着撒鱼饵呗。要是我们一天可以撒它十英里,那么干个通宵,我们就可以撒上二十来英里长。"

"鱼饵撒得太开没什么用处。"

"为什么?"

"容易混淆。要是你在这儿待上一个月,你就可以把他妈的整个大海都覆盖起来。这样做没意思。"昆特绽开笑脸,显然是觉得把整个大海都撒满鱼饵的念头滑稽可笑的缘故吧。

布罗迪不再提问,埋头读他的《致命处女》。

时至中午,昆特开口说话了。钓线已经下水达四个多小时。他们刚解索开船时,胡珀就拿起了勺子,虽说没有人叫他这么做。眼下他正坐在船尾,有条不紊地舀着食物,倒入海中。约莫十点钟的光景,有条鱼咬住了右舷那根钓线,引起他们一阵激动。可是,这不过是一条五磅重的狐鲣,它那张嘴根本咬不住鱼钩。十点半时,一条蓝色小鲨鱼咬住了左舷那根钓线。布罗迪收绕钓线,把它拽了进来。昆特用挽钩把它钩住,剖开它的腹部,然后将它放回海里。那条鲨鱼有气无力地吞了几口自己的内脏之后,便坠入深水。也不见有别的鲨鱼游来觅食。

十一点敲过不久,昆特瞥见一条箭鱼正展开它那宛如长柄镰刀背似的鱼鳍从鱼饵上面朝他们游来。他们静静地等候着,希望它来吞吃诱饵,但是,它却无视乌贼鱼,而在离船尾六十码的水域里漫无目的地巡游着。昆特将鱼饵装在一种特别的鱼钩上——用力拖拽着,使得那鱼饵像条活乌贼鱼那样在水中作蠕动状——可是那条箭鱼还是无动于衷。最后，昆特决定向它投鱼叉。他吩咐布罗迪和胡珀两人收绕钓线，自己打开发动机，驾驶着渔船绕了一个大圆圈。一个鱼叉头已经装在叉把子上，船舷上放着一只绕着绳子的木桶。昆特向他俩说明捉鱼的办法：胡珀驾驶渔船；昆特手执鱼叉举过右肩，站在船首操纵台的顶头。当他们接近那条箭鱼时，昆特就投刺它的左侧或右侧——这取决于他要船转往哪个方向。胡珀拨正船头，直至鱼叉再次笔直地对准前方，宛如依照罗盘所指示的航向行驶一般。要是一切顺利，他们就能够悄悄地逼近那条鱼，昆特就能把鱼叉嗖地飞过肩头——扔出去约莫十二英尺，而且几乎是笔直地直插下去。布罗迪将站在木桶旁边，以免箭鱼突然潜入海底时碰到钓线。

直到最后一刹那，事情的确进行得很顺利，渔船缓缓地行驶，只有发动机发出一种宛如微风的沙沙声，渐渐逼近悠然躺在水面上休息的箭鱼。渔船上的舵轮非常灵敏，因此胡珀可以十分精确地根据昆特的指示进行驾驶。然而，那条鱼不知怎么地觉察出了渔船在向它逼近。昆特正要举手投掷鱼叉之际，箭鱼蓦地向前一跃，猛力摆动尾巴，向着海底直冲而去。昆特吆喝了一声"龟孙子"，随即甩出鱼叉，但差了六英尺，没有刺中。

现在他们又回到了覆着鱼饵的水面的上游。

"昨天你问这种捉不到鱼的情况多不多。"昆特对布罗迪说道，"一串就抓到两条鱼，这种事是不常有的。但到现在为止，我们至少应该打到一大群蓝鲨鱼了。"

"是天气的缘故吗？"

"可能。这天叫人周身怪不好受的。或许鱼儿也是这样。"

他们吃着三明治和啤酒，算做中饭。吃完后，昆特检查他的步枪是否装上了子弹。然后，他猫着腰摸进了船舱，随即又回到了甲板上，手里提着一种布罗迪从来未见过的装置。

"你的啤酒罐头还在手上吗?"昆特问了一句。

"当然还在,"布罗迪答道,"你要它干吗?"

"我马上做给你看。"那个装置看上去像个熟马铃薯捣烂器似的手榴弹——一个金属圆柱体,一端有个木柄。昆特把啤酒罐头压进那个圆柱体内,并转到听见咔嗒一声才歇手,接着从衬衣口袋里掏出一盒二十二空包弹。他把空包弹塞入手榴弹底部的小孔内,并旋转木柄,直至发出咔嗒一声为止。他把那个装置递给了布罗迪。"看到那个杠杆了吗?"他说着用手指着手榴弹的柄端,"把它朝上指着天,我叫推杠杆,你就推。"

昆特捡起他那支 M-1 型步枪,打开保险,把它扛在肩上,并说:"推。"

布罗迪用手指轻轻弹了一下杠杆,只听见一声尖利的、响亮的爆炸声,那啤酒罐头轻轻地一蹦,顿时飞出手外,直冲蓝天。它在空中旋转着,在灿烂的阳光照耀下闪闪发光。它飞到了最高点——就在它悬在空中的刹那间——昆特砰地打了一枪。他向低处瞄准,正好在啤酒罐头刚要坠落时击中了它的底部。耳边响起哐啷一声巨响,那只罐头翻着筋斗掉进了大海。它并没有立即沉没,而是倾斜地浮在水面上,上下漂动着。

"想试一试吗?"昆特说。

"当然。"布罗迪说。

"记住要命中它的顶端,瞄准时就得稍为低一些。要是想在它直升或陡降时击中它,你得瞄准整个罐头,那样难度可就大了。如果你打不中,那就放下瞄准器,重新瞄准,然后再打一次。"

布罗迪换了一个发射器,在船舷上摆好姿势。昆特一装好放射器,布罗迪就叫了一声:"开始!"于是昆特放出啤酒罐头。布罗迪打了一枪。没打中。他又对准罐头的顶端试了一下,但还是没打中,因为当罐头坠落时,他的枪口瞄得太高了。"老兄,真扫兴。"他说。

"需要适应一下,"昆特说,"看看你现在打不打得中。"

那罐头笔直地浮在离船十五至二十码的平静的水面上,有一半露在外面。布罗迪瞄准着——有意放低些——扣动扳机。子弹击中浮在钓线旁边的罐头时,发出一阵刺耳的噼啪声。那只罐头消失了。

"胡珀,"昆特说,"还剩下一只空罐头,试试吧。反正我们随时都可以喝啤酒嘛。"

"不了,谢谢。"胡珀说。

"有什么问题吗?"

"没什么。我只是不想打枪,如此而已。"

昆特笑容可掬地说:"你担心水里的罐头吗?我们往海里扔了不知多少罐头了。你大概是担心罐头会生锈,沉在海底,把海底里的一切搞得乱七八糟吧。"

"不是这个原因。"胡珀说,他小心翼翼地提防着不上昆特的圈套,"没什么,我只是不喜欢打枪。"

"害怕摸枪吗?"

"害怕?没有的事。"

"从前打过枪吗?"

布罗迪兴趣盎然地望着昆特步步进逼,胡珀战战兢兢地步步退却,心里感到乐滋滋的。不过,他闹不清昆特为何要这样做。也许是因为他在感到百无聊赖而又抓不到鱼儿的时候,喜欢逗人闹着玩儿吧。

胡珀对昆特的这番举动,也感到茫然。但是他很厌恶。他感到昆特是在把他引出来,然后再打翻在地。

"当然打过的喽,"他说,"我从前打过枪。"

"在哪儿?在军队里吗?"

"不。我……"

"你在军队里待过吗?"

"没有。"

"我料想你没待过。"

"你刚才那句话是什么意思?"

"天哪,我甚至敢肯定你还是个童身。"

布罗迪盯视着胡珀的脸,看他有何反应,眨眼间,他瞥见胡珀在注视着自己。

接着,胡珀把目光移到一旁,脸颊刷地绯红。他说:"昆特,你在想些什么?你这是什么意思?"

昆特在椅子里往后靠了靠,咧嘴一笑。"没什么意思,"他说,"只是想友好地拉呱几句消磨时间。你喝完了啤酒后,我把罐头拿走,行吗?或许布罗迪还想再打一枪。"

"行,这没关系,"胡珀说,"不过别再揪住我不放,好吗?"

他们三人又默默地坐了一个小时。布罗迪坐在转椅里打着瞌睡,并拉下帽子盖在脸上挡住阳光。胡珀仍在船尾,舀着鱼饵,偶尔摇晃着脑袋,以驱赶睡意。而昆特坐在驾驶台上,注视着覆着鱼饵的海面。他那顶海军陆战队士兵帽歪戴在后脑勺上。

突然,昆特用轻轻的、干巴巴的声调一本正经地说:"有鱼来光顾了。"

布罗迪猛然醒来。胡珀刷地站了起来。右舷那根钓线正飞快地滑出船外。

"抓紧钓竿。"昆特吩咐着。他脱下帽子,把它扔在长椅上。

布罗迪从支架上抓起钓竿,把它牢牢地夹在两腿中间,一动不动地站在那儿。

"我一喊,"昆特说,"你就推动杠杆,向它砸去。"钓线突然停住不动了。"等一等。它正在转身。它马上还要扯钓线的。现在你别砸它,否则它会把鱼钩咬断的。"但是钓线在水中,毫无动静。过了好一会儿,昆特才说:"真该死。快把钓线收回来。"

布罗迪收绕钓线,很顺当就收上来了,简直太顺当了,轻飘飘的,没一点儿鱼儿扯住钓线的感觉。

"用手指拽紧,要不然钓线会打结的,"昆特说,"不管钓到了什么样的鱼,你的手脚尽量要放轻些。鱼肯定跑了。"

钓线露出水面,垂在钓竿的顶端。那上面的鱼钩、诱饵和导杆都不见了。钢丝钓线被咬得光秃秃的。昆特纵身跳下驾驶台,查看了一下钓线。他伸手摸了摸线端,用手指抚摩着断头的边缘,目光扫视着覆盖着鱼饵的水面。

"我想我们刚才碰上了你那位朋友了。"他说。

"什么?"布罗迪喊道。

胡珀跳下艉肋钣,激动地说:"你这是在唬人吧。这太可怕了。"

"还只是个猜测而已,"昆特说,"不过我敢打赌,这根钢丝钓线是被咬断的。一下子就咬断了,动作很干脆。也不见有别的什么痕迹。那条鱼恐怕不一定知道它咬住了鱼钩。它只是把鱼饵吸进嘴里,然后合上嘴巴。钓线就是这样被咬断的。"

"那我们现在怎么办呢?"布罗迪问道。

"等着瞧。看看它是去咬另一条钓线呢,还是浮出水面。"

"现在就用海豚怎么样?"

"等我肯定是那条鲨鱼时再说,"昆特回答说,"让我瞧瞧它是不是大家伙,再决定是不是值得用海豚。到那时再用不迟。海里那么多鱼,都只配吃吃垃圾而已,我可不想在小玩意儿身上浪费我上好的鱼饵。"

他们静静地等候着。海面上没一点儿动静。没有鸟儿冲向水面,也没有鱼儿跃出水面。只有胡珀舀泼食物时发出的声响。不一会儿，舷舱边那根钓线开始向水里坠去。

"让钓竿留在支架上，"昆特说，"要是它也把这根钓线咬断了，那做准备工作也就毫无意义了。"

布罗迪惊恐交加。一想起就在他们船下游动着的那个鬼东西拥有不可思议的威力，他顿觉惶惶不安。胡珀伫立在左舷边，被飞速滑进大海的钓线惊得呆若木鸡。

钓线戛然停止滑动。

"娘的！"昆特骂骂咧咧地说道，"它又把钓线咬断了。"他从支架上取出钓竿，开始收绕钓线。钓线被拽上船来，跟先前那根一样，也被咬断了。

"我们让它再来咬一次，"昆特说，"我要换上一根更硬的导杆。如果是那条鱼的话，导杆就是再硬，也无济于事。"他把手伸进冰箱又取出一个钓饵，并把钢丝导杆卸了下来。他从船尾舵手座的抽屉里取出一条长达四英尺、直径为八分之三英寸的铁链来。

"这看上去像条系狗的链条。"布罗迪说。

"这原来是用来系狗的。"昆特说。他用钢丝穿过装有钓饵的鱼钩眼儿，系牢铁链的一端，把另一端同钢丝钓线绑在一起。

"这根导杆它咬得断吗？"

"我想会的。也许时间要长些。但是它存心要咬，还是能咬断的。我之所以这样做，只是想要它一下，把它引到水面上来。"

"要是这也不成功，下一步该怎么办呢？"

"眼下我还心中没数。我想，可以用个四英寸长的鲨鱼钩，连在一根铁链条上，上面挂着一堆鱼饵，然后把它扔到海里。不过，要是它扯住鱼饵，我还是不知怎样对付它。它会把我船上所有的系缆墩统统拉掉，除非我亲眼看见了它，否则我绝不贸然行事，去用铁索捆绑它。"昆特轻手轻脚地把饵钩投出船外,并放出好几码钓线。"快来,你这个畜生,"他嘟哝着,"让我们瞅一下你的尊容吧。"

他们三个人凝神望着左舷边的钓线。胡珀弯下身子,舀满一勺食物,把它泼洒在水面上。有件东西引起了他的警觉,他连忙向左边掉头望去。眼前的情景使他喉咙口发出一阵咕噜声,声音虽说不清晰,但足以吸引其他两位的注意。

"哎哟,我的天哪!"布罗迪惊呼了一声。

离船尾不到十英尺的海面上,那条鲨鱼的扁平的、呈圆锥形的大鼻子出现在偏右舷方向十英尺开外的海面上,高出水面约两英尺。头部呈暗灰色,上面嵌着一双乌黑的眼睛。大鼻两边顶端呈乳白色,那就是鼻孔——似乎是盔甲般的皮上两道深深的砍痕。嘴半张半闭,宛如一个轮廓模糊、光线暗淡的由三角形巨齿护卫着的洞穴。

他们三人同鲨鱼相对而视约十秒钟,昆特才嚷道:"快拿鱼叉来!"话音刚落,他向前一个箭步,准备拾起鱼叉。布罗迪伸手抓起步枪。就在此时,那鱼悄没声儿地钻进深水。那条犹如大镰刀片似的尾巴轻轻地划了一下——布罗迪对准尾巴就是一枪,但打偏了——眨眼间,那鱼消失得无影无踪。

"它溜了。"布罗迪说。

"太棒了!"胡珀说,"跟我想的一模一样,不对,比我想的还棒!太棒了!它那头足有四英尺宽吧?"

"这很可能。"昆特边说边向船尾走去。他在船尾放了一对鱼叉倒钩、两根鱼叉把子和两圈绳索。"防着它再回来。"他说。

"昆特,这样的鲨鱼,你以前见过吗?"胡珀问道。他那对眼睛闪烁着光亮,他感到热情奔放,浑身充满着活力。

"不怎么经常见到。"昆特回答说。

"你说它有多长?"

225

"很难说。二十英尺吧。也许还要长些。我也说不清楚。鲨鱼一过六英尺,多大就没有什么区别了。它们一旦长到六英尺,就变成了祸害。这个婊子养得就怪麻烦的。"

"噢,上帝!我希望它能再回来。"胡珀说道。

布罗迪感到一阵发冷,不禁打了个寒颤。"事情可真怪,"他摇摇头说,"它看上去像是龇牙咧嘴地笑呢。"

"鲨鱼张开嘴巴时就是那副模样,"昆特说,"别夸大其词。它不过是个粗笨的垃圾桶而已。"

"你怎么能那样说呢?"胡珀说,"那条鱼太美啦!它是那种让你相信神的存在,让你觉得大自然神奇无比,什么奇迹都能创造出来的。"

"放你的狗屁!"昆特骂了一声,便沿着木踏板绳梯爬上驾驶台。

"你准备马上用海豚吗?"布罗迪说。

"没这个必要。我们刚才叫它浮上来过的嘛。待会儿它会回来的。"

在昆特说话的当儿,背后传来一阵嘈杂声,胡珀转过身去。那像是一种鞭子抽打的嗖嗖声,一种流水发出的咝咝声。"瞧!"昆特喊道。在三十英尺宽的海面上,露出水面一英尺的三角形的背鳍,正像把刀似的劈波斩浪直冲渔船而来,卷起阵阵波浪。紧接着背鳍的是硕大无朋的尾巴,以密集的节奏左右抽打着水面。

"它要袭击咱们的渔船啦!"布罗迪大声惊呼,不知不觉地跌坐入斗鱼椅,忙不迭地躲闪着。

昆特一边诅咒着一边从驾驶台上爬下来。"这次连个招呼都不打,"他说,"快把鱼叉递给我。"

那条鱼差不多要撞到渔船了。它抬起扁平的头部,睁着一双乌黑的眼睛木然地注视着胡珀,接着便打船底游走了。昆特举起鱼叉,转身走到左舷边。鱼叉杆撞在斗鱼椅上,鱼叉头脱落,哐啷一声掉在甲板上。

"他妈的!"昆特叫道,"它还在那儿吗?"他弯腰伸手去抓鱼叉头,把它重新装在把子的顶端。

"在你那一边!在你那一边!"胡珀声嘶力竭地喊,"它从这儿游过去了。"

昆特猛然转过身去,恰好看到那条浅褐色的鲨鱼正在游离渔船,准备钻进深水中去。他一怒之下扔下鱼叉,端起步枪,对准鲨鱼身后的水面就是一梭子弹。"狗杂种!"他说,"下次别忘了给我们打个招呼。"然后,他放下步枪,哈哈大笑起来。"我想我得向它表示感谢。"他说,"至少它并没有袭击咱们的渔船。"他眼望着布罗迪说,"倒叫你受了点儿惊。"

"何止一点儿。"布罗迪说,他晃晃脑袋,仿佛是要把头绪理理清,"我还是不相信真有这种事儿。"他脑海里闪过一幕幕影像:一种形似鱼雷的怪物在黑暗中呼啸着蹿出海面,把克莉丝汀·沃特金斯撕成碎片;在救生筏上的那个男孩不知不觉,没料到自己最后骤然间被一个恶魔般的怪物抓住。这些噩梦折磨着他,那是充满暴力和鲜血的梦。梦中有个女人对着他呼天抢地,说是那个恶魔杀死了她的儿子。

"你可不能说那个东西是条鱼,"他说,"它更像是一种人们用来拍电影的东西。要知道,那就是从地球深处冒出来的魔鬼。"

"它是条鱼,这没错的。"胡珀说,一看便知,他依然难掩激动,"一条多大的鱼啊!简直就像史前巨齿鲨了"

"你在说些什么呀?"布罗迪说。

"那样说是有些夸张,"胡珀说,"不过,周围有像这样的东西在游动,凭什么说不会是史前巨齿鲨呢?你说呢,昆特?"

"我看你给太阳晒昏头了。"昆特说。

"还没有,真的。依你看,这些鱼能长多大?"

"我在估猜方面不怎么在行。我估计那条鱼长二十英尺,因此我说它们可以长到二十英尺。要是我明天看到一条长二十五英尺,那我就说它们可以长到二十五英尺。猜测纯粹是胡扯。"

"它们究竟能长到多大呢?"布罗迪刚问出口,顿时后悔自己不该问这个问题。这样问法,显得自己矮了胡珀一截子。

然而,此刻胡珀对那条鱼太入迷了,内心兴奋极了,所以压根儿顾不上神气。"这才是要害,"他说,"可谁也不知道。在澳大利亚曾经有一条被铁索捆住而丢了命的鲨鱼,据报道,经测量身长达三十六英尺。"

"那条几乎要比这条大一倍。"布罗迪说。其实他几乎连他亲眼所见的鲨鱼的大小都不清楚,根本不可能领会胡珀描述的那条鱼究竟有多大。

胡珀点头称是。"一般说来,人们似乎接受最长不过三十英尺的说法,但这一数字只是个猜测而已。这有点儿像昆特说的那样。如果他们明天看到的是六十英尺,他们就接受六十英尺。更为离奇、叫人不胜惊讶的是,有人认为海洋深处还有长达一百英尺的大白鲨哩,兴许还真有此事呢。"

"啊,一派胡言。"昆特说。

"我并没说这是真的,"胡珀说,"我只是说有这个可能。"

"还是胡扯。"

"也许是胡扯,也许不是胡扯。且听我说,这种鱼的拉丁名字叫 Carcharodon Carcharias[①],明白吗?我们所能找到它的最近的祖先是一种叫 Carcharodon Megalodon[②] 的鱼,离现在三万或四万年左右。我们

---

① 噬人鲨的拉丁学名。
② 嗜人巨齿鲨。

有几颗这种巨齿鲨的化石牙齿,均长达六英寸。从牙齿的长度看来,那条鱼的长度在八十至一百英尺之间。那牙齿就跟你今天看到的大白鲨的牙齿一模一样。我这样说的意思是指这两种鱼属于同一种类。凭什么说巨齿鲨真的绝种了呢?为什么会那样呢?又不缺食物。如果大海里有足够的食物维持鲸的生命,也就有足够的食物维持大鲨鱼的生命。仅因为我们没见过一条一百英尺长的大白鲨,并不能说明就不存在这种鱼。它们没有理由一定要浮到水面上来,因为它们所需的食物很可能在海洋的深处。一条死鲨鱼之所以不能浮到水面上来,是因为它没有漂浮囊。你能想象出一条一百英尺长的大白鲨的模样来吗?你能想象它能做些什么、有什么样的威力吗?"

"我不想做这样的想象。"布罗迪说。

"它很可能像一个长着一张满是屠刀的嘴的火车头。"

"你是说这条鲨鱼还是条幼崽吗?"一种凄凉无助的情感渐渐向布罗迪心中袭来。一条大小如胡珀描绘的鲨鱼是可以把渔船咬成碎片的。

"不,这是一条成年的鲨鱼,"胡珀说,"这一点我很有把握。不过,它有点儿像人,有些只有五英尺长,而有些可以长达七英尺。老兄,只要能瞧见一条大巨齿鲨,要我怎样都行。"

"你疯啦。"布罗迪说。

"没有,老兄,好好想想吧。我们这就像是在寻找喜马拉雅雪人。"

"嘿,胡珀,"昆特说,"别讲你的神话故事啦!还是撒你的鱼饵吧!我倒很想抓一条鱼。"

"当然可以。"胡珀说罢,回到船尾自己的岗位上,又开始把鱼饵撒向海面。

"你认为鲨鱼会回来吗?"布罗迪问道。

"我不知道,"昆特回答说,"你永远无法知道这些混账东西要做些什么。"他从口袋里掏出一本拍纸簿和一支铅笔来。他伸直左臂,朝着海岸指去。他眯起右眼,朝左手食指底下瞄准了一下,接着在拍纸簿上涂了几笔。他把手往左边移动了两三英寸,又瞄准了一番,再次在簿子上记下了什么。

昆特带着一种期待布罗迪提问的口吻说:"我刚才在记录目标方位。我想知道我们现在的位置。因此,即使它今天不再露面,我也能知道明天我们该上哪儿去找它。"

布罗迪举目往海岸方向眺望。即使眯起眼睛用手遮掩,他也只能看到一条灰蒙蒙的地平线。"你以什么为参照的呀?"

"海岬那儿的灯塔和市里的水塔。从不同的角度看去,这两个塔排列的位置是不一样的。"

"你能看到它们吗?"他极目望去,只不过见到一条直线上的一个黑点子罢了。

"当然喽。要是你在这儿待上三十年,你自己也能看得到的。"

胡珀笑了一笑,接着说:"你真以为那条鱼会待在一个地方不动吗?"

"我不知道,"昆特说,"不过这次我们是在这儿找到它的,而不是在别的什么地方。"

"毫无疑问,它肯定待在阿米蒂附近。"布罗迪揶揄地说。

"那是因为它有吃的东西。"胡珀说。他的话里既无冷嘲也无热讽,不过,却像一根钢针,直刺布罗迪的心窝。

他们接连等了三个多小时,但那鱼一直未见回来。潮水流动滞缓,由于受到水面食物的阻力流速更慢了。

五点稍过一会儿,昆特说:"我们还是回去算了,这种样子就是脾气好的人也会发火的。"

"你认为它跑到哪儿去了？"布罗迪问。他明知不会有答案，不过随便问问而已。

"任何地方都有可能，"昆特答道，"你想见到它们的时候就是见不着。你不想见到它们，并不准备见到它们的时候，嘿，它们就会冒出来。这些讨厌的家伙总是同你对着干。"

"你认为我们没必要在这儿过夜，继续泼洒鱼饵喽？"

"不必如此。正如我说的那样，覆盖鱼饵的水面太大了并没有好处。我们这儿没吃的东西。再说，你又不给我一天干二十四个钟点的钱。"

"要是我弄到了这笔钱，你愿意不愿意干呢？"

昆特思索了一会儿后说："不干，尽管这钱有点儿叫人心痒，因为我认为夜间不会出什么事儿。覆盖鱼饵的水面一大，就不易看清，即使它出现在附近瞪着眼睛瞧着我们，我们也不会知道它在哪儿，除非它来叨鱼饵。因此，照你说的去做，只是白拿钱在船上睡大觉。但是，我不愿这么做，有两个原因。第一，要是鱼饵覆盖面大了，第二天我们可就麻烦了；第二，我喜欢让渔船在港口过夜。"

"我想我不能责备你，"布罗迪说，"你的老婆也一定喜欢你在家里过夜。"

昆特直截了当地说："我还没娶老婆呢。"

"哦，对不起。"

"不必这样。我从来不认为有这个必要。"昆特转过身去，沿着木踏板绳梯爬上驾驶台。

埃伦正在为孩子们准备晚饭。这时，门铃响了。孩子们正在起居室里看电视。于是，她朝着他们喊道："你们中哪一位出去开个门吧。"

她听到开门声和说话声,不一会儿,发现拉里·沃恩站在厨房门边。离上次见面还不到两个星期,然而他的外表却起了很大变化,她不由凝神地注视着他。同平常一样,他穿着得体——一件双排扣蓝色运动夹克、领口纽紧的衬衣、灰色便裤和古驰牌平底便鞋。他那张脸的确变了。他消瘦了。许多人一变瘦,肚子就会瘪下去。而这一点却在沃恩的脸上显示出来了。他的眼睛凹陷,眼色在埃伦看来变得比平时更淡了,呈一种令人极不愉快的土灰色。他的皮肤也是灰色的,松弛地挂在双颊上。他的双唇湿漉漉的,而且每隔几秒钟他还用舌尖去舐。

埃伦发觉自己在凝视着他,不由得局促不安起来,垂下双眼说:"拉里。你好!"

"你好,埃伦。我顺便过来……"沃恩往后退了几步,两眼注视着起居室,"首先,你看我可以喝杯酒吗?"

"当然可以。你知道酒在哪儿,自己去倒吧。我很愿意自己拿给你,不过我满手是鸡肉渣。"

"别傻了,我什么东西都能找到。"沃恩打开放酒的碗橱,拿出一瓶,满满地斟了一杯杜松子酒。"我刚才想说,我是来向你告别的。"

埃伦停止拨动煎锅里的鸡块,说道:"你要走啦?出去多长时间?"

"我不知道。也许一去不复返了。这儿再也没我的事儿了。"

"你的店怎么办?"

"完啦!或者说很快就要完蛋。"

"完了?你这是什么意思?店又没有腿,还能跑了不成?"

"是没有跑。但是它再也不归我所有了。留下的些许财产将属于我的……合伙人。"他愤愤地吐出这最后三个字,接着,仿佛要荡涤嘴里的令人不适的残渣似的,狠狠地喝了一大口杜松子酒。"马丁有没有把我俩的谈话告诉你呀?"

"给我讲了。"埃伦低头望着煎锅,翻动着锅里的鸡块。

"我想你对我的看法再也不会好了。"

"你这样的人还轮不到我来说三道四,拉里。"

"我从来不想伤害别人。我希望你能相信这一点。"

"我相信,埃莉诺了解多少情况?"

"什么也不知道,可怜的人儿,我不想让她知道,如果我能做到的话。那就是我想搬走的原因之一。她爱我,这你是知道的,而我实在不想失去我们俩之间的爱情……"沃恩身子倚着洗涤槽,"有件事你知道吗?有时我暗自思量——而且多年来这件事不时地在我脑海掠过——就是你跟我完全有可能成为天造地设的一对。"

埃伦双颊绯红。"你这是什么意思?"

"你出身名门望族。你所熟识的人们,我还得通过努力才能幸会。我们俩结合一定很配,也一定能适应阿米蒂此地的环境。你总是那么可爱、善良和坚强。你一定会是我的一种真正的财富。而我认为自己也完全可能为你提供那种你一定会热爱的生活。"

埃伦嫣然一笑。"我并不像你认为的那样坚强,拉里。我不晓得我能成为一种什么样的……财富。"

"别小看你自己,我衷心希望马丁能珍爱他所拥有的这颗明珠。"沃恩喝完了酒把酒杯放入洗涤槽内,"不管怎么说,梦想毫无意义。"他穿过厨房,双手抚摩着埃伦的肩头,在她头顶吻了一吻。"再见了,亲爱的,"他说,"偶尔也想想我吧。"

埃伦盯着他。"我一定会的。"她吻了吻他的面颊,"你去哪儿呢?"

"我不知道。也许是佛蒙特,或者是新罕布什尔,我可能把地卖给那些滑雪的人。谁说得定呢?我自己也许会去滑雪呢。"

233

"你跟埃莉诺讲过吗?"

"我告诉她我们要离开这儿。她只是笑笑,说:'随你的便。'"

"你们很快就走吗?"

"同我的律师商谈完我的债务问题之后就走。"

"寄张明信片来,这样我们可以知道你们在哪儿。"

"一定寄来。再见。"沃恩走出厨房,埃伦随即听到他关上纱门的声音。

待孩子们吃过晚饭以后,埃伦上楼坐在自己的床上,想起沃恩说的"那种你一定会热爱的生活"。要是同拉里·沃恩在一起,那将会是一种什么样的生活呢? 一定是一种用钱不愁、受人刮目相看的上层人的生活;那她就不会终日留恋她少女时代的生活,因为那种生活压根儿就没有间断过;也就不会有要复活自己女性气质、赢得作为女性应有的自信心和证实自己女性吸引力的强烈欲念,也就没有必要去跟胡珀那样的人在一起鬼混了。

然而接着一想,刚才想的也不对。她也一定会在无聊空虚的心情驱使下干出同样的事情来的,正如许多来阿米蒂度假的女人一样,她们一连几周在此度假,而把她们的丈夫孤零零地抛在纽约。同拉里·沃恩生活在一起,没有激情,只是一种平庸的满足而已。

在她回味沃恩的话语的当儿,她渐渐意识到自己的生活趣味隽永:同布罗迪结合的乐趣是任何一个拉里·沃恩所不能给予的;小小的磨难和微不足道的胜利交织在一起,慢慢聚集起来,几与快乐无异。她的认识越深化,就越是悔恨交加,悔恨自己花了这么长时间才意识到自己一味留恋少女时代的生活浪费了青春和情感。猛然间,她感到有些提心吊胆——害怕自己长大得太晚了,害怕自己的觉悟还没来得及展现在生活中,布罗迪也许就已身遭不测。她朝手表瞥了一眼:已六点二十分了。他这时早该回家了。他出事了,埃伦思忖着,哦,上帝,千万别把灾难降到他的头上!

她听见楼下的开门声响。她一骨碌跳下床来,跑进走廊,噔噔噔奔下楼去。她双臂搂住布罗迪的脖子,狠狠地吻着他的嘴唇。

"天哪,"她松手后,布罗迪说,"这欢迎可真热烈哩!"

十三

"不许把那玩意儿放我船上。"昆特说。

他们身披晨曦,伫立在码头上。天边现出了鱼肚白,但太阳却躲在低垂触及东边海面的一朵云彩后面。一阵微风从南面徐徐拂来。渔船就要开了。鱼叉把子一溜排在船头;钓竿笔直地插在支架上;导杆均扣在绕线轮的小孔里。发动机发出阵阵轻微的喀嚓声,当翻腾细浪拍击排气管时,飞溅出噗噗水泡;发动机吐出的滚滚浓烟,缭绕上升,旋即被微风吹散开去。

在码头的尽头,一个人钻进一辆小吨位运货汽车,发动引擎,接着汽车便沿着那条土路缓缓向前驶去。车门上印有"伍兹霍尔海洋研究所"的字样。

昆特站立着,背靠渔船,面对着布罗迪和胡珀。他们俩分别站在一只铝制笼子的两侧。这只笼子长六英尺多一点、宽六英尺、高四英尺。里面有一根操纵杆。笼顶装有两只圆柱形的箱子。底板上放着一个水下呼吸箱、一个调节器、一副面具和一套潜水衣。

"为什么不能放?"胡珀问道,"它并不重呀,我一脚就可以把它踢到路边去。"

"太占地方了。"

"我也这么说,"布罗迪说,"可他就是不听。"

"这究竟是啥玩意儿?"昆特问道。

"这是防鲨笼,"胡珀回答说,"潜水员在浩淼的大海里游泳时,就用它来保护自己。我叫人把它从伍兹霍尔海洋研究所送到这儿来的——就是刚才开走的那辆车子运来的。"

"你打算用它做什么?"

"在我们找到那条鱼或者那条鱼找到我们的时候,我想蹲在笼子里,下到深水里去拍几张照片。从来还没有人能够拍一张这么大的鲨鱼的照片呢!"

"根本没门儿,"昆特说,"绝不能摆在我的船上。"

"为什么?"

"简直荒唐透顶,这就是原因。聪明人总是知道自己的能力有多大的。这件事超出了你的能力。"

"何以见得?"

"这件事任何人都办不到。那么大的一条鱼,完全会把这个笼子当早饭吞下肚去。"

"但是它会吗?我不这么认为。我想,它也许会撞击笼子,甚至还会用嘴碰它,但我认为它决计不会当真把笼子吞下去。"

"要是它看到笼子里面有像你这样的可口的食物,它会这样做的。"

"我表示怀疑。"

"好啦,别谈这个了。"

"听我说啊,昆特。这是个千载难逢的机会,不仅仅对我是这样。要不是昨天我看到了那条大鲨鱼,我还想不到这么做呢。这纯属罕见,至少在这半个地球上是这样。虽说人们以前也拍过大白鲨的电影,但从未有人拍摄过在浩瀚大海里遨游的一条身长二十英尺的大白鲨。从来没有过。"

"他让你别这样做,"布罗迪对着胡珀说,"你就别这样做就是了。

再说，我可不想担当这个责任。我们到这儿来是捕杀那条大白鲨的，不是来为家庭剧院拍摄影片的。"

"什么责任？你不必为我负责。"

"哦，是的。我要对你负责。这次行动是由阿米蒂市资助的，因此我说话就算数。"

胡珀对昆特说："我付钱给你。"

昆特笑眯眯地说："哦，是吗？给多少呢？"

"别提这件事了。"布罗迪说，"昆特说什么，我不管。可我要说，不准你带那个东西！"

胡珀不理睬他，继续对昆特说："一百美元。是现钞。而且还预付，这是你所喜欢的。"他的手伸进口袋掏钱夹子。

"我说过不准！"布罗迪说道。

"你说怎么样，昆特？一百美元，现付的。喏。"他点出五张二十美元的纸币，交给了昆特。

"那好吧。"昆特说着，伸手把钱接了过去，"妈的，我认为，劝阻某人自杀不是我的责任，如果他想这么干的话。"

"你要是把那个笼子搬上船来，"布罗迪威胁昆特说，"那就甭想得到那四百美元。"布罗迪暗自寻思，要是胡珀想自寻短见，那就让他在工作以外的时间里去干吧。

"如果笼子不搬上船，"胡珀说，"我就不走！"

"滚你的蛋！"布罗迪说，"你尽管待在这儿，我才不管哩。"

"我相信昆特是不会满意的。是不，昆特？你只想同局长一道去打那条鱼吗？你觉得那样合适吗？"

"我们可以另找个人。"布罗迪说。

"去找吧！"胡珀哼了一声，"祝你走运。"

"根本不行。"昆特说，"短时间内找不到人。"

"那索性作罢!"布罗迪说,"我们明天出海。胡珀可以回他的伍兹霍尔,跟他的鱼儿们玩儿去。"

胡珀恼火了——事实上,燃烧在胸膛的怒火比他意识到的更为灼烈,因为他还没来得及带住话头,就已经脱口说出:"我可能做的事还远不止于此哩……得,算我没说。"

有好几秒钟的光景,死一般的寂静沉重地压在他们三人的心上。布罗迪两眼直勾勾地望着胡珀,不愿相信自己耳朵听到的话;心里头吃不准胡珀的话有多少实质性的东西,闹不清他话里有多少空口威胁的成分。他顿时怒不可遏。他朝胡珀跟前挪了两步,一把揪住他的衣领,手指死死地卡住他的喉咙。

"你那句话是什么意思?"布罗迪追问着胡珀,"你刚才说什么来着?"

胡珀几乎透不过气来,两手胡乱地抓着布罗迪的手指。"没说什么!"他气急败坏地说,"没说什么!"他拼命想往后挣脱开去,但布罗迪把他扼得更紧了。

"你说那话是什么意思?"

"没什么意思。你听我说呀!我刚才生气了,说了点儿气话。"

"上星期三下午你去哪儿了?"

"哪儿也没去!"胡珀两边的太阳穴突突乱跳,"放开我!我快被你掐死了!"

"说!你上哪儿了?"布罗迪拧转手指,掐得更紧了。

"在一家汽车游客旅店!快松手!"

布罗迪的手指稍稍松开了些。"跟谁在一起?"他一边问着,一边心中暗暗祈祷:啊,上帝,千万别是埃伦啊。但愿他的话能证实这一点。

"戴西·威克尔。"

"扯谎!"布罗迪又收紧了手指,同时感到自己眼里渐渐渗出了泪水。

"你这是什么意思?"胡珀边说边挣扎着脱开身去。

"戴西·威克尔是个他妈的专搞同性恋的女人!你们俩在那儿干啥?"

胡珀的脑子越来越混沌不清了。布罗迪的指关节卡断流向他大脑里的血液。他的眼睛直冒金星,几乎要昏厥过去。布罗迪松开了手,猛地将他推倒在码头上。他坐在那儿,贪婪地呼吸着空气。

"你对此事作何解释?"布罗迪说,"你当真那么急不可耐跟一个女同性恋搞?"

胡珀的脑子很快就清醒如初。他说:"不。起先我不知道……后来发觉时已经迟了。"

"你这是什么意思?你是说她跟你一起走进汽车游客旅店,然后再拒绝了你吗?没有哪个女同性恋者会同你去那个地方!"

"她是去的嘛!"胡珀执着地说,极力使自己的回答对上布罗迪的发问的口径。"她说她想……她该直接尝试尝试。可后来她又不让。太令人扫兴了。"

"你这是在编着话儿诳骗我!"

"我不骗你!你自己可以去找她核实嘛。"胡珀自知这个托辞经不住推敲,布罗迪毫不费劲就可以加以核实。可是,他眼下也只能想出这个办法。今晚回家的路上,他可以在电话间打电话给戴西·威克尔,恳求她同自己合作,为自己作证。或者赶在布罗迪去找戴西·威克尔之前,他可以脚底擦油永远离开阿米蒂市——朝北走,在奥连特海岬处摆渡,溜出这个州。

"我一定要核对,"布罗迪说,"你放心好了。"

布罗迪听到昆特在自己身后笑着说:"这是我有生以来听到的最

239

滑稽的事情，竟然想和一个专搞同性恋的女人睡觉。"

布罗迪目不转睛地望着胡珀的脸部，企图捕捉到一丝表明他说谎的表情来。但是，胡珀两眼死死盯住码头。

"喂，你们两位怎么说？"昆特问道，"今天我们走还是不走？布罗迪，不管怎么说，你都得付我钱。"

布罗迪不由得一怔。他真想取消此行，回到阿米蒂去，把胡珀跟埃伦关系的真相调查清楚。可是，假使事情到了最坏的地步，他又能做些什么呢？去找埃伦算账？揍她一顿？把她抛弃？那样做又有什么好处呢？他需要时间好好考虑一下。他对昆特说："我们出发吧。"

"带上鲨笼？"

"带！要是这个混蛋想寻死，那就让他去吧。"

"对我来说，这无所谓，"昆特说，"我们来把这个马戏团的道具抬起来吧。"

胡珀站起来，走到防鲨笼跟前。"我到船上去。"他声音嘶哑地说，"劳驾你们俩把它推到码头边缘，倾向我，然后下来一个人帮帮我的忙。这样，我们就可以把它抬到那个角落里去。"

布罗迪和昆特两人推着笼子滑过木板。这时，布罗迪惊讶地发觉这只笼子很轻，包括笼内的潜水装置在内，整个笼子的重量也不超过两百磅。他们俩侧过笼子，胡珀趁势抓住把手，等着昆特下舱来帮他。他同昆特毫不费劲地抬着笼子走了好几英尺，把它放在支撑驾驶台的悬空的楼板下面的角落里。胡珀随即用两根绳子把笼子系牢。

布罗迪纵身跃入船内，说："开船！"

"你有没有忘了件事？"昆特问道。

"什么事？"

"四百美元。"

布罗迪从口袋里掏出个信封，把它递给了昆特。"你死的时候一定腰缠万贯，昆特。"

"那正是鄙人的目的。请你解开船尾的缆绳，好吗？"说罢，自己动手解开船头和船身中央的倒缆，并把它们扔在码头上。看到船尾的缆绳已解开，他便往前推动节流杆，随即渔船急速地划破平静的海面向前驶去——相继把希克斯岛、戈夫海岬抛在后面，来到沙格旺和蒙托克海岬附近的海面上。他们在宽阔无垠的海面上向偏西南方向巡游着。

渔船随着波涛的起伏悠悠颠簸着，布罗迪内心的怒气也渐渐消去。兴许胡珀说的是真心话呢。这是可能的。一个人绝不会杜撰一个一戳就穿的谎言。埃伦以前从没有欺瞒过自己，这一点他是确信无疑的。她甚至从来不跟别的男人调情。诚然，他对自己说，凡事总有个开头，而这个念头再次使他大有骨鲠在喉、隐隐扎痛之感。他感到既妒忌又伤心，只觉自己无能为力但又愤恨不已，他从斗鱼椅上跳下甲板，爬上驾驶台。

昆特在长椅上给布罗迪腾出位子。布罗迪紧挨着他坐了下来。昆特格格笑着说："你们两个家伙刚才几乎大打出手。"

"这没什么。"

"可对我说来，这似乎还有点儿意思哩。你是不是认为他是在跟你老婆睡觉哇？"

听到深藏在自己内心的隐私竟被如此毫不留情地挑穿了，布罗迪感到惊愕不已。"碍你的屁事。"他顶了一句。

"你说什么都行。不过你要是问我的话，我要说他未必有那个胆量。"

"谁问你来着！"布罗迪急于转换话题，便问道："我们这是在回到原来那个地点去吗？"

"是的。要不了多久。"

"那条鱼还可能在那儿吗?"

"谁晓得呢?但我们眼下只能这么做。"

"那天你在电话里讲起要比鱼更狡猾的招数。就这些吗?这就是获得成功的唯一的奥秘吗?"

"就这些。你只要猜透它们的意图就行。这不是什么窍门。它们蠢得一塌糊涂。"

"你从未碰上一条狡猾的鱼儿吗?"

"到目前为止还没碰到过。"

布罗迪的脑海里闪现出那张露出水面的龇牙咧嘴、两眼瞪着他的脸来。"我真弄不懂,"他说,"昨天那条鱼看上去挺吓人。像是它有意做出那副样子。它好像知道自己在干些什么。"

"胡说,它知道个屁。"

"它们是否有各种不同的个性呢?"

"你是指鱼?"昆特哈哈笑了起来,"说这话过奖它们了。你可不能把它们当人看待,虽说我想有些人也跟鱼一样的愚蠢。绝不能那样去看它们。有时它们也会变变花样,但要不了多久,你就会对它们的全部招数一目了然。"

"这并非难事,因为你不是在同一个敌人搏斗。"

"是不难。绝不比管道工卸除排水管来得难。也许他嘴里骂骂咧咧的,还要用扳子砸管子。但说到底他绝不会认为他是在同某个人搏斗。有时我偶然碰上一条脾气暴躁的鱼儿,它可要比旁的鱼麻烦得多,但我可以用另外一种工具去对付它。"

"有没有连你也抓不到的鱼呢?"

"哦,当然有喽。但这并不说明它们机灵、狡猾或者别的什么。这只表明你要捉它们的时候,它们的肚子还不饿,或者是它们游得太快,或者是你下的鱼饵不对头。"

昆特沉默了一会儿，接着又说："有一次，我几乎被一条鲨鱼叼住。这还是约二十年前的事儿了。我用挽钩叉了条不小的蓝鲨鱼，它蓦地吧嗒一翻腾，把我带着翻出渔船。"

"你怎么办呢？"

"我刷地跨过舭肋钣，我想我快得简直像是腾空飞过水面和甲板。幸好，我是从船尾跌下来的，那儿低一些，靠近水面。要是我从渔船中间摔下来的话，我不知道会怎么样呢。不管怎么说，那条鱼还没来得及知道我是否跌落水中，我已从水中爬上了船。这时，它的身子还在不停地扭曲着，极力想挣脱挽钩。"

"倘若你同那条鱼一起翻入水中，你又能做些什么呢？"

"当然有办法。祈求上帝保佑。这同你身无跳伞从飞机上掉下来时，希望自己能落在一堆干草上一样。唯一能救你命的只有上帝，既然当初是上帝把你推下来的，是死是活只有听天由命了。"

"阿米蒂市有个女人认为那就是我们遭难的原因，"布罗迪说，"她认为这是一种天赐的报应。"

昆特微微一笑："可能是的。我想，上帝创造万物，他知道该怎么做。"

"你当真相信那一套？"

"不，不完全相信。我可不是个虔诚的教徒。"

"你认为人们为什么会遭到杀害呢？"

"厄运。"昆特扳回节流杆。渔船渐渐放慢了速度，最后随着起伏的波涛上下颠簸着。"我们得改变航向。"说罢，他从口袋里掏出一张纸，并把它展开，一边看着纸上的说明，一边两眼沿着伸直的手臂打量着前方，校正渔船的航向。他转动发火钥匙，发动机随即熄火。四周骤然笼罩在一片令人沉闷的静谧之中。

"喂，胡珀，"昆特喊道，"动手把鱼食撒到海里去吧。"

243

胡珀掀开食物桶的盖子，开始从里面舀出食物泼洒在海里。第一勺食物哗的一声撒在平静的水面上，那点点油星儿缓慢地向西扩散开去。

　　十点钟的时候，微风习习——虽说不强，但足够吹皱水面，使他们顿觉凉爽。这三个人静坐着，默默地注视着海面。周围只有胡珀泼洒鱼食而发出的有规律的溅水声。

　　布罗迪坐在转椅里，极力驱赶着睡意。他在打哈欠的当儿，记起了他把看了一半的《致命处女》遗忘在船舱里的杂志架上了。他站了起来，伸了伸懒腰，往下走了三步，进入船舱。他找着那本书后，便准备爬上甲板，这时，他瞥见了冰箱。他瞧了瞧手表，对自己说，去你的吧，我可没时间在这儿看书。

　　"我想喝听啤酒，"他喊道，"还有谁想要？"

　　"我不喝。"胡珀回答说。

　　"当然要喽。"昆特却说，"我们还可以用枪打啤酒罐玩嘛。"

　　布罗迪从冰箱里取出两听啤酒，拔掉金属拉环，然后踏着阶梯走上甲板。他的脚刚踏上最高一级阶梯，耳边传来昆特短促的、沉着的说话声："它来了！"

　　起初，布罗迪还以为他指的是自己呢。接着他看到胡珀跳下艉肋钣，只听见他一声唏嘘过后大声惊呼道："啊！它真的来了！"

　　布罗迪只觉自己的脉搏突突乱跳。他快步跨上甲板，忙不迭地问道："在哪儿？"

　　"在那儿。"昆特说，"紧跟在船尾后面。"

　　过了一会儿，布罗迪的眼睛才适应变化了的光线，才看到露出水面的参差不齐的呈灰褐色的鳍翅，随后是宛如大镰刀片似的尾巴，忽左忽右地拍打着水面，不时地发出急促的、一阵阵的击水声。布罗迪估计，那条鱼离船至少有三十码，甚至四十码。

"你能肯定是它吗？"他问。

"没错。"昆特应了一声。

"你打算咋办？"

"先不管它，瞧它怎么动作。胡珀，你继续撒鱼食，把它引上这儿来。"

胡珀拎起食物桶，把它搁在舷肋钣上，从桶里舀出鱼食，往水里泼去。昆特朝前走了几步，把鱼叉头安在一根木把子上。他抱起一只木桶，把它夹在手臂窝里。他把一圈绳子套在另一只手臂上，手里抓着鱼叉，夹着木桶穿过船尾，把它放在甲板上。

那条鱼在漂着一层油膜的水域里来回巡游，像是在搜索着散发出血腥味的源头似的。

"把那几根钓线绕起来吧。"昆特吩咐布罗迪，"眼下我们已经把它引出水面，钓线就没什么用处了。"

布罗迪把钓线一根根地收了进来，并把乌贼鱼钓饵放在甲板上。那条鱼向渔船稍微靠近了些，依然慢腾腾地游动着。

昆特把木桶放在胡珀食物桶左边的舷肋钣上，并把绳子放在木桶旁边。然后他爬上舷肋钣，站立着，右臂高举着，手中握着鱼叉。"过来呀，"他说，"快游到这儿来！"

但是那条鱼并没有继续靠近，仍游动在五十英尺开外的海面上。

"我真不懂它是什么意思，"昆特说，"它应该游近来瞧我们一眼哪。布罗迪，从我裤袋里掏出钳子来，把那些乌贼鱼钓饵剪下来抛入水中。抛些食物兴许能把它给吸引过来。你扔的时候要用力，溅起的水声大一些，好让它知道那儿有吃的东西。"

布罗迪照他的吩咐去做，用挽钩抽打、搅浑水面。他两眼盯住鱼鳍，生怕那条鱼猛不防从深水探出头来，一口咬住他的手臂。

"你一边击水，一边再扔些别的什么东西下去。"昆特对布罗迪说,"东西在冰箱里。把那些啤酒也甩进去。"

"扔啤酒?干吗?"

"扔进海里的东西越多越好。只要能引诱它出来觅食,扔什么都行。"

胡珀插进来说:"扔海豚怎么样?"

"嗯,胡珀先生,"昆特说,"我想你不是不同意这样做的吗?"

"别提那事啦!"胡珀说,他的眼睛迸发着激动的光芒,"我想看到那条鱼!"

"再考虑考虑。"昆特说,"到了非用不可的时候,我一定用。"

乌贼鱼做成的钓饵朝着鲨鱼漂去。一听啤酒在水面上跳动了几下,然后渐渐在船尾后面消失了。但是,那条鱼仍停留在原处不动。

他们等候着——胡珀不停地舀着鱼食,昆特屹立在舷肋钣上,布罗迪伫立在一根钓竿旁边。

"妈的!"昆特咕哝着,"看来我没别的选择了。"于是,他放下鱼叉,跳下舷肋钣。他扳开布罗迪身边的塑料桶的顶盖;布罗迪瞥见那条小小的海豚睁着那对毫无生气的眼睛,在桶里的海水中微微晃动着。看到它,他不禁一阵恶心,急忙转过身去。

"喂,小家伙,"昆特说,"现在是你出场的时候了!"他从甲板间的储藏室里拿出一条狗链子。链子的一端扣住翘出海豚下巴的钓钩的眼儿,另一端系了一根直径为四分之三英寸的麻绳。他放出好几码的绳子,用剪刀剪断,并把绳子牢牢地缚在右舷的系缆墩上。

"我想你曾说过鲨鱼能把系缆墩拽下来。"布罗迪对昆特说。

"完全有可能,"昆特说,"我保证可以抢在它拽下系缆墩之前,攮它一鱼叉并把绳子砍断。"

昆特抓住狗链子,把海豚拎出桶外,走到右舷边,然后放下来。他爬上舷肋钣,身后拖着海豚。他从皮带上的刀鞘里抽出刀,用左手把海豚拎到自己面前。接着他右手持刀,在海豚的腹部接连划了几道浅浅的口子。顿时从海豚身上冒出一种腥臭冲天的黑色液体,一滴滴地落进海里。昆特把海豚扔进水里,同时放出六英尺绳子,用脚使劲踩住。那条海豚在六英尺开外的水面底下浮动着。

"那样够近的了。"布罗迪说。

"应该这样,"昆特说,"要是离我们三十英尺,我就打不到它了。"

"你为何要踩住绳子呢?"

"好叫那个小家伙一直保持在原来的位置上。我不想把它系在靠近渔船的水下。一旦鲨鱼咬住了它,而没有活动的余地,那它就会在我们周围乱蹦乱跳,会把我们搅成肉酱的。"昆特举起鱼叉,两眼炯炯地盯视着那条鲨鱼的鱼鳍。

那条鱼越来越近了,虽然它仍在来回巡游着,但它每游动一次,都缩短了它同渔船之间好几英尺的距离。不一会儿,它蓦地停在离船二十或二十五英尺开外的水面上。约莫有一秒钟的光景,它对准船只的方向,悄没声儿地平躺在水面上。尾巴淹没在水中;背鳍向后收缩,迅即消失;它那硕大无朋的头部翘出水面,嘴张得斗大,透出一丝呆滞的、残忍的笑意;那对乌黑的眼睛深不可测。

布罗迪哑然失色,圆睁着双眼,觉得这像是在试图用目光威逼那魔鬼低头似的。

"嘿,鱼儿!"昆特叫喊着,他双腿跨立在艉肋钣上,他的手紧紧地握住扛在肩上的鱼叉,"过来看看我们给你准备的美餐吧!"

又过了一会儿,那条鲨鱼一动不动地躺在水中,两眼注视着前方。接着,它无声无息地一个猛子扎在水里,顿时从视野里消失了。

"它会上哪儿呢?"布罗迪问道。

"它现在正朝这儿游来。"昆特说,"快来,鱼儿,"他喃喃地说,

"快来啊，鱼儿！过来吃晚饭吧。"他把鱼叉对准漂浮着的海豚。

陡然间，渔船剧烈地侧向一边。昆特脚下一个打滑，仰天摔倒在艉肋板上。鱼叉头飞离把子，当啷一声掉在甲板上。布罗迪往旁边一闪，一把抓住椅子靠背，整个身子随着转椅飞快地旋转着。胡珀身子往后一转，砰的一声撞在左舷上。

连接着海豚的绳子绷得紧紧的，不住地颤动着。扣在系缆墩上的绳结抽得死死的，绳子被拽得紧紧的，绳子纤维也绷得格嘣作响。系缆墩底部的木桩开始裂口了。接着绳子啪地断了，变得松弛，一圈圈地漂在船边的水面上。

"操他妈的！"昆特骂了一声。

"想必它知道你的用意何在。"布罗迪说，"它像是知道我们给它布下了罗网似的。"

"他妈的！我还从来没见过一条鱼会干出这种事儿来呢。"

"它可明白得很哩，只有把你撞翻了，它才能吃到那条海豚。"

"放屁，它刚才是对着海豚来的，可是它没有瞄准。"

胡珀说："从渔船哪一边瞄准？"

"嗯，这没什么两样。"昆特说，"无论怎么干，它都行。"

"你想它是怎么摆脱鱼钩的？"布罗迪说，"它没有把系缆墩拽出来。"

昆特来到右舷边，开始收进绳子。"它要不是咬断了狗链子，要不就是……嗯，我估计是这样的。"他倾过身子，抓住链子，把它拽进船来。链子完好无损，钢夹仍旧扣住鱼钩眼儿。但是，鱼钩却被咬坏了，不再是弯曲的了，而是几乎被拧直了，原来弯曲的地方现在留下了两个小小的隆起的疙瘩。

"天哪！"布罗迪叹道，"它用嘴咬的吗？"

"你也可以说是它把鱼钩弯成这样子的，"昆特说，"很可能对它而言不消一两秒钟。"

布罗迪感到一阵晕眩。他的手指隐隐作痛，一下子跌进转椅里，接连吸了几口气，强压着袭上心头的恐惧感。

"你们说它游往哪儿啦？"胡珀问道。他站在船尾，两眼凝视着大海。

"它就在附近的什么地方。"昆特回答说，"我想它会回来的。正如一条鱼对绿鳕一样，那个海豚对他来说算不上什么。它还在寻觅更多的食物。"他重新装好鱼叉，把绳子绕了起来，并把它们放在舷肋钣上。"我们只有耐着性子等待。还得向海里泼洒鱼食。我再多串一些乌贼鱼饵，把它们挂在船外。"

布罗迪望着昆特用麻绳把一个个乌贼鱼缠紧，并把他们扔出船外，一头扣在系缆墩、钓竿支架上，凡是能打绳结的地方都挂满了。渔船四周不同的地点挂着一打进水深度不同的乌贼鱼饵。然后，昆特爬上驾驶台坐了下来。

布罗迪开腔说话，以期引起争论："那条鱼看来的确够狡猾的。"

"狡猾不狡猾，我可不清楚，"昆特说，"不过，我倒从来没见过哪条鱼像它这样子的。"他顿了一下，接着既是对布罗迪也是对自己说，"但是我一定要抓到那条狗日的鲨鱼。我也一定能够抓到。"

"你怎么能有把握呢？"

"我心里明白，这就够了。现在别跟我说话。"

昆特这话是个命令，而不是请求，于是，布罗迪住嘴不再说什么了，虽说他谈兴正浓。不管什么事儿，凡是能使他忘却那条就在他脚下水底里游动的鲨鱼的话题，甚至就是那条鲨鱼本身，都想同人聊上一阵。他朝手表瞥了一眼：已是十一点过五分了。

他们静静地等待着，每时每刻都想看到鱼鳍隆出船后水面，来回疾驶。胡珀手操勺子舀出鱼食。在布罗迪听来，鱼食拍击水面时发出

249

一种犹如腹泻的声响。

十一点半时,布罗迪听到喀嚓一声,尖利而响亮,心头不由得一惊。昆特跳下梯子,穿过甲板,来到艉肋钣。他一把抓起鱼叉,举过肩头,眼光搜索着船尾周围的海面。

"那究竟是什么声音?"布罗迪问。

"它又回来了!"

"你怎么知道的?那是什么声音?"

"麻绳绷紧时发出的颤抖声。它扯住了其中一个鱼饵。"

"那绳子为什么没断呢?为什么它不咬断钓线呢?"

"很可能它从不用嘴咬,只是一口吞下去。因此,当它合上嘴巴时,麻绳被它的牙齿抽得紧紧的。我想,它是这样的,"——昆特猛地将头部歪向一边——"钓线就这样断了。"

"要是绳子在水中断了,我们怎么能听见呢?"

"绳子并不是在水中绷断的,我的老天爷!绳子是断在那儿。"昆特用手指着渔船中央的系缆墩,上面挂着一团数英寸的绳子。

"哦!"布罗迪说。就在他凝视着那团留下来的绳子的当儿,他看到左舷上方几英尺的地方又有一条麻绳卷曲了。"那儿又断了一根。"他说。他站起身子,走到左舷边,把那根麻绳拎出水面。"它肯定就在渔船底下。"

昆特问:"谁想游泳?"

"我们来把防鲨笼放到水里去吧。"胡珀提议说。

"你这是开玩笑。"布罗迪说。

"不,我不是开玩笑。这样做也许能把它引出水面。"

"你也蹲在笼子里吗?"

"开始我不进去。我们先看看它的反应如何。你意下如何,昆特?"

"不妨试试。"昆特说,"反正把笼子放进水里去又碍不着什么。再说,他还付了笔钱嘛。"他放下鱼叉,同胡珀一道朝防鲨笼走去。

他们俩将笼子侧向一边,胡珀打开顶盖,爬进了笼子。他把深水呼吸器、调节器、防水面具和合成橡胶制成的潜水衣卸下来,堆放在甲板上。他们俩重新把笼子放正,把它推至右舷边。"你还有两根绳子吗?"胡珀说,"我想把笼子扣在船上。"昆特步下船舱,拿来了两圈绳子。他们把其中一根系在艉部系缆墩上,把另一根扣在船只中央的系缆墩上,然后把两根绳子结在防鲨笼顶端的把手上。"行。"胡珀说,"咱俩把笼子抬过去。"他们俩抬起笼子,使它向后倾斜,随即把它推出船外。防鲨笼徐徐沉入水中,直到绳子勒紧为止。笼子停在离水面几英尺的水中,随着波涛上下浮动着。他们三人伫立在右舷边,眼睛盯着水中的动静。

"是什么使你认为这样做会把它给引上来的?"布罗迪问胡珀。

"我可没有说'上来',"胡珀说,"我只是说'出来'。我想它会游出来瞅一瞅这个笼子,看看是否要尝尝笼子的滋味。"

"这样做对我们屁的好处也没有,"昆特说,"要是它在水面以下十二英尺,我根本攮不到它。"

"它一旦游出来,"胡珀说,"说不定它会露出水面来的。就是用其他办法,我们也不见得会有什么运气。"

然而,那条鱼一直没有露面。防鲨笼平静地悬在水中,纹丝不动。

"那儿又有一条乌贼鱼饵给吃了。"昆特手指着前方喊道,"它在那儿,是的,就在那儿。"他俯身船外,大声叫嚷着:"你这条该死的鲨鱼!快出来,好让我打你一枪。"

过了五分钟,胡珀说:"哦,对了。"说罢,他返身走进船舱。不一会儿,他走了出来,手里拿着一架装有防水罩子的摄影机和一根在布罗迪看来像是顶端挂着皮带圈的拐杖一样的东西。

"你要做什么？"布罗迪问了一声。

"我准备下到水里去。或许那样会把它引出来。"

"你简直是发疯了。要是它真的出来了，你可怎么办呢？"

"我先给它拍几张照片，然后我再尽力把它杀死。"

"那我问你，你用什么杀？"

"用这根东西。"胡珀举起了那根拐杖。

"想得妙。"昆特带着一种嘲笑的口吻说，"如果不行的话，你还可以用那东西咯吱死它吧？"

"那是什么东西？"布罗迪问道。

"有人叫它响棍，也有人叫它火药头。不管叫什么，它实际上是供水下射击用的一种枪。"他抓住拐杖两端用力一拉，拐杖蓦地一分两截。他一边用手指着拐杖接头处的弹膛一边说："你把一颗口径为十二的滑膛枪子弹放在这里面。"他从口袋里掏出一颗子弹，把它推进枪膛，然后又把拐杖两端连接起来，"然后，当你靠近那条鱼的时候，只要对准它猛戳过去，那颗子弹就会射出枪膛。如果你打得很准——打中它的唯一致命的脑袋——你就能把它置于死地。"

"对这么大的一条鲨鱼同样有效吗？"

"我想是的。只要我打得准。"

"要是没打中怎么办？假使你打偏了呢？"

"这正是我所担心的。"

"我也担心。"昆特说，"我想我可不愿让那个五千磅重、模样像恐龙似的混蛋东西把我给吞了。"

"那我倒不担心。"胡珀说，"我所关心的是，假如我打偏了，我会把它赶跑的。它很可能倏地潜入海底，而它究竟是死是活，我们将永远不得而知。"

"直到它再出来吃人的时候为止。"布罗迪补了一句。

"说得对。"

"你简直他妈的发疯了。"昆特说。

"我疯了吗,昆特?对这条鱼,你自己也没有得手嘛。我们在这儿待了整整一个月,眼巴巴地望着它在我们鼻子底下吞吃鱼饵。"

"它会出来的。"昆特说,"记住这是我说的。"

"等到它出来,你恐怕早就老死了,昆特。我认为这条鲨鱼把你搞得一筹莫展了。它根本不按常规行事。"

昆特盯着胡珀,慢腾腾地说:"我干这一行的还用你来教训我,小子?"

"不是教训你。不过,我要告诉你,我认为你不是这条鲨鱼的对手!"

"是吗,小子?你认为你比昆特更有能耐吗?"

"你爱怎么说就怎么说吧。反正我认为我自己能杀死这条鲨鱼。"

"好极了。你就去试试你的运气吧!"

布罗迪说:"得啦!我们可不能让他蹲在笼子里。"

"你咋呼个啥?"昆特冲着布罗迪说,"依我看,你巴不得他沉入海底葬身鱼腹哩。那样至少好叫他不再——"

"住嘴!"布罗迪思绪纷扰。胡珀是死是活他不屑一顾——甚至一想到胡珀会死,心里头还有些幸灾乐祸哩。但是,这种报仇方式有点儿虚伪——甚至还是很不恰当的。他真的希望别人去死吗?不。还不至于存有这种伤天害理的念头。

"走呀。"昆特敦促胡珀说,"爬到防鲨笼子里去呀!"

"这就进去。"胡珀脱下衬衣、胶鞋和裤子,接着双脚伸进橡胶潜水裤。"我下到水里去以后,"他边说边把双臂伸进橡胶潜水衣袖,"你们就站在这儿,注意看好了。如果那条鲨鱼十分靠近水面的话,也许

253

你们可以用枪打。"他望着昆特说："你把鱼叉准备好……要是你想用它的话。"

"我干我该干的，"昆特说，"你操心你自己的就行了。"

胡珀穿好衣服后，便把调节器安在空气箱的上部，上紧螺母使之固定，并打开气阀。他试着从空气箱里吸了两口气，看看空气箱里是否有气。

"请你帮我把空气箱背上，好吗？"他对布罗迪说。

布罗迪抬起空气箱并托着让胡珀两臂穿过背带，接着把第三条背带系在腰间。然后他戴上了防水面具。

"我该把沉锤也带来。"胡珀嘟哝了一句。

昆特接过话茬说："你该把脑子也带来。"

胡珀的右腕套在拐杖顶端的皮带圈里，右手拿着照相机。他说："好了。"他走到船舷边，"你俩每人抓一根绳子往上拽，把防鲨笼提出水面。然后我就打开开关，我一爬进笼子，你们就放绳子。笼子由绳子吊住。一旦断了一根绳子，我就使用浮力箱。"

"否则就被鱼咬得粉身碎骨。"昆特说。

胡珀朝昆特瞥了一眼，脸带笑容说："谢谢你提醒了我。"

昆特和布罗迪拉拽着绳子，那只笼子在水中缓缓上升。当笼盖露出水面时，胡珀喊道："好，别拉了！"他朝面具啐了口唾沫，擦拭着玻璃，然后将它牢牢地套在脸部。他伸手抓起调节管，把气嘴子衔在嘴里，深深地吸了口气。然后他向船外探出身子，打开笼盖。他一只脚刚要跪在船舷上，又站了起来。他从嘴里拔出气嘴子，说了一声："我忘了件东西。"他的鼻子给面具封住了，因此说起话来声音混浊，鼻音浓重。他穿过甲板，拾起裤子，在裤袋里掏了一阵才找到他要找的东西。他随手拉开潜水上衣的拉链。

"那是什么？"布罗迪问道。

胡珀举起一颗银色镶边的鲨鱼牙齿。这是他送给埃伦的那颗鲨鱼牙齿的复制品。他把它贴身放在潜水上衣里,然后拉上拉链。"还是小心为妙。"他笑着说。他再次穿过甲板,把气嘴子塞进嘴里,跪在船舷上。他吸了最后一口气,便对准张开的笼口纵身跃出船外。布罗迪眼望着胡珀跳入笼内,心里盘算着他是否非要知道胡珀有没有和埃伦幽会不可。

胡珀还未沉到笼底就止住游动。他把身子蜷成一团,然后站立着。他伸长手臂,拉上了笼盖。他眼望着布罗迪,把左手的拇指和食指并在一起,示意他一切正常,旋即一个猛子钻进水中。

"我想可以松手了。"布罗迪说。他们俩放松绳子,让笼子下沉。防鲨笼最后停在笼子顶端离水面仅四英尺的水域中。

"你去把枪拿来。"昆特对布罗迪说,"枪就挂在下面架子上。子弹已上膛。"说罢,他肩扛鱼叉,登上艉肋钣。

布罗迪走进船舱,找到枪后,又返身爬上甲板。他拉开枪栓,把子弹压入枪膛。

"他带有多少空气?"他问昆特。

"我不晓得。"昆特回答说,"不管带多少,我怀疑他还能不能活着呼吸这些空气呢。"

"兴许你的话是对的。不过你曾说过连你自己也摸不清这些鱼会干出什么事儿来。"

"是的。但是这次情况不同。这好比你一面把手伸进火里,一面希望自己的手指不被烧伤。一个有理智的人是绝不会做这种事儿的。"

在水下,胡珀一动不动,等待着因他潜水而发出的气泡一一消去。他的面具里渗进了海水。于是,他把头部往后缩了缩,用手按住面罩的顶盖,鼻子一个劲儿地吹气,直到把面具里的海水全部排出为止。他感到心旷神怡。这是一种迅流周身的悠然自在的感觉,每次潜水时，他总有这么一种体会。他独自一人置身在这深邃、蔚蓝的海水里，周围一片静谧；阳光在水里映出辉煌夺目的光柱，随水流跳跃不定。唯一的声响是他呼吸时发出的声音——吸气时，一阵沉重的、空旷的噪声；呼气时，一阵轻微的气泡噗噗声。他屏住呼吸，四周万籁俱寂。由于未带沉锤，他的身体浮力太大。因此，他不得不抓住把手，以防空气箱撞击头顶上方的笼盖。他转过身子，抬头望了望船身，只见平躺在自己头部上方的灰白色的船底悠悠打晃。起先，这只笼子使他感到很不自在，它将他幽禁其间，限制着他，使他不能尽情享受水下游泳的乐趣。不过当他记起自己的使命时，不再觉得笼子是束缚了。

他搜索着那条鱼。他心中明白，那条鱼绝不会待在海底下的，正如昆特认为的那样。它绝不会"坐"在哪儿，也不会休息或保持安静。它要生存下去就得运动。

尽管阳光灿烂，但黑的海水的能见度还是很差——至多只能看四十英尺。胡珀缓缓地转动着身子，力图使自己的目光穿过黑的海水，能在四十英尺开外处发现一丝光线或游动着的生物。他朝船底下那片水域望了一眼，只见那儿的海水渐渐由蓝色变成灰色，再由灰色转成黑色。什么动静也没有。他瞥了一眼手表，心里盘算着，假如他节制呼吸，他至少还可以在水中待半个钟头。

随着一股潮流，一条小小的白乌贼鱼从笼子骨架的缝隙里钻了进来。因被麻绳缠绕着，它不住地扑打着胡珀的脸。他把它捅出了防鲨笼。

他朝深水处望了一眼，刚想把目光移往别处，猛然间又低头探视着。那鲨鱼正缓慢地、平稳地从墨绿的海水深处朝着他冒上来。虽说看不出它有什么明显的动作，但它确实在徐徐上升，宛如死神悄悄地逼近命中注定死期已至的目标一般。

胡珀目不转睛地看着，完全被它迷住了。他迫于情势，企图溜之大吉，但手脚就是划不起来。当那条鱼渐渐逼近时，他又对它的色彩感到惊异：从水面上看到的那种平淡无奇的淡褐色现在不见了，庞大躯体的背脊是一种丑陋的铁灰色，照着光线的地方显浅蓝色，腹部底下，一片奶油色，白得出奇。

胡珀想举起照相机，但他的手臂不听使唤。等一等，他心里嘀咕道，再等一会儿吧。

那条鲨鱼靠得更近了，犹如幽灵一般寂然无声，使得胡珀不禁连连后退。当它转过身子，漫不经心地打胡珀眼前游过时，它的头离笼子仅几英尺，仿佛它是在傲慢地炫耀其硕大无比的体积和威力。首先过去的是大鼻子，接着是颌部，肉耷拉着，笑容可掬，里面林立着锯齿形的三角牙齿。随后是乌黑的、深不可测的眼睛，似乎在瞪视着胡珀。腮帮子呈波浪形——宛如留在铁灰色皮肤上的无血色的伤疤。

胡珀试探性地从笼子骨架缝隙里伸出手去，摸了摸那鱼的侧腹，只觉得冰凉的、硬邦邦的，并不粘手，却像乙烯基那么平滑。他用手指尖抚摩它的胸鳍、腹鳍以及那根粗壮结实的交合突——那条鱼好像摸不完似的。最后它的尾巴一剪，整个身子刷地向前蹿去。

鲨鱼继续游离笼子。胡珀隐约听到几声啪啪击水声，接着他发现三条漩涡拖着激烈翻滚的气泡从水面急遽地往下直插，逐渐放慢了速度，恰好在鱼身上方倏然消失了。啊，用子弹。现在还不是时候，他对自己说。又失去了一次照相的机会。那条鲨鱼渐渐转过身来，侧过身子划行，橡胶似的胸鳍不时地变换着倾斜度。

那鱼猛烈地碰击着笼子骨架的空隙。

"他在水下干什么呀？"布罗迪问，"他干吗不用枪打它呢？"

昆特没有回答。他站在艉肋钣上，手里紧紧地握着鱼叉，两眼监视着水下。

257

"快浮上来,鱼儿。"他叫唤着,"到昆特跟前来!"

"你看到它了吗?"布罗迪问道,"它在干些啥呢?"

"没干什么,眼下还没动静。"

那条鲨鱼业已游远了,胡珀举目远眺,只见一个模糊不清的银灰色的鬼怪在水中直打转转。胡珀举起照相机,手指按在开关上。他知道,除非那鱼再次游近,否则照不出什么来,但是他想当那畜生从暗处一出现,就将它照下来。

他透过选景镜看到那条鱼掉转身子,冲着自己游来。它游得很快,尾巴有力地划着,嘴巴时张时闭,仿佛在呼吸空气似的。胡珀抬起左手,调节焦距。他叮咛自己,当它一转身,马上再调节焦距。

但是那鱼没有转过身去。当它逼近笼子时,全身一阵抖动,一头撞在笼子上,鼻子插进骨架的空当里,把空当越挤越大。它的鼻子触到胡珀的胸部,把他推向后去。照相机从他手中掉落了,气嘴子也从他嘴里蹦了出来。那鱼侧过身子,尾巴不停地抽打着,把它的庞大的躯体推进笼内。胡珀伸手搜索着他的气嘴子,但就是找不到。因缺乏空气,他的胸口剧烈地起伏着。

"鲨鱼正在向胡珀进攻!"布罗迪尖声地叫了起来。他一把抓住一根绳子,使劲拉拽着,竭力想把防鲨笼拽上来。

"你他妈的心真好!"昆特嚷道。

"投鱼叉!快投鱼叉!"

"我可不能投!我得把它引上水面。快出来,你这个魔鬼!你这个龟孙子!"

那条鱼退出笼子,一个急转弯掉身到了右边。胡珀伸手摸向脑后,抓到了调节器,顺着管子往下摸,最后终于找到了气嘴子。他把气嘴子放进嘴里,但忘了先呼气就忙不迭地吸气,结果吸进的是海水,灌满一口,把他给呛了。直到把气嘴子里的水排尽以后,他才痛苦地吸了一口气。就在这当儿,他瞥见那个巨大无比的鱼头自笼子骨架间的大窟窿直插笼内。他双手举过头顶,拼命抓住应急出口。

那鱼撞击笼子骨架间的空当,尾巴每剪动一下,洞口就开得更大一些。胡珀紧紧地贴在笼子边,眼巴巴地瞧着它的嘴巴渐渐向自己逼来。他记起了他的武器,企图垂下右手去拿枪。那鱼又是向前一剪。胡珀怀着死亡的恐惧看到它那张嘴快要碰到自己了。

鲨颚咬住了他的躯干。胡珀感到一阵可怕的压力,仿佛他的五脏六腑都被挤到一块儿去了。他挥拳砸进那乌黑的眼睛。那鱼低了低头,然而胡珀临死时看到的只是那眼睛透过他自己的鲜血凝视着自己。

"那条鱼咬住了他!"布罗迪大声惊呼,"快动手哇!"

"人已死了。"昆特说。

"你怎么知道的?我们兴许还能救他。"

"他真的死了。"

那条鱼嘴里叼着胡珀,从笼子里退了出来。它往深水沉下几英尺,在那儿咀嚼着、吞噬着被挤进它的咽喉的脏腑。然后,它周身抖了抖,便摆动尾巴,把自己和自己的战利品推向水面。

"它浮上来了!"布罗迪喊道。

"快拿枪!"昆特举手准备投鱼叉。

鲨鱼从离船十五英尺处钻出水面,在浪花飞溅声中一跃而起。胡珀的身子叼在鱼嘴的两边:一边,他的头和双臂无力地耷拉着;另一边,露出他的双膝、腿肚子和脚丫。

就在那鲨鱼离开水面的几秒钟里,布罗迪相信自己透过胡珀的面具看到胡珀圆睁着他那双目光呆滞的眼睛。霎时间,那条鲨鱼仿佛带着一种既轻蔑又得意的神气,浮在水面上纹丝不动,似乎在向人类的复仇行动发出它的挑战。

在布罗迪抓住步枪的同时,昆特撒手扔出鱼叉。那白花花的鱼肚皮离船仅一箭之遥，目标很大，不难命中。但是，就在昆特投掷的当儿，鲨鱼顿然钻入水中，可是那支鱼叉却还在空中飞呢。

又过了一会儿，那鱼躺在水面上，头部翘出水面，胡珀挂在它的嘴边。

"射击！"昆特大喝一声，"天哪！快开枪！"

布罗迪没有瞄准就打开了。前两颗子弹落在鲨鱼前面的水中。使布罗迪感到惊骇的是，第三颗子弹竟击中了胡珀的脖子。

"喂，把枪给我！"昆特说着，便一把将布罗迪手里的枪夺了过来，并动作敏捷地一下把它甩在自己肩上，连发两颗子弹。然而，那条鲨鱼茫然地向空间投以最后一瞥，旋即潜入水中。子弹噗噗射入鱼头下沉时激起的漩涡里，丝毫未伤害到它。

那儿像是从来未出现过鲨鱼似的，四周除了微风的飒飒声，一片寂静。从水面上看去，那只笼子似乎毫无损坏。大海平静无波。唯一不同的是，胡珀死了。

"现在我们怎么办呢？"布罗迪说，"我的天哪！我们眼下又能做些什么呢？没什么可干的了。我们倒不如回去吧！"

"我们是要回去，"昆特说，"就目前来说。"

"就目前来说？你这话怎讲？我们无能为力。我们不是那条鱼的对手。它真不是条鱼，它是超自然里的东西。"

"你认输了，老兄？"

"是的。我们所能做的，只有等待，一直等到那些降祸于我们的上帝或是大自然或是别的什么的认为我们罪已受够了为止。这是绝非人力所能对付得了的。"

"我可不这么想，"昆特说，"我要把那个东西干掉。"

"出了今天这样的事情之后，我不能肯定我还能搞到钱。"

"省下你的钱吧。这再也不是钱的问题了。"

"你这是什么意思?"布罗迪凝视着昆特,只见他伫立在船尾,两眼盯住刚才鲨鱼露头的水面,仿佛是在期待着鲨鱼嘴里叼着千疮百孔的尸体再次出现在海面上。他的目光搜索着海面,渴望再作一场搏斗。

昆特对布罗迪说:"我要去干掉那条鲨鱼。你想来就来。想待在家里就待在家里。不过,我一定要把那条鲨鱼杀死!"

昆特说话的当儿,布罗迪注视着他的眼睛,发觉他那双眼睛跟那条鱼的眼睛一样,乌黑发亮,深不可测。"我也来。"布罗迪说,"我想不出我还有别的什么选择。"

"对!"昆特应声说道,"我们没有别的什么选择。"他从刀鞘里拔出刀子,把它递给了布罗迪说,"喂,砍断笼子上的绳子。我们离开这儿吧。"

他们把渔船系牢在码头上以后,布罗迪朝着他的汽车走去。码头的尽头有个电话间。在早先决定找戴西·威克尔的打算的驱使下,他驻步在电话间旁。他抑制住感情的冲动,继续走向自己的汽车。这有什么意义呢?他暗自思忖着。即使他们有过什么暧昧关系,现在一切均化作过眼烟云了。

在驱车驶往阿米蒂的路上,布罗迪心中纳闷,不知埃伦从海岸警卫队那儿得知胡珀丧命的消息时有何反应。在他们驶进港口之前,昆特就通过无线电把此事报告了海岸警卫队,而布罗迪曾要求值勤军官打电话给埃伦,告诉她至少他是安然无恙的。

布罗迪回到家里的时候,埃伦早已止住了哭泣。她下意识地、懊恨地嘤嘤抽泣,但与其说她是在为胡珀身遭不测而哭,毋宁说她是在为又死了一个人感到绝望和痛心。在同拉里·沃恩分手时,她的心情比眼下更为悲痛,因为沃恩一向是自己的一位亲密的、知心的朋友,而胡珀不过是一个最肤浅意义上的"情人"而已。她从未爱过他。她曾经利用过他，虽说她对他所给予她的一切而怀有感激之情，但她觉得自己对他没有任何义务可言。她为他的死感到惋惜，正如她听到他的哥哥戴维去世也会感到惋惜一样。眼下，他们兄弟俩只是留在她脑海里的关于她遥远的过去的记忆罢了。

听到布罗迪的汽车驶上了车道，埃伦连忙跑去打开后门。天哪！他看上去像是遭了一顿鞭笞似的。在她望着他朝屋子走来时，她这样想。他的眼睛熬红了，凹陷着。走起路来，他的背微微佝偻着。她在门边同他亲吻，并说："看来你该喝杯酒了。"

"我真想喝上一杯。"他一迈进起居室便咚的一声跌进椅子里。

"你想喝什么酒呢？"

"什么都行，只要是烈性酒。"

她走进厨房，把伏特加和橘子汁对半掺和在一起，斟了满满一杯，把它递给了布罗迪。她坐在他那椅子的扶手上，用手抚弄着他的头发。她笑盈盈地说："你头上有块秃疤，我已好久没摸了，竟把它给忘了。"

"我真想不到那上面还会有头发。天哪，我今天感到衰老到了极点。"

"我想是这样的。不过现在一切都过去了。"

"但愿如此。"布罗迪叹道，"我真诚地希望这一切都结束了。"

"你这是什么意思？事情是过去了嘛，对不？你这下没什么事可做了。"

"我们明天还要出海。六点钟出发。"

"你这是在开玩笑。"

"但愿是个玩笑就好了。"

"怎么？"埃伦不由得惊呆了，"你想你还能做些什么呢？"

"逮住那条鲨鱼，并把它杀死。"

"你认为办得到吗?"

"我也拿不准。不过昆特认为办得到。啊,上帝!昆特对此还深信不疑哩!"

"那就让他自个儿去好了。让他去被咬死吧。"

"我可不能这么做。"

"为什么?"

"这是我的工作。"

"这不是你的工作!"她既愤怒又惶恐,眼眶里顿时噙满晶莹的泪花。

布罗迪沉思了片刻。他说:"对,你说得对。"

"那为什么要去呢?"

"我想我不能对你说。我想我自己也闹不清。"

"你是否想要证实什么事情?"

"也许。我不清楚。我以往可没有这种感觉。打胡珀遇难后,我准备打消这个念头。"

"是什么使你改变主意的呢?"

"我想是昆特吧。"

"你的意思是你让他来左右你吗?"

"不,他什么也没对我说。只是一种感觉而已。我也解释不清。但是罢手不干也不是个办法,那样就无法见分晓了。"

"为什么见分晓就这么重要呢?"

"我想有各种不同的原因吧。昆特觉得,要是他不把那条鱼杀死的话,那他所信仰的一切均成了谬误。"

"你是怎么想的?"

布罗迪强作笑颜。"我?我想我不过是个糟糕的警察罢了。"

"别跟我开玩笑!"埃伦嚷着,泪水夺眶而出,"我跟孩子们怎么办呢？你是想去找死吗？"

"不，上帝，我不想。这不过……"

"你认为这一切均是你的过错。你认为你肩负责任。"

"对什么负责？"

"对那个小男孩和那位老人负责。你认为杀死了那条鲨鱼将使一切复归正常。你是想报仇。"

布罗迪叹了口气说："兴许我是这么想的。我不晓得。我感到……我认为，要使我们这座城市重新活过来，就得把那个混账东西干掉。"

"因此你自愿去送死是为了……"

"别傻了！我并不愿意去死。我甚至还不愿意搭乘那艘混账渔船出海呢。你认为我喜欢上那儿去吗？我在那儿，每一分钟都处于极度惊恐之中，我简直想呕吐。"

"那又为什么去呢？"她苦苦相劝道，"难道你除了你自己就不想想别人吗？"

布罗迪听到说自己自私，不禁感到震惊。他从来不曾想到自己竟会是个一味沉湎于满足自己赎罪的心情的自私的人。

"我爱你。"他说，"这你是知道的……不论出什么事。"

"你真爱我，"她怨恨地说，"噢，你可真爱我。"

他俩用餐时，默默无语。吃罢饭，埃伦拾掇碗碟，洗涤完毕后，便径自上楼去了。布罗迪在起居室里踱步，关熄灯火。他正要伸手去摸开关关掉大厅里的电灯时，听到有人轻叩前门的声音。他把门打开，发现是梅多斯。

"嘿，哈里，"他打着招呼，"快进屋来。"

"不啦。"梅多斯说，"时间不早了。我是送这个来的。"说罢，他递给布罗迪一只吕宋纸信封。

"这是啥东西?"

"拆开来看看吧。我明天跟你谈。"梅多斯转过身去,沿着路走到路边镶边石跟前。他的汽车就停在那儿,车灯雪亮,马达轰鸣。

布罗迪关上门,撕开信封。里面装有一份翌日《导报》社论的清样。头上两篇社论已用红圆珠笔勾出。布罗迪读了起来。

志哀……

近三个星期来,阿米蒂市发生了一起又一起骇人听闻的悲惨事件。该市的公民及其朋友们蒙受着一种惨绝人寰的威胁的打击,而此种威胁却无人能够制止,无人能够解释。

昨日,又有一条人命惨遭大白鲨的戕害。马特·胡珀,来自伍兹霍尔的年轻海洋学家,试图单枪匹马杀死那头恶鱼,但在搏斗中殉难。

人们也许会怀疑胡珀先生这一勇敢行为是否明智。但是,无论称这一行为是勇敢还是愚顽,他执行这一危险使命的出发点是好的,却是毋庸置疑的。他是在帮助阿米蒂;他耗费自己的时间和金钱,为恢复这一沦入绝望的居民聚集区的安宁而努力。

他是我们的朋友,且为了使我们得以生存而献出了自己的生命。

致谢……

自从那条嗜血噬人的鲨鱼一来到阿米蒂,就有一个人为了保护他的市民同胞们而花费了他醒着的每一分钟。此人就是警察局长马丁·布罗迪。

第一次袭击发生后,布罗迪局长就主张向公众公布此事并提议封闭海滨。但是,一种缺乏远见卓识的舆论,其中包括本报在内，声称他是错的。我们说，低调处理这件事，危险自会消失的。然而，错的正是我们。

在阿米蒂，某些人在吸取教训方面非常迟钝。袭击事件接二连三地发生之后，布罗迪局长坚持关闭海滨。但在这期间，他却遭到诽谤和恫吓。在对他抨击最激烈的人们中间，有一些人并非出于公众利益的考虑，而是出于利欲熏心。布罗迪局长寸步不让，他再一次被证明是正确的。

目前，布罗迪局长冒着生命危险，正从事与马特·胡珀为之捐躯的同样的探险行动。我们大家都要祈祷他平安归来……并对他的非凡的勇气和高尚的道德谨表谢忱。

布罗迪高声地说：＂谢谢您，哈里。＂

午夜时分，户外刮起了一阵强烈的东北风，呼啸着穿过纱窗，不久夹带着雨水泼洒在卧室的地板上。布罗迪从床上一跃而起，把窗户关上。他想再睡一会儿觉，但是毫无倦意。他再次下床，披上浴衣，下楼来到起居室，打开了电视机。他挑选频道，最后选到一部由弗雷德·阿斯特尔和金格尔·罗杰斯主演的影片——《瓦尔多夫的周末》。然后他坐进一张椅子里，不一会儿就打起瞌睡来了。

清晨五点，他一觉醒来，只听见电视机发出试播时的噪声。他关上电视机，侧耳倾听户外的风声。风势减弱了，风向似乎也变了，但是雨依然下着。他考虑是否去叫昆特，但转而一想，去叫也无用：即使老天刮起飓风，我们也照样出海。他走上楼去，悄没声儿地穿上衣服。步出卧室时，他望了望埃伦，她沉睡的脸上颦眉蹙额的。＂我打心底里爱你，这你是知道的，不是吗？＂他轻声细语地说，随即吻了吻她的眉尖。下楼后，他蓦地一阵冲动，走进孩子们的卧室去瞅了他们一眼。他们一个个正在梦乡里漫游哩。

十四

布罗迪驾车赶到码头时，昆特已在那儿等候他了。昆特那颀长、一动不动的身躯外罩了件黄澄澄的油布雨衣，在黑沉沉的天空下闪烁着光亮。他正在一块金刚砂磨石上磨着鱼叉头。

"我几乎要给你打电话，"布罗迪边穿雨衣边说，"这鬼天气怎么回事？"

"这没什么，"昆特说，"雨下一会儿就会停的。不过，即使雨不停，也没关系。那条鱼总会上那儿去的。"

布罗迪仰头望着急驰而去的流云。他说："这天够阴沉的了。"

"这正合适。"昆特说着便跳上了渔船。

"就咱俩？"

"对。你还指望谁来呢？"

"不是指望谁来。不过我想你喜欢多几个帮手。"

"你同任何人一样了解那条鱼，眼下再增加人手也无济于事。再说，此事与他人无关。"

布罗迪从码头跨上艉肋板，刚要朝甲板跳下去时，发现一个角落里的一块防水油帆布覆盖着什么东西。

"那是什么？"他用手指了指，问道。

"羊。"昆特转动着发火钥匙。发动机砰的一声，又停顿了一下，接着便平稳地喀嚓喀嚓地响着。

"做什么用的？"布罗迪跨下甲板，"你打算用它去祭天呀？"

昆特发出一声短促的狞笑。"也可以这么说。"他说道，"不是的。这是用做诱饵的。先给那条鱼喂顿早饭，然后再抓住它。把艉缆解开

267

吧。"他朝前走去，把船头上的缆绳和倒缆解开。

布罗迪伸手去解艉缆，忽然听到一阵汽车的马达声响，车前灯射出的两束光飞快地掠过路面。汽车停在了码头的尽头，发出橡胶轮胎跟地面磨擦的吱吱声。车内跳出一个人，直奔"奥卡"号渔船而来。此人正是《纽约时报》的记者比尔·惠特曼。

"我差一点儿没赶上你们。"他气喘吁吁地说。

"你来干什么？"布罗迪问道。

"我想跟你们一道出海。或者更确切地说，我是奉命前来随你们一道出海的。"

"简直乱弹琴，"昆特说，"我不知道你是谁，不过没人同我们一块儿去。布罗迪，解艉缆。"

"为什么不让去？"惠特曼说，"我绝不会妨碍你们的。也许我还能助你们二位一臂之力哩。嘿，老兄，这可是件新鲜事儿。要是你们去抓那条鲨鱼的话，我也想参加。"

"滚你的蛋。"昆特骂道。

"我去租条船，跟在你们后面。"

昆特哈哈笑着说："去吧。看看会不会有人那么蠢，愿意带你出海跟着我们。这可是一片汪洋大海。把缆绳扔过去，布罗迪！"

布罗迪把艉缆甩到码头上。昆特向前推进节流杆，船儿缓缓驶出港口。布罗迪掉过头去，看到惠特曼怏怏地沿着码头走向他的汽车。

蒙托克海岬处波涛汹涌，因为此时已转成东南风，正好同潮水的走向拧着劲儿。渔船东倒西歪地穿浪而行，船头连连沉重地跌入水中，浪花四溅。那只死羊在船尾上下跳动着。

他们驶抵公海，继续朝着正南稍偏西方向行驶。这时船只颠簸得不怎么厉害了。那场雨渐渐变成了毛毛细雨。随着时间的流逝，翻滚在浪尖上的白色泡沫越来越少了。

他们在蒙托克海岬周围行驶了才一刻钟,昆特便扳回节流杆,放慢了发动机的转速。

布罗迪朝海岸方向眺望着。天色渐渐亮了,他可以很清晰地看到水塔——矗立在灰蒙蒙的大地上的一个黑乎乎的尖顶。那灯塔上的航标灯依然闪闪发光。

"我们还没到常去的地点吧?"布罗迪说。

"是的。"

"我们不会离海岸不过两海里吧?"

"差不多。"

"那你为什么要停下来?"

"我有一种预感。"昆特用手指着左边,指点着海岸远处的万家灯火,"你看,阿米蒂就在那儿。"

"什么意思?"

"我认为今天它不会游得太远。它将出现在从这儿到阿米蒂之间的什么地方。"

"何以见得?"

"我刚才说了,这是一种预感。对这类事情并不总是能问出个所以然来的。"

"可是,我们接连两天都是在很远的地方碰到它的呀。"

"也可以说是它找上了我们。"

"我不懂你的意思,昆特。什么人可说过绝没有什么聪明的鱼的,可你却在把这条鱼说得俨然是个天才似的。"

"我还不至于夸张到这种地步。"

布罗迪被他那种狡黠的、高深莫测的语调给激怒了:"你在耍什么把戏呀?"

"不是要什么把戏。要是我错了,就算错了吧。"

"明天我们到别的地点去试试。"布罗迪巴不得昆特的估计是错的,这样还有一天喘息的机会。

"或者今天晚些时候就到别的地点去试试。不过我认为我们用不着等多久的。"昆特关闭了发动机,走到船尾,把一桶鱼食拎上舷肋钣。"开始喂食吧。"他说着便把勺子递给了布罗迪。他掀开覆在死羊身上的防水油布,在它颈子上系了根绳子,把它挂在左舷上。他往死羊腹部猛戳一刀,并把它扔出船外,用绳子把它固定在船尾系缆墩上,然后让羊漂浮在离船二十英尺的水面上。他又往前走去,解开捆在两只木桶上的绳子,把桶、几盘绳子和鱼叉头带到船尾。他把两只木桶分别摆在舷肋钣的两边,每只桶旁边放着绳子。他把鱼叉头装在一根木制把子上。

"好了。"他说,"现在让我们看看究竟要等多久。"

这时天色大亮,海岸上的灯火三三两两地隐去。

布罗迪泼出船外的鱼食散发出阵阵恶臭,熏得他不住地作呕。他想自己要是在离家前吃点东西就好了。

昆特稳坐在驾驶台上,凝神地望着此起彼伏的海涛。

布罗迪的屁股在坚硬的舷肋钣上坐得直发酸。他的手臂因不停地用勺子舀泼鱼食而累得疲乏不堪。于是,他站了起来,伸了伸腿,面对着船尾后头的水面,试着换个舀食的姿势。

眨眼间,他看见了那条鱼恶魔般的头,距他不足五英尺,靠得这么近,他伸出勺子就可以触到它。那鱼的眼睛,黑咕隆咚的,直瞪瞪地瞅着他;银灰色的鼻子对准着他;嘴巴张大着冲着他狞笑。"哎哟,我的天哪!"布罗迪惊叫了一声。他惊悸地思索着,在他站起来转身之前,那条鲨鱼不晓得已待在那儿多久了呢。"它在那儿!"

昆特爬下舷梯,一眨眼的工夫来到了甲板上。在他跃上舷肋钣的当儿,那鲨鱼的头顿然钻入水中。一秒钟后,它使劲地撞击着舷肋钣。它嘴死死咬住木板，头部猛烈地往两边摇晃着。布罗迪一把抱住系缆墩，拼命不撒手，但无法克制住自己不转过头去瞧上那双眼睛一眼。那鱼每摆动一次，他们的渔船便战栗着、晃荡着。昆特脚底一滑，跪倒在艉肋钣上。那鱼松开了嘴巴，钻进水里，这时，渔船才复归平稳。

"它一直在这儿等着咱们！"布罗迪喊道。

"我知道。"昆特说。

"它是如何——"

"这没关系，"昆特说，"眼下我们总算抓住它了。"

"我们已经抓住它了？你总看见它怎么撞船的了吧？"

"它使劲摇了摇我们的船，对不？"

那根系牢死羊的绳子被扯紧了，抖动了一下，旋即又放松了。

昆特站立着，手里握着鱼叉："它咬住了羊。要过几分钟它才会回来。"

"它怎么不先咬羊呢？"

"它没有规矩。"昆特格格地笑着说，"过来呀，你这个龟孙子。快来领赏吧。"

布罗迪发觉昆特的脸上洋溢着兴奋的神色——一种激昂的情绪，使得他那乌黑的眼睛放射出光彩；一种灼烈的情感，使得他抿紧嘴唇，露出一丝狡诈的笑意；一种热切的期待，使得他颈部的肌肉紧缩，指关节阵阵发白。

渔船又是一震，随后是一阵沉闷的、可怕的重压声。

"它又在干什么呢？"布罗迪问。

昆特从船边探过身子喊道："快给我滚出来，你这个愚蠢的家伙！你的勇气到哪儿去啦？我一定要在你把我们击沉之前逮住你！"

"你说什么呀？把我们沉入大海？"布罗迪问道，"它在干什么？"

271

"它企图把船底咬穿。这就是它在干的好事!去底舱瞧瞧。滚出来,你这个邪恶的臭小子!"昆特高高地举起鱼叉。

布罗迪蹲着,撩开遮蔽发动机室的舱盖。他透过黑洞洞的油腻的小孔往里探视,底舱有水,不过,历来如此。他没有发现有可以涌进水来的新洞。

"依我看,一切正常,"他说,"谢天谢地!"

在离船尾右侧十码的地方,那鱼的背鳍和尾巴高出水来,并再次向船只划来。

"哪,你来啦!"昆特喃喃地说,"你终于来啦。"他双腿分开,左手放在臀部上,右手抓住鱼叉,鱼叉高高地举在空中。那鱼离船仅几英尺了,并笔直地朝渔船撞来。这时,昆特嗖地甩出鱼叉。

鱼叉攮中背鳍的前端。然而鲨鱼还是袭击船只,把舷部撞得倾向一边,昆特打了个趔趄,向后滚去。他一头撞在转椅的底座上,血从他的脖子上一滴滴地往下流着。他一跃而起,大声地喊道:"我攮中你啦!我刺中了你,你这混账东西!"

鲨鱼潜入水底时,连接着铁制鱼叉头的绳子像水蛇爬行似的滑出船外。绳子放完时,木桶从舷肋钣砰然掉落水中,转瞬间就消失不见了。

"它把木桶也拖下水了!"布罗迪喊着。

"时间不会长的,"昆特说,"它会浮上来的。到时我们再攮它一家伙,不住地攮它,直到把它赶走为止。然后它就是我们的啦!"昆特倚靠在舷肋钣上,凝视着大海。

在昆特的信心的感染下,布罗迪眼下感到热血沸腾、乐不可支和释然于怀。这是一种自由,一种刺破死亡阴霾的自由之光。他不由得大声吼叫起来:"这简直太有趣了!"他发现鲜血顺着昆特的脖子往下淌着。他说:"你的头部在淌血。"

"再搬一个木桶来,"昆特说,"把它搬到这儿来。当心别把绳子弄乱了。我要它放出船外时像乳酪一样滑溜。"

布罗迪朝前跑去,解开绕在木桶上的绳子,把一盘绳子套在手臂上,把滑轮递给了昆特。

"它又来了!"昆特用手指着左边说。那只桶也浮出了水面,不停地漂荡着。昆特收起连着鱼叉把子的绳子,把它拖到船上。他在鱼叉把子上装了个新的鱼叉头,将它高高地举过头顶。"它正向这边游来!"

在离船几米远的地方,那条鲨鱼露出水面,接着宛如腾空而起的火箭似的,它的鼻子、嘴巴及腹鳍相继跃出水面,随后就是它的白色的腹部、胸鳍和硕大无比的犹如色拉米鱼肠般的交合突。

"我瞧见你的鸡巴啦,你这个杂种!"昆特嚷道。他倾过肩膀和背部,用力扔出第二根鱼叉。鱼叉击中了刚要落下来的庞大躯体的腹部。腹部拍击水面时发出一阵轰然巨响,溅出的浪花铺天盖地地向渔船飞来。

"它完蛋了!"昆特说。这时第二根绳子伸展开去,源源不断地滑出船外。

渔船再次倾斜。从远处又传来一种喀嚓喀嚓的咬嚼声响。

"你还要袭击我吗?"昆特说,"你休想抓到一个人。傲慢的家伙!"昆特跑去启动发动机。他向前推进节流杆,于是渔船渐渐驶离浮动着的木桶。

"它有没有弄坏了什么呀?"布罗迪问。

"看来是这样。我们的船尾部分有点儿沉。它很可能在我们船上咬了个洞。不过甭担心,我们可以把水抽出去。"

"那就好啦。"布罗迪欢天喜地地说。

"你高兴个啥!"

"那鱼像是死了。"

"还没呢,你瞧!"

两只红木桶不紧不慢地跟在船后,不再摇动。因受到那条鲨鱼巨大力量的牵引,两只桶破浪向前,在前面涌起一阵波浪,后面拖着长长的尾波。

"它正在追赶我们呢。"布罗迪说。

昆特点头称是。

"为什么呢?它总不能还把我们看作是顿美餐吧?"

"不。它这是想再搏斗一场。"

布罗迪第一次发现昆特脸上现出愁眉紧锁的表情。这既不是惧怕,也不是真正的惊恐,而是一种担心的神色——像是赌博时,未经事先警告,规则突然起了变化,或是赌注一下涨了一样。看到昆特情绪上的变化,布罗迪内心不由得也惴惴不安起来。

"你从前见过有鱼像这样子的吗?"他问昆特说。

"没一条鱼像这样子的,我曾见过它们袭击渔船,正如我告诉过你的那个样子。但是,在大多数情况下,你一把鱼叉扎进它们肉里,它们就不再跟你斗了,而总是拼命想挣脱扎进肉里的鱼叉。"

布罗迪朝船尾扫视了一遍。渔船慢腾腾地向前驶去。随着昆特漫不经心地转动着舵轮,渔船时而转向这儿,时而转向那儿。但那两只木桶总是跟着他们。

"他妈的!"昆特骂骂咧咧地说,"要是它想干一场,那咱一定奉陪。"他压下节流杆,让船缓缓地漂流着,自己跳下驾驶台,跑到舭肋钣上。他捡起鱼叉,脸上又泛起了激动的神情。"好哇,吃屎的家伙!"他大声喊道,"快来吃我一叉!"

那两只木桶正劈波斩浪向船靠来——三十码、二十五码,最后离船只有二十码远。布罗迪看到水下六英尺处,一个扁平的身影闪烁着银光,打渔船的右舷边游过。

"它在这儿!"他嚷着,"正朝前面游去。"

"妈的!"昆特在埋怨自己量错了绳子的长度。他从把子上取下鱼叉头,拽断连接把子和系缆墩的麻绳,跳下舭肋钣,向前奔去。他跑到船头,弯下腰去,把麻绳绑牢在艏部系缆墩上,随即解开木桶上的绳子,取下鱼叉头安在把子上。他手举鱼叉,伫立在操纵台的末端。

那条鱼早已游出了鱼叉投掷的距离。鱼尾显露在前方离船二十英尺的水面上。两只木桶几乎同时撞在船尾上,弹了回去,打着滚儿,分别漂在渔船两侧。

在渔船前方三十码的海面上,那条鲨鱼掉过身来,头部蓦地抬出水面,接着又钻进水里。那尾巴像张风帆耸立着,旋即来回抽打着水面。

"它又来了!"昆特喊了起来。

布罗迪撒腿爬上梯子,来到驾驶台。就在他爬上驾驶台的刹那间,他看到昆特缩回右臂,踮起脚尖站在那儿。

那鱼一头撞在船头上,发出一阵沉闷的爆炸声响。昆特甩出鱼叉,那鱼叉嗖地攮中鲨鱼头部右眼上方,并扎得很牢。鱼后退时,绳子缓慢地滑出船外。

"妙极了!"昆特说,"这下攮到它的脑袋瓜了。"

眼下海面上漂泊着三只木桶,一个个划过水面,接着消失了。

"该死!"昆特说道,"对一般的鱼来说,身扎三支鱼叉,同时背上三只木桶,是不可能再潜入深水的了。"

渔船颤动着,像是要站起来似的,不一会儿又复归平稳。那三只木桶浮出水面,其中两只在船的一侧,一只在另一侧。接着又淹没在水中。几秒钟过后,它们又在离渔船二十码的水面浮现。

"到船舱里去。"昆特说,这时,他已经装好了另一支鱼叉,"去看看那个龟孙子有没有在船头干什么坏事。"

布罗迪大摇大摆地走向船舱，那里没有进水。他掀开绒毛被磨光露出织纹的地毯，看到了舱盖，便把它打开。船舱甲板下，水流如注，正向船尾涌去，"我们正在下沉。"他自言自语地说。这时，孩提时代的梦魇立即浮现在他脑海里，他爬上甲板，对昆特说："看来情况不妙。船舱甲板下涌进了不少水。"

"我最好也去看看。你注意看好！"昆特把鱼叉递给了布罗迪，"我在下面的时候。要是它来了。你要瞄准了，把这支鱼叉扎进它的肉里去。"他走向船尾，步入船舱。

布罗迪伫立在操纵台上，手里握着鱼叉，两眼盯视着漂浮在水上的木桶。那三只木桶一动不动地躺在水面上，随着在水中游动着的鲨鱼，不时地抖动着。你将落得怎样的下场呢？布罗迪默默地问着那条鲨鱼。他听到传来一阵马达转动的声响。

"甭费多大的劲儿。"昆特边走边说，他从布罗迪手里接过鱼叉，"它把我们的渔船撞破了，这没关系，可以用抽水机把水抽出去。我们还得把这条鱼拽进船来。"

布罗迪在裤子后裆上把手擦干。"你当真要把它拽进船来吗？"

"是的。等它死了再说。"

"那么它什么时候才会死呢？"

"它到该死的时候就死了嘛。"

"在那以前我们做些什么呢？"

"等着吧。"

布罗迪看了看手表。此时是八点三十分。

那三只木桶缓慢地、漫无目的地漂流在海面上。接连三个小时，他们驾舟跟踪那三只木桶。起先，三只木桶每隔十分至一刻钟消失一次，接着又在几十码以外的水面上浮现。后来，在十一点之前，三只木桶淹没水中的次数越来越少了；一过十一点，几乎一个小时都不淹没一次。到了十一点三十分时，这三只木桶忽而在水里打起滚来。

雨已停息，风势减弱，转成习习微风，令人心舒神爽。天空宛如一幅平展的灰白色的被单。

"你是怎么想的？"布罗迪问道，"它死了吗？"

"不一定。不过，它兴许活不多久了，快到我们甩出绳子，绕住它的尾巴，在它下沉之前拖住它的时候了。"

昆特从竖立在船头的一只木桶里取出一圈绳子，将其一端拴在船尾系缆墩上，把另一端打成了个活结。

网杆脚下有个电动绞车。昆特打开绞车开关，看到绞车运转正常后，遂又把它关上。他开足马力，朝着那三只木桶驶去。他小心翼翼地、缓慢地驾驶着渔船，准备在鲨鱼撞击渔船时立即改变航向。但是，那三只木桶浮在海面上，纹丝不动。

当驶近木桶时，昆特放慢了船速。他抓起一根挽钩，伸出船外，钩住一根绳子，把其中一只木桶拽上了船。他想把绳子从木桶解下来，但绳结浸湿，抽得死死的。因此，他从挂在皮带上的刀鞘里抽出刀来，把绳子割断了。他把刀插在船舷的上橡，腾出左手抓住绳子，用右手把木桶推向甲板。

他爬上左舷，把绳子穿过网杆顶端的滑轮，沿着网杆挂到绞车上。他转动绞车几转之后，便啪地打开开关。绳子一绷紧，加上鲨鱼的重量，渔船便猛烈地侧向右舷。

"这绞车能吊起那条鱼来吗？"布罗迪问道。

"也许可以。它绝不会把鱼拖出水面，不过我敢肯定它可以把鱼给我们吊上来。"

那部绞车缓慢地旋转着，不时发出吱吱声，每隔三四秒钟转一大圈。绳子被扯得紧紧的，不住地颤动着，溅出的水珠沾满昆特的

277

衬衣。

陡然间,绳子上来得太快,缠在绞车上,乱糟糟地绕成一团。渔船蓦地啪的一声恢复平衡。

"绳子断了吗?"布罗迪说。

"胡扯!没断。"昆特说。此时,布罗迪发觉他脸上露出了恐惧之色。"这个婊子又浮上来了!"他急忙跑到操纵台跟前,发动马达向前驶去。但已经迟了。

鲨鱼贴近船边钻出了水面,发出一阵猛冲猛撞的巨响。那鱼纵身跃出水面,眨眼间,布罗迪大惊失色,完全被它那庞大的躯体震慑住了。那躯体高高地矗立在自己的头顶上方,顿时把阳光都给遮蔽了。直挺挺的胸鳍,宛如在展翅翱翔。当它朝前落下来时,胸鳍像是要来抓住布罗迪似的。

那鲨鱼哗啦啦掉落在渔船的船尾,把渔船推进浪里。海水一个劲儿地倒灌进船尾。没几秒钟,昆特和布罗迪两人都站在齐腰深的水中了。

鲨鱼平躺在那儿,嘴巴离布罗迪的胸膛还不到三英尺。它扭动着躯体。布罗迪觉得在那棒球般大小的乌亮的眼睛里,看到了自己的身影。

"你这该死的混蛋!"昆特尖叫着,"你撞沉了我的渔船!"

一只木桶漂进了船尾舵手座里,绳子犹如蠕动的蚯蚓似的缠绕着。昆特一把抓起绳端的鱼叉头,用手狠狠地攮进鲨鱼柔软的雪白的肚皮里。鲜血从伤口里往外直冒,溅得他一手的血。

渔船渐渐下沉。船尾全部淹没在水中,而船头却渐渐向上翘起。

鲨鱼滚下船尾,并钻进浪里。那条连接在昆特戳进鲨鱼肚子里的鱼叉头的绳子也随着滑入水中。

突然间,昆特跌了一跤,身子向后一仰,落入水中。"刀子!"他喊了一声,把左腿抬出水面,这时,布罗迪发现昆特的脚被绳子缠住了。

布罗迪朝右舷望了一眼,看到那把刀还插在木头上。他猛力向刀子扑去,把它扭了下来,转过身来,奋力在越来越深的水中奔着。但他跑不快。他恐惧地眼巴巴地望着昆特朝着自己张开那乱抓乱舞的手指,睁大着那双闪烁着乞求的目光的眼睛,被慢慢地拖向黑的深水中去。

转瞬间,除了渐渐沉入水中的船发出的咕噜咕噜的响声外,四周杳无声息。海水已漫到布罗迪的肩头。他死命抓住网杆。他身边浮出一只软坐垫,于是,布罗迪一把揪住了它。(布罗迪记起了亨德里克斯说的话来:"您要是个八岁孩子的话,这些玩意儿倒能把您浮起来。")

布罗迪看到那条鲨鱼在二十码开外的水面上露出了它的尾巴和背鳍。鱼尾忽左忽右地摆动着。它的背鳍离得越来越近了。

"滚开,该死的东西!"布罗迪吼叫着。

那鲨鱼继续向他游来,几乎一动不动,渐渐向他逼近。身后拖着木桶和一圈圈绳子。

网杆沉入水中,于是布罗迪松开了手。他极力朝船头游去。此时船头几乎是直立在水中。但是,他还没来得及抓住船头,只见船头先是往上一翘,旋即急遽地、悄没声儿地沉入深水中。

布罗迪抱住坐垫。他发觉把坐垫抱在胸前,双臂搁在上面,双腿不停地蹬着,自己不要费多大的劲儿就可以保持浮在水面上。

那鱼离他更近了,仅隔几英尺,布罗迪可以看到它那圆锥形的大鼻子。他发出一种绝望的尖叫声,闭上双眼,等待着他难以想象的痛苦的到来。

什么事也没有发生。他又睁开眼睛。那鱼离他只有一两英尺,几乎要碰到他了。但是，它就停在那儿，无声无息。过了一会儿，布罗迪看到那铁灰色的身躯悠悠地沉入那黑的深水。它徐徐下沉，犹如幽灵消失在茫茫的夜色里似的。

布罗迪把面孔浸入水中，睁开了眼睛。透过朦胧的刺痛眼睛的咸海水，他看到那条鲨鱼姿势优美地旋转着，悠悠地往下沉去，身后拖着昆特的躯体——双臂向两旁张着、头部往后仰着、嘴巴张开着，似乎在作无声的抗议。

鲨鱼从视野里消失了。但是，因被有浮力的木桶所牵制，鲨鱼无法沉入海底，突然停在一处光线黑暗的水域里。而昆特的身躯悬在水中，像一个在昏暗的光线里慢慢旋转着的影子。

布罗迪只觉肺部一阵疼痛，渴望呼吸一口空气。此时，他收住视线，抬起头来，揉了揉眼睛，远处的水塔看上去是一个黑点，然后，他开始朝着海岸奋力游去。